圣女的救济

〔日〕东野圭吾 著

袁斌 译

新经典文化股份有限公司
www.readinglife.com
出 品

1

花盆里的三色堇开出好几朵小小的花。土看起来已经干了，却没给鲜艳的花瓣蒙上丝毫阴霾。小花并不惊艳，却让人感觉到生命的顽强。绫音透过玻璃门望着阳台，心想：一会儿也该给其他几盆浇浇水了。

"你听到我说的话了吗？"她的身后传来了说话声。

绫音转过身，莞尔一笑。"听到了，怎么可能没听到。"

"既然听到了，怎么一点反应都没有？"双腿修长的义孝坐在沙发上，换了换跷腿的姿势。虽然已经穿不上紧身裤了，但他有时间去健身房的时候，还是特别注重腰腿的锻炼强度，以免长出过多的赘肉。

"刚才发呆了。"

"发呆？这可不像你。"义孝挑了挑一侧修剪整齐的眉毛，说道。

"因为有些吃惊嘛。"

"是吗？你应该很清楚我的人生规划吧？"

"这个嘛，我想应该还算得上了解吧。"

"你想说什么？"义孝歪着头问，若无其事的表情似乎表明他根本没把这件事放在心上。

绫音不清楚义孝是否在故作轻松，她叹了口气，再次盯着义孝清秀的面庞说："对你来说，真的那么重要吗？"

"什么？"

"当然是……孩子了。"

义孝听后不屑地苦笑了一下，看了看别处后将目光转回到绫音身上。"你刚才到底有没有认真听我说话？"

"就是因为听了才问你的。"绫音瞪着义孝。

义孝也恢复了一本正经的神色，缓缓点了点头。"很重要，这是我一生当中必不可少的一件事情。如果没有孩子，婚姻就失去它本身的意义了。所谓男女之间的爱情，会随着时间的流逝消亡殆尽。男人和女人，结婚后首先成为丈夫和妻子，之后生下孩子，再成为父亲和母亲，唯有到了那时彼此才能成为一生的伴侣，难道你不这么认为吗？"

"不只是这样。"

义孝摇了摇头。"我就是这么想的，不但坚信，而且不想改变自己的信念。既然改变不了信念，那这种得子无望的日子，也就无法再继续下去了。"

绫音有些头痛，按了按太阳穴。她做梦都没有想到有朝一日会听到这样一番话。

"说到底就是这么回事吧：生不了孩子的女人跟废物没两样，所以不如趁早甩开，换一个能生孩子的——你是这个意思吧？"

"你这话说得可真够难听的。"

"你不就是这个意思吗？"

也许是因为绫音的语气变强硬了，义孝挺直脊背，双眉紧锁，略为犹豫地点了点头。"随你怎么说，总之我向来都很重视自己的人生规划,为了实现它,可以不顾一切。"

绫音不由得撇了撇嘴,当然她并非真心想笑。"'重视人生规划'……你还真是喜欢把这句话挂在嘴边呢,记得刚认识的时候,你说的第一句话就是它。"

"绫音,你到底还有什么不满足的?你想要的不是都得到了吗?当然,如果你还有其他要求也不妨直说,能办到的我一定尽力。你就别庸人自扰了,还是考虑一下新生活吧。难道我们还有其他选择吗?"

绫音不再看他,目光转向了墙壁。墙上挂着一幅一米宽的挂毯,这是她花了三个月的时间,用从英国订购的布料缝制而成的,别具一格。

别说是义孝了,生儿育女也曾是绫音的梦想,她不知许过多少次愿,希望自己有朝一日能够护着日渐隆起的小腹,坐在摇椅上缝制拼布。

但天不遂人愿,绫音没被赋予那种能力。后来她心平气和地接受了现实,因为她坚信,即便没有孩子,自己也能与义孝相亲相爱地生活下去。

"我能问你一个问题吗?尽管对你而言或许根本就微不足道。"

"什么事?"

绫音转身面对着他,深深吸了口气。"你对我的爱呢?你爱我吗?"

义孝猝不及防,缩起了脖子。片刻之后,先前的笑容在他唇边复苏了。"我当然爱你,这一点我可以保证,我对你的爱从来没有丝毫改变。"

在绫音听来,义孝的话就如同弥天大谎一般荒唐可笑。但她还是微微笑了笑,她别无选择。"那就好。"

"走吧。"义孝转身向房门走去。

绫音跟在他身后,目光落到了梳妆台上。她想起了藏在梳妆台右侧最下层抽屉里的白色粉末。那些粉末装在一个塑料袋里，袋口被紧紧地扎住。

看来只能靠那些粉末了，她心想，因为前方已经看不到光明。

绫音怔怔地望着义孝的背影，心中默默地喊了一声"老公"。

我是发自内心地深爱着你呀，正因如此，你刚才那些话杀死了我的心，所以请你也去死吧……

2

看到真柴夫妇从二楼走下来,若山宏美就知道有事发生。他们两人都面带笑容,但这笑容明显是故意挤出来的。特别是绫音,尤其给人一种强颜欢笑的感觉。宏美忍住了,没有点破,直觉告诉她,此刻多嘴会起破坏作用。

"久等了,猪饲有没有打过电话?"义孝的语气听起来有些生硬。

"刚才给我打过手机,说是五分钟后到。"

"那我们就先准备一下,过会儿开瓶香槟庆祝吧。"

"我来吧。"绫音说道,"宏美,麻烦你摆杯子。"

"好的。"

"我也来帮忙吧。"

看着绫音走进厨房后,宏美打开了立在墙边的酒杯橱柜。她曾经听人说过,眼前这件复古家具价值近三百万日元,当然了,放在里面的东西也都是高档货。她小心翼翼地拿出三个巴卡拉牌①笛形香槟酒杯

---

①法国奢侈品品牌 Baccarat,以各类水晶制品而闻名。

和两个威尼斯玻璃①香槟酒杯。真柴家习惯让主宾使用威尼斯玻璃酒杯。

在供八人围坐的餐桌上，义孝铺了五个餐垫，他对这种家庭聚会已经习以为常。宏美也已经掌握了布置的顺序，在义孝铺好的餐垫上摆好酒杯。

厨房里传出哗哗的水声。

"您和老师说了些什么？"宏美小声问。

"没什么。"义孝回答时没有看她。

"说了吗？"

义孝这才抬头看着她。"说什么？"

正当宏美打算开口的时候，门铃响了。

"客人到了！"义孝冲着厨房大喊。

"不好意思，我现在手头正忙着。老公，麻烦你去开一下门吧。"绫音回答。

义孝应了一声，走向墙边的对讲机。

十分钟后，所有人齐聚在餐桌旁，每个人的脸上都挂着微笑。在宏美看来，他们所有人似乎都很清楚自己该摆出怎样的表情，才不会破坏这欢快祥和的气氛。她时常会想，该怎么做才能掌握好其中的分寸，这不是与生俱来的本领。宏美很清楚，真柴绫音是花了将近一年的时间才融入这种氛围中的。

"绫音做的菜还是这么美味可口，一般人可是很难把泡鱼酱的汁收得这么好啊。"猪饲由希子往嘴里送了一块鱼肉，出声赞道，她向来负责扮演对每道菜大加赞赏的角色。

---

①意大利威尼斯的穆拉诺岛生产的色彩斑斓的玻璃工艺品，曾是十二世纪玻璃高档品的代名词。

"而你就只会买现成的。"由希子的丈夫猪饲达彦在一旁说道。

"你这话可不公道啊,我有时也会自己动手做的。"

"就只是绿紫苏酱好不好?你这人不管做什么菜,都会弄点那玩意儿进去的。"

"不行吗?不是挺好吃的吗?"

"我就很喜欢绿紫苏酱。"说这话的是绫音。

"就是,而且还有利于健康呢。"

"绫音,你可别整天护着她。这样下去,迟早有一天她会往牛排上抹绿紫苏酱的。"

"哎呀,那肯定好吃。下次我来试试看好了。"

由希子的一句话把众人都逗乐了,猪饲则满面愁容。

猪饲达彦是多家公司的法律顾问,真柴义孝的公司也在其中,不过在义孝这家公司,猪饲不仅担任顾问,据说还相当积极地参与了公司的管理。听说猪饲与义孝在大学里参加过同一个社团。

猪饲从冷酒器中拿出酒瓶,打算为宏美倒酒。

"啊,我就不必了。"宏美用手遮住了杯口。

"不是吧?我记得你挺喜欢喝酒的啊!"

"喜欢是挺喜欢的,不过还是不必了。谢谢您的好意。"

猪饲有些不解地点了点头,把白葡萄酒倒进义孝的酒杯中。

"身体不舒服吗?"绫音问。

"不,没事。只是最近常有朋友约我去喝酒,喝得有点太多了,所以……"

"年轻就是好啊。"猪饲给绫音也倒上酒后,瞟了一眼身旁的妻子,把酒瓶贴近了自己的酒杯,"由希子最近也需要禁酒,今晚幸好有你陪她。"

"禁酒？"义孝停下握着餐叉的手,"果然还是得忌口啊。"

"是啊,毕竟她的乳汁是婴儿的营养来源啊。"猪饲晃动着酒杯说道,"乳汁掺了酒精总归不好。"

"那你还得忍多久啊？"义孝问由希子。

"这个嘛,听大夫说,估计得忍一年吧。"

"是一年半吧？"猪饲说,"就算忍两年也是应该的,不不,你不如干脆把酒戒了吧,怎么样？"

"我说你啊,今后很多年我都得辛苦养育孩子,如果连喜欢的酒也不让我喝,日子可怎么挨啊。还是说,你甘愿替我带孩子？如果这样我倒也会考虑一下。"

"好了好了,一年之后,不管是啤酒还是葡萄酒,任由你喝就是了,不过记得适可而止。"

由希子嘟着嘴说了句"我知道啦",立刻恢复了笑颜,一脸幸福。似乎就连刚才和丈夫的拌嘴,对如今的她而言,都是件快乐无比的事。

由希子在两个月前顺利产下一子,这是他们期盼已久的第一个孩子。猪饲达彦今年四十二岁,由希子也已经三十五岁了。"安全上垒"是他们常挂在嘴边的一句话。

今晚的这场聚会,就是由义孝提议、绫音动手准备、为庆祝猪饲夫妇喜得贵子而举办的。

"孩子今晚交给令尊令堂照看吗？"义孝来回看着猪饲夫妇。

猪饲点头。"二老劲头十足,说他们保证能照看好孩子,让我们今晚好好放松一下。这种时候,父母住在身边就会方便很多。"

"不过说实话,我还真有点放心不下呢。婆婆她实在是太宠孩子了,朋友们都说，孩子哭一两声很正常，没必要大惊小怪的。"由希子皱起眉头说道。

宏美看到由希子的酒杯依然空着，站起身来。"我去拿点水吧。"

"冰箱里有矿泉水，你拿一瓶过来。"绫音说。

宏美走进厨房，打开冰箱。这是一台容积五百升的对开门大冰箱，门后摆着一长排矿泉水。她拿出一瓶，关上冰箱门，回到自己座位上正准备坐下时，目光与绫音相会。绫音动了动嘴唇，向她说谢谢。

"孩子出生后，你们的生活发生了不少变化吧？"义孝问。

"除了工作外，日常生活都围着孩子转。"猪饲说。

"这也没办法，而且工作也变得不同了吧？孩子出生让父母有了责任感，反而比以前更有干劲儿了吧？"

"这倒也是。"

绫音接过宏美手中的矿泉水瓶，开始倒水，嘴角浮现起一丝浅笑。

"对了，你们怎么样啊？是不是也该要个孩子了？"猪饲看看义孝，又看看绫音，"你们俩结婚也有一年了，差不多该厌倦二人世界了吧？"

"老公，"由希子轻轻拍了拍丈夫的手臂，"你就别多话了。"

"不过话说回来，人各有志啊。"猪饲挤出一丝微笑，一口喝尽杯中的酒后转向宏美，"宏美，你怎么样？不过我这可不是在问煞风景的问题，我是说教室那边的情况怎么样，还顺利吧？"

"嗯，还行吧。不过还是有许多不大明白的地方。"

"你基本上都交给宏美管了？"由希子问绫音。

绫音点点头。"如今我都已经没什么可教宏美的了。"

"挺厉害的嘛。"由希子一脸钦佩地望着宏美。

宏美动了动嘴角，低下了头。其实猪饲夫妇也未必对宏美的事多么感兴趣,或许只是不想冷落这个夹在他们两家之间的女孩。

"对了,我有件东西要送给你们。"说着,绫音起身从沙发背后拿过来一个大纸袋,"就是这个。"

由希子看到里边的东西后,双手捂嘴,发出了夸张的惊叹声。

这是一件用拼布做成的床罩,只是比普通的床罩要小得多。"我想把它送给你们做婴儿床的床罩。"绫音说,"等孩子不睡婴儿床之后,你们就拿它做挂毯好了。"

"真漂亮!谢谢你,绫音。"由希子一脸感动万分的样子,紧紧地握着拼布一角,"我们会好好珍惜它的,真是太感谢了。"

"这真是一件很棒的作品,是不是?花了很长时间吧?"猪饲把目光转向宏美,像是在征询她的意见。

"半年左右?"宏美不太确定地看向绫音。对于这件作品的制作过程,宏美也算在某种程度上有所了解。

"到底用了多久做好的呢?"绫音歪着脑袋回忆,"不过只要你们喜欢,就再好不过了。"

"我们当然很开心。真的是送给我们的吗?老公你知道吗,这东西在外边卖得可贵了,更何况还是三田绫音的作品。在银座的展销会上,类似的单人床罩能卖到一百万元呢!"

猪饲睁大眼睛,惊叹不已,脸上流露出一种没想到拼剪一下布头弄出来的东西竟然如此值钱的表情。

"绫音下了不少功夫。"义孝说,"我在家休息的时候,也常常看见她坐在那边的沙发上做针线活儿,一坐就是一整天,真的很厉害。"说着,他朝起居室的沙发努了努下巴。

"幸好赶上了。"绫音笑眯眯地轻声说道。

用完餐后，两位男士坐到沙发上，打算再喝一杯威士忌。由希子说想喝咖啡，于是宏美起身朝厨房走去。

"咖啡我来弄吧。宏美，冰箱里有冰块，你去拿些让他们兑酒吧。"绫音说着拧开水龙头，往水壶里接水。

等宏美用托盘端着兑酒用的器具回到起居室时，猪饲夫妇的话题已经转移到庭院园艺上了。真柴家的庭院在照明设计上花了一番心思，即便夜里也能够观赏到院子里的盆栽。

"要照管这么多花草盆栽，也挺辛苦的吧。"猪饲说。

"我也不太清楚，都是绫音在打理。二楼的阳台也放着几盆呢，每天都看见她起劲儿地给这些花草浇水。应该挺辛苦的，但她本人似乎乐在其中，估计是打心底里喜欢这些花花草草吧。"看来义孝对这一话题并没有多少兴趣。宏美清楚其实义孝对大自然和植物一类的东西一点都不感兴趣。

看到绫音端着三杯咖啡走了过来，宏美连忙开始兑酒。

晚上十一点刚过，猪饲夫妇准备告辞回家。

"承蒙款待，还送了如此精美的礼物给我们，感觉挺过意不去的。"猪饲起身说道，"下次请去我家坐坐，不过话说回来，整天忙着照顾孩子，家里乱得一塌糊涂。"

"过两天我就收拾。"由希子碰了碰丈夫的腰，朝绫音笑着说，"欢迎去我们家看看小王子，他的脸长得就跟大福饼似的。"

"一定。"绫音答应道。

宏美也准备回家了，她决定和猪饲夫妇一起走。猪饲说要叫辆出租车，把她送回家。

"宏美，从明天起我要外出几天。"宏美正在玄关穿鞋时，耳边传

11

来绫音的声音。

"明天起就是三天连休了啊,你要去旅行吗?"由希子问。

"不是,我有点事要回娘家几天。"

"回娘家?札幌吗?"

绫音笑着点了点头。"我父亲最近生病了,我回去看看。不过似乎倒也没什么大碍。"

"的确让人挺担心的。绫音在这种时候还帮我们庆祝,真是不好意思啊。"猪饲摸着头说道。

绫音摇摇头。"不必在意,这不算什么。宏美,有什么事就打我手机吧。"

"您准备什么时候回来呢?"

"不好说……"绫音侧了侧头,"定了我会打电话给你。"

"好的。"

宏美朝义孝瞥了一眼,可他正望着别的地方。

离开真柴家走上大路之后,猪饲叫了一辆出租车。最先下车的宏美最后一个坐进车里。

"我们是不是聊孩子的事聊得有点多了?"出租车还没开出多远,由希子便问道。

"怎么啦?没关系吧。他们这次就是特意庆祝我们生了孩子啊。"坐在副驾驶席上的猪饲说道。

"我不是这个意思。我是担心我们表现得不够体贴,他们不是一直很想要个孩子吗?"

"以前是听真柴这么说过。"

"会不会还是生不出来啊?宏美,你有没有听说什么?"

"没有，我什么都没听说。"

"是吗……"由希子的声音听起来有些失望。宏美心想，或许他们夫妇是打算从我这里套话，才装好心要送我回家的吧。

第二天，宏美像往常一样，早上九点准时离开家门，前往位于代官山的"杏黄小屋"。杏黄小屋是一间拼布教室，由公寓的一个房间改造而成。当初开办教室的人是绫音，现有的二十几个学生也都是冲着能学到三田绫音亲自传授的技艺而来的。

宏美走出公寓的电梯，在教室门前看到了绫音和她身旁的行李箱。绫音看到宏美，微微笑了笑。

"您怎么来了？"

"没什么大事。我想把它暂时交给你保管。"说着，绫音从外套口袋里掏出一把钥匙递给宏美。

"这是……"

"是我家的钥匙。就像昨天跟你说的，我不知道什么时候才能回来，所以有点担心家里的安全。所以就想，还是暂时交给你保管。"

"啊……是这样啊。"

"不愿意？"

"不，倒也不是不愿意……老师，您自己带钥匙了吗？"

"不用担心我。快回家的时候我会提前联系你，就算到时候你不方便，等到晚上我丈夫也就回家了。"

"既然这样，那我就替您保管了。"

"有劳了。"绫音抬起宏美的手，把钥匙放在她手心，又蜷上她的手指，让她紧紧地握住，然后道了声"再见"，便拖着行李箱离开了。

宏美望着绫音的背影，不由得喊道："老师！"

绫音停下脚步。"什么事？"

"没什么，您路上多保重。"

"谢谢。"绫音轻轻挥了挥空着的那只手，再次迈开步子。

这一天，拼布教室的教学一直持续到了晚上。一整天里，学生一批批来，一批批走，宏美忙得都没时间歇口气。送走了最后一批学生，她感到肩膀和脖子酸疼得厉害。

就在宏美收拾完准备离开教室的时候，手机响了。她看看屏幕上的来电显示，顿时倒吸一口凉气：电话是义孝打来的。

他一开口就问："今天的教学已经结束了吧？"

"刚刚结束。"

"哦，我现在正和人一起吃饭，吃完了就回去。你先去我家吧。"

他的话中没有丝毫迟疑，令宏美一时不知该怎样回答。

"怎么，你不方便？"

"倒也没什么事，只不过……这合适吗？"

"有什么不合适的？我想你也知道她最近一段时间是不会回家的。"

宏美怔怔地望着身旁的包，里面就装着今早刚接过来的钥匙。

"而且，我还有些话要跟你说。"他说。

"说什么？"

"见了面再说。我九点钟回家，你来之前先给我打个电话。"说完，他立刻挂断了电话。

在一家以意大利面闻名的餐厅吃过晚餐之后，宏美给义孝打了电话。义孝已经到家了，催促宏美赶紧过去，听他口气，似乎兴致不错。

坐在出租车里前往真柴家的路上，宏美厌恶起自己来，一方面她很不喜欢义孝那种理所当然的语气，另一方面却无法否认自己心中的飘飘然。

义孝笑嘻嘻地迎宏美进门，动作没有一点偷偷摸摸的感觉，一切显得悠然自得。

进了起居室，宏美闻到屋里飘荡着一股咖啡的香气。

"我很久没有亲自动手做咖啡了，也不知道味道如何。"义孝走进厨房，双手各端着一个杯子走回起居室。看来他习惯不用咖啡碟。

"我还是头一次看到真柴先生您下厨房呢。"

"是吗？不过也许是吧，自从和她结婚后，就什么事都不做了。"

"因为老师为这个家付出很多。"宏美说着啜了口咖啡，咖啡又浓又苦。

义孝也苦歪了嘴。"估计是咖啡粉放多了。"

"我重新做两杯吧。"

"算了，下次吧！不说这个了。"义孝把手中的咖啡杯往大理石茶几上一放，"昨天，我和她摊牌了。"

"果然……"

"不过我没说对方是你，只说是个她不认识的女人，不知道她信了几分。"

宏美回想起今早绫音把钥匙交给她时的表情，从那笑容中感觉不到任何暗含的企图。"老师怎么说？"

"她全答应了。"

"真的？"

"当然是真的。我不是早就跟你说过吗，她不会反抗的。"

宏美摇摇头。"虽然这话出自我口有些奇怪……但我没法理解。"

"这就是游戏规则,虽然这规则是我定的。总而言之,这下没什么可烦恼的了,问题全部解决。"

"那我可以放心了吧?"

"那当然。"说着,义孝伸手搂住宏美肩头,把她拉向了自己。宏美侧身靠在他身上,能感受到他的双唇在贴近自己的耳朵。

"今晚留下来吧。"

"在卧室里睡吗?"

义孝弯起嘴角。"去客房吧,那屋里放的也是双人床。"

宏美轻轻点了点头,心中充满迷茫、困惑,还有一丝放心和依然挥之不去的不安。

第二天早晨,宏美正在厨房准备做咖啡时,义孝走到她身旁请她做个示范。

"我这也是跟老师学的。"

"没关系,你就做给我看看吧。"义孝双手抱胸。

宏美在滤管上装上滤纸,用量匙舀了咖啡粉进去。义孝看了看她放的量,点了点头。

"先往里边稍稍放点水,记得只能放一点点,之后就等着粉末膨胀起来。"宏美提起水壶先往里边注入少量开水,等了大约二十秒,再次注水,"像这样子边划圈边倒,咖啡会涌上来,所以倒的时候要注意。再看下边的刻度,一旦够两杯咖啡的量了,就立刻把滤管拿掉,否则味道就淡了。"

"没想到还挺复杂的。"

"您之前不是自己做过吗?"

"我是用咖啡机做的,结婚的时候那东西就被绫音扔掉了,她说手工做出来的咖啡才好喝。"

"一定是她知道您对咖啡有瘾,所以想努力让您喝上更香浓的咖啡。"

义孝撇了撇嘴,慢慢地摇了摇头。每当宏美说起绫音为他所做的付出时,他就会摆出这样一副表情来。

喝完宏美做的咖啡后,义孝赞不绝口。

杏黄小屋周日休息,但并不意味着宏美就没有工作要做了,因为她还得到池袋的一所文化学校去兼任讲师。而这份工作,也是她从绫音手上接过来的。

义孝让宏美一下班就给他打电话,看样子是打算与她共进晚餐。宏美没有理由拒绝。

七点多,文化学校的工作结束,宏美一边收拾东西一边给义孝打电话。然而,电话是通着的,却一直没有人接。她又试着打真柴家的座机,同样无人接听。

估计出门了吧?但也不会不带手机啊。

无奈之下,宏美决定去真柴家看看。一路上,她又打了好几次电话,还是没人接。

最后,她来到真柴家门前。从门外看,起居室的灯是亮着的,可就是没人接听电话。

宏美定了定神,从包里拿出钥匙——就是之前绫音交给她保管的那把。

玄关门反锁着,她打开门锁,推开了门,玄关门厅里的灯也亮着。

宏美脱掉鞋子,进入走廊。屋里弥漫着一股淡淡的咖啡香。今早的咖啡不可能还有剩的,估计是义孝后来又做的吧。

推开起居室的门后，宏美刹那间惊呆了：义孝倒在地上，身旁滚落着一个咖啡杯，黑色的液体泼洒在木地板上。

叫救护车！打电话！号码、号码——究竟是多少？宏美双手颤抖着掏出了手机。可她就是想不起该拨哪个号码。

3

沿着缓坡鳞次栉比地坐落着一栋栋豪宅。光是在路灯的灯光下就能看出，每家每户都装修得极为考究，看来这片街区并不属于那些买一处独门独院就几乎要倾家荡产的人。

看到路旁停放的几辆巡逻车后，草薙让出租车司机把车停下。

下车后，草薙边走边看了看手表，已经晚上十点多了。又没看成！他心想。那部国产电影在影院上映时他就没看成，后来听说电视上会播，就一直忍着没去影碟店租DVD，今晚终于可以看了，刚才临时接到任务，慌里慌张出了门，都忘记设定自动录像了。

或许是深夜的缘故，看不到什么围观的人，电视台的人看样子也还没到。草薙心中出现一丝淡淡的期待，盼着今天案件能够顺利解决。

负责警戒的警察一脸严肃地站在案发宅邸的门外，看到草薙出示的警察手册后，他向草薙点头致意，道了声辛苦。

草薙进门之前望了下屋内，灯似乎都开着，里面人们说话的声音清晰可闻。

篱笆墙边上站着一个人，光线昏暗，看不清楚长相，但从其娇小的体型和发型,草薙推断出了是谁。他朝那个人走过去。"你在干什么?"

听到他的声音,内海薰并未显露出丝毫惊讶,只是缓缓地扭过头来。"辛苦了。"语调里没有任何的抑扬顿挫。

"我在问你,你不进屋里去,待在这儿干什么?"

"没什么。"内海薰面无表情地摇了摇头,"我只是看看篱笆和庭院里的花草,还有阳台上的那些花。"

"阳台?"

"就是那边。"她朝上边指了指。

草薙抬头一看,二楼确实有个阳台,大片的花草枝叶都已探出了阳台的边缘,不过这也算不得什么特别罕见的景象。

"别说我啰唆,我问你,为什么不进去?"

"里边人太多了,挤得慌。"

"你讨厌拥挤的地方?"

"我只是觉得一大帮人观察同一个地方没什么意义,而且还会妨碍鉴定科工作,所以就决定先在院子里转一圈。"

"你这是在巡视吗?不过是赏花吧?"

"我刚才已经巡视过一圈了。"

"好吧,现场看过了吗?"

"刚才说了,还没有。我刚进玄关就转身出来了。"

见内海薰回答得如此理所当然,草薙不解地看了看她的脸。草薙一直以为,希望比任何人都更早到达现场,是刑警的一种本能。但是,他的这一常识似乎在这个年轻女刑警身上并不适用。

"你的想法我明白了,总而言之,你先跟我来,很多东西最好还是亲眼看一看。"

草薙转身走向大门,内海薰默默地跟在他身后。

屋子里确实挤满了警员,其中既有辖区警察局的刑警,也有草薙他们的同事。

后辈岸谷看到草薙,一脸苦笑地冲他说:"这么早就来上班,真是辛苦您了。"

"别提了。对了,这真是桩杀人案吗?"

"这一点眼下还说不清楚,但很有可能是。"

"怎么回事?给我简单地说一下。"

"简单来说,就是这户人家的男主人突然死了,死在起居室,独自一人。"

"独自一人?"

"请到这边来。"

岸谷带着草薙他们走进了起居室。这是一间大约三十叠①的宽敞房间,屋里有一套绿色的真皮沙发,中央放着一张大理石茶几。茶几旁边的地板上,用白色胶带画有一个倒在地上的人的轮廓。

岸谷转向草薙。"死者名叫真柴义孝,是这户人家的男主人。"

"这我知道,来之前就听人说了。他是家什么公司的社长吧?"

"好像是家IT公司。今天是星期天,所以他没去上班,至于白天是否出过门,眼下还不大清楚。"

"地板是湿的啊?"木地板上还残留着某种液体泼洒过的痕迹。

"是咖啡。"岸谷说道,"发现尸体的时候,咖啡洒了一地。鉴定科拿吸管采过样了,当时地上滚落着一个咖啡杯。"

---

① 日本计量房屋面积大小的单位,1叠约为1.62平方米。

"是谁发现尸体的？"

"呃——"岸谷翻开记事本，念了一遍若山宏美的名字，"听说她是死者太太的学生。"

"学生？"

"死者的太太是一位知名拼布艺术家。"

"拼布？搞那种玩意儿也能出名？"

"听说是的，我之前也不知道。"说着，岸谷把视线转向了内海薰，"女士也许知道吧。Mita Ayane，汉字是这样写的。"岸谷的记事本上写有"三田绫音"的字样。

"不认识。"内海薰不客气地应道，"你凭什么认为女士就该知道呢？"

"不，我瞎猜的。"岸谷搔了搔头。

看着他们两人之间的这番你来我往，草薙笑了起来。资历尚浅的岸谷像是打算在好不容易才盼来的后辈面前摆摆前辈的威风，可惜在这个女警这里好像行不通。

"发现尸体的经过呢？"草薙问岸谷。

"其实，这户人家的太太昨天回娘家去了。回去之前，她把家里的钥匙交给若山小姐代为保管。听说她是因为不清楚自己什么时候回来，为防万一，才那么做的。晚上若山小姐因为担心真柴先生需要帮忙，就打电话给他，结果手机和座机都无人接听。她有些放心不下，就跑到这边来了。她说打第一个电话时是七点多，到了这里的时候大概快八点。"

"紧接着她就发现了尸体，对吗？"

"是的，发现尸体后她用手机拨打了一一九急救电话。据说急救人员赶到时真柴义孝已经死亡,所以他们就请了附近的医生过来察看尸体。然而,检查时发现死因存在疑点,于是急救人员当即联系了辖区警察局。事情的经过就是这样。"

草薙应了一声,一边点头,一边瞟了一眼内海薰,不知什么时候她已经去了酒杯橱柜那边。

"尸体发现者现在人在哪里?"

"若山小姐现在在巡逻车里休息,组长陪在她身边。"

"老头子已经来了啊,我还真没注意到他就坐在巡逻车里呢。"草薙皱眉,"死因查明了吗?"

"怀疑是中毒致死,虽然也有自杀的可能,但也很可能是他杀,所以才把我们叫到这里来。"

"嗯。"草薙看着内海薰走进了厨房,"发现尸体的那位是叫若山宏美?她进屋的时候,房门有没有上锁?"

"听说是锁着的。"

"那窗户和玻璃门呢,都有没有上锁?"

"辖区警察局的警员过来时,除了二楼厕所的窗户开着之外,其余的门窗都是锁着的。"

"二楼还有厕所?那窗户能让人进出吗?"

"没试过,不过估计不行。"

"既然如此,那就肯定是自杀了。"草薙在沙发上坐下,跷起了腿,"他们怎么会认为是有人在咖啡里下毒了呢?那个凶手又是怎样离开这个家的?这很奇怪啊。辖区警察局为什么认为可能是他杀呢?"

"的确,如果仅此而已,很难认定是他杀。"

"除此之外,还有什么情况吗?"

"听说辖区警察局的警员在调查现场的时候,真柴先生的手机响了,他们接起来后发现是一家位于惠比寿的餐厅打来的。原来真柴先生在那家店里预订了两个晚上八点的餐位,据说两个人要去用餐。客人没有按时去,所以店里的人就打电话过来询问。店里说他们是在傍晚六点半左右接到订单的,而像刚才说的,若山小姐七点多给真柴先生打电话时,就已经无人接听了。六点半才订了餐的人,到七点多就自杀了,这实在是让人觉得蹊跷。我个人认为,辖区警察局的判断还是有道理的。"

听完岸谷的话,草薙皱起眉头,弯起手指抠了抠眉角。"既然如此,为什么不早说?"

"刚才一直在回答您的问题,没来得及告诉您。"

"我知道了。"草薙一拍膝头,站起身来。这时内海薰已经从厨房里出来,回到了酒杯橱柜前。草薙走到她背后问道:"小岸好心告诉我们案情经过,你转来转去地做什么?"

"我听着呢。岸谷先生,谢谢你。"

岸谷缩了缩脖子,说了声不用谢。

"橱柜有什么问题吗?"

"您看这里。"内海薰指着橱柜里边,"不觉得这个架子上和其他地方比起来,似乎少了些什么吗?"

的确,那个地方空得不自然,感觉之前应该是放着餐具的。

"没错。"

"刚才我看见厨房里有五个洗干净的香槟酒杯。"

"这么说,酒杯原本应该放在这里的啊。"

"估计是的。"

"然后呢?你想到了什么?"

听草薙这么一问,内海薰抬起头来看了看他,欲言又止,随后像是推翻自己的猜测似的摇了摇头。"也没什么,只是在想这一家最近可能办过派对,因为香槟酒杯一般只在派对上才会用到吧。"

"有道理。对这种有钱人来说,家庭派对可能是家常便饭吧。不过话说回来,就算是最近开过派对,也难保死者心里就没有什么想要自杀的烦恼。"草薙扭头看了看岸谷,接着说道,"人是种既复杂难懂又充满矛盾的生物,不管前一分钟在派对上玩得多开心,还是前一秒钟刚刚预订了餐位,想死的时候随时都会赴死。"

岸谷"嗯"了一声,态度不明地点着头。

"他太太呢?"草薙问。

"哎?"

"被害人……不对,死者的太太呢?跟她联系过了吧?"

"还没有联系上。据若山小姐说,死者太太的娘家在札幌,离市区还有点远,即便联系上,估计今晚也无法赶回来。"

"北海道啊?那估计今天是回不来了。"草薙心中暗自庆幸。如果死者太太要赶回来,今晚就必须留个人等着她,而这种时候,组长间宫肯定会把这一差事交给草薙。

现在时候已经不早了,估计明天才会开始向周围邻居打听情况。就在草薙满心期待着今晚就此收队的时候,门开了,间宫的国字脸出现在眼前。

"草薙,你来了啊?真够慢的。"

"早就来了,大体情况我已经听岸谷介绍过了。"

间宫点点头,转身说道:"请进吧。"

走进起居室的是一名约莫二十四五岁、身材苗条的女子，一头中长发依旧保留着时下女性中少见的黑色，衬托得她的肌肤越发白皙。只不过就此时而言，她的脸色与其说是白皙，倒不如说是苍白来得更为贴切。但不管怎样，她无疑都属于美女一类，而且妆化得也很高雅。

草薙马上猜到她就是若山宏美。

"刚才听说，您当时一进房间就发现了尸体，是吧？您是在现在所站的位置看到的吗？"

听到间宫的话后，若山宏美低着头，朝沙发那边瞥了一眼，似乎正在回忆发现尸体时的情形。"是的，我想应该就是这附近。"她小声回答。

或许是她身体瘦小而且脸色苍白的缘故，草薙看她站着都勉强。毫无疑问，发现尸体时所受的惊吓到现在都还没有消除。

"前天晚上您到这里，是案发前最后一次进入这屋子吗？"间宫向她确认。

若山宏美点点头，回答说是的。

"现在屋内的情况和当时是否有什么不同呢？不管多么细微的变化都请说一下。"

若山宏美目光怯怯地环视了一下屋内，立刻摇了摇头。"不太清楚，前天这里来了不少人，大家一起吃的晚饭……"她的声音在颤抖。

间宫皱着眉点了点头，脸上的表情像是在说"没办法了"。"在您劳累了一天之后还来麻烦您，实在是抱歉，今晚请好好休息吧。不过，明天我们还会向您了解有关情况，不知是否方便？"

"没问题，不过我想已经没什么情况可以告诉你们了。"

"或许您说得没错，但我们还是希望尽可能详细地了解情况，恳请您务必配合我们的调查工作。"

若山宏美依旧低着头,简短地应了声"好"。

"我派部下送您回家。"说完,间宫看着草薙,"你今天是怎么过来的,开车了吗?"

"抱歉,我是乘出租车过来的。"

"搞什么嘛,偏偏今天就?"

"最近我很少开车。"

间宫刚咂了咂嘴,内海薰便说:"我开车了。"

草薙吃了一惊,转过头去。"你开车来了?有钱人啊。"

"我是在开车出去吃饭途中接到通知的,不好意思。"

"没必要道歉。既然如此,你愿意开车送若山小姐回家吗?"间宫问。

"好的。不过在此之前,我可以问若山小姐一个问题吗?"

内海薰这话让间宫面露诧异之色,若山宏美似乎也顿时紧张起来。

"什么事?"间宫问。

内海薰两眼盯着若山宏美,上前一步说:"真柴先生似乎是在喝咖啡的时候突然倒地死去的,他平常喝咖啡是不是都不用咖啡碟呢?"

若山宏美吃惊似的睁大眼睛,目光躲躲闪闪。"呃……或许他一个人喝的时候是不用的吧。"

"也就是说,昨天或者今天有客人来过,请问您知道吗?"

听内海薰说得如此肯定,草薙不由得看了看她的侧脸。"你怎么知道有人来过?"

"厨房的水槽里放着一个还没洗的咖啡杯和两个咖啡碟,如果只是真柴先生一个人喝了咖啡,就不应该有咖啡碟。"

岸谷立刻走进厨房,很快就出来了,他证实说:"内海说得没错,水槽里的确放着一个咖啡杯和两个咖啡碟。"

草薙和间宫对望了一眼,随即又把目光转回到若山宏美身上。

"有关这件事,您是否能想到些什么?"

若山宏美一脸惊慌地摇了摇头。"我……我不知道。前天夜里离开这里之后,我就没有再来过,也不清楚有没有其他人来过。"

草薙再次看向间宫,只见间宫一脸沉思状地点点头,开口说道:"我知道了。感谢您这么晚了还协助我们。内海,你把她送回去吧。草薙,你也一起去。"

草薙应声"是",他明白间宫的目的:若山宏美显然有所隐瞒,间宫是打算让他探探口风。

三人从屋里走出来,内海薰说:"请在这里等我一下,我去把车开过来。"她说她是开普通牌照的车过来的,所以停在了投币停车位。

趁着等车的时间,草薙从侧面观察了一下若山宏美。她看起来精神完全崩溃了,不像只是因为看到尸体而吓坏了的样子。

"您不冷吗?"草薙问。

"我没事。"

"今晚您原本有没有打算出门呢?"

"怎……怎么可能嘛。"

"是吗?我刚刚还在想,说不定您今晚与人有约呢。"

听到草薙的话,若山宏美的嘴唇微微翕动了几下,样子看上去有些狼狈。

"他们之前应该已经问过您许多次了,我可以再问您一次吗?"

"什么事?"

"为什么您今晚会想起来给真柴先生打电话呢?"

"我已经说过了,老师把钥匙交给了我,所以我觉得必须时常和她家里联系,如果真柴先生有什么需要,我必须帮忙……"

"但电话没打通,所以您就到他家来了,是吧?"

她轻轻地点了点头,说了声"是的"。

草薙歪着头不解地问:"可不接手机的状况时常发生啊,座机也一样。您就没想过或许当时真柴先生出门了,而又正好碰上了无法接听手机的状况吗?"

若山宏美沉默片刻之后,轻轻摇了摇头。"我没想过……"

"为什么呢?您是不是担心什么?"

"我没担心什么,只是当时心慌得很……"

"嗯,心慌得很……"

"不可以吗?难道就不能因为心慌而来他家看看吗?"

"不,我不是这个意思。我只是在想,仅仅因为受人之托保管钥匙,您就如此负责,这样的人实在太少见了,所以我非常感动。而且从结果上来说,您的心慌不幸应验了,我觉得您的这番举动值得赞誉呢。"

若山宏美把脸转向了一边,似乎并不相信草薙的这番话发自内心。

一辆胭脂色的帕杰罗停在了宅邸门前。内海薰打开车门,跳了下来。

"还是四轮驱动型的呢!"草薙睁大了眼睛。

"驾乘感觉还不错。请上车吧,若山小姐。"

在内海薰的催促下,若山宏美坐上了后排座位,草薙随后上车坐到她旁边。

内海薰坐到驾驶席上,开始设置导航,她似乎已经确认过若山宏美就住在学艺大学站附近。

"请问……"车子刚开出不远,若山宏美便开口道,"真柴先生……

不是因为事故或者自杀而去世的吗？"

草薙朝驾驶席一瞥，正好与后视镜里内海薰投来的目光相遇。

"现在解剖结果还没出来，一切都还不好说。"

"但你们几位全部都是负责杀人案件的刑警吧？"

"我们确实是刑警，但就目前而言，还只是停留在有他杀嫌疑的阶段。并非我们不能再向您透露，而是我们自己也不太清楚。"

若山宏美小声说了句"这样啊"。

"若山小姐，请容许我问您一句。如果这次的案件确系他杀，您对凶手是谁有没有什么头绪呢？"

若山宏美闻言倒吸了一口凉气，草薙凝视着她的嘴角。"我不清楚……关于真柴先生，我只知道他是老师的丈夫，其他情况几乎一无所知。"她有气无力地回答道。

"是吗，一下子想不起来也不要紧，如果今后想到了什么，还望您告知。"

然而，若山宏美却没接腔，甚至都没有点头回应。

若山宏美在公寓门口下车后，草薙换到了副驾驶席上。"你怎么看？"他双眼望着前方问道。

"她是个坚强的人。"内海薰边发动车子边回答。

"坚强？"

"她不是一直都忍着没有流泪吗？当着我们的面，她最终连一滴眼泪都没有流下。"

"也可能是因为她并没有那么悲伤。"

"不，我觉得她已经哭过了。在等救护车到来之前，她应该一直都在哭。"

"何以见得？"

"看她眼角的妆，她的妆有弄花之后仓促补救的痕迹。"

草薙盯着这个后辈的侧脸。"是吗？"

"应该不会错的。"

"女人的眼光果然独到，我这可是在夸你。"

"我知道。"她微笑着回答，"草薙前辈，您的看法呢？"

"一言以蔽之，确实很可疑。就算是代为保管家门钥匙，妙龄女郎也不会随便到男子独居的家里去的。"

"深有同感。换了是我的话，才不去呢。"

"如果说她和死者实际上有点别的关系，会不会有点太玄乎了？"

内海薰吐出一口气。"一点也不玄乎，事实可能真的是这样，而且他们今晚不是还准备共进晚餐的吗？"

草薙一拍膝盖。"你是说那家惠比寿的餐厅？"

"时间到了客人还不来，所以店里的人才打电话过来询问。他们说预订的是两个人的餐位，这就说明不仅真柴先生没有现身，他的同伴也没有出现。"

"而如果他的同伴就是若山宏美，一切就说得通了。"草薙紧接着确信地说，"绝对错不了。"

"假如他们两人之间存在着特殊关系，我想很快就会得到证实。"

"怎么说？"

"咖啡杯。水槽里的咖啡杯有可能是他们俩用过的。如果假设成立，其中之一应该有她的指纹。"

"原来如此啊。但就算他们俩真的有染，也不能成为怀疑她的根据啊！"

"这我当然知道。"说着,她把车子靠左侧停下了,"我能打一个电话吗?我想确认一件事。"

"可以啊,你要打给谁?"

"当然是打给若山宏美小姐。"内海薰不顾草薙一脸惊讶的表情,拿出手机拨起了电话。电话马上接通了。"请问是若山小姐吗?我是警视厅的内海。刚才给您添麻烦了……不,倒也没什么要紧的事,只不过忘了问您明天的安排……是吗?我知道了。您这么累还打搅您,实在抱歉。祝您晚安。"说完,内海薰挂断了电话。

"她明天有什么安排?"草薙问。

"说是目前还不确定,估计会待在家里,还说拼布教室那边也得暂停一段时间。"

"哦。"

"不过我打这通电话的目的,不仅仅是确认她明天的安排。"

"你的意思是……"

"她的声音明显带着哭腔,虽然她极力掩饰,但还是很明显。估计是一回到家,只剩下一个人了,之前压抑的情感全都爆发出来了。"

草薙紧靠副驾驶席椅背,挺直上身。"你就是为了确认这一点,才给她打电话的啊。"

"即便是并不亲近的人,在面对他们的死亡时,我们或许也会受到打击,不由自主地哭起来。但如果已经过了一段时间还会哭……"

"也就是说,她对死者抱有一种超乎寻常的感情,对吗?"草薙微微一笑,望着眼前的后辈,"你倒挺有一套的嘛。"

"承蒙夸奖,愧不敢当。"内海薰笑了笑,放下了车子的手刹。

第二天早上刚过七点，一阵电话铃声就吵醒了草薙，电话是间宫打来的。

草薙开口就讽刺了一句。"您可真够早的啊。"

"能回家睡觉就该谢天谢地了。今天早上要去目黑警察局开会，大概会成立搜查本部。从今晚开始，我大概就得在那边住下了。"

"您特地打电话来，就是为了说这件事？"

"怎么可能！你现在马上出发去羽田。"

"羽田？为什么要让我去那种地方……"

"去羽田的意思当然是要你去机场接人了！真柴先生的太太就要从札幌赶回来了，你去接一下她，直接带去目黑警察局。"

"您征得她本人同意了吗？"

"当然说了。你叫上内海，她会开车出来。航班八点就到。"

"八点？！"草薙立即从床上蹦起来。

就在草薙匆忙洗漱的时候，手机再次响起。这次是内海薰打来的，她已经到草薙的公寓门口了。

昨晚的帕杰罗载着两人前往羽田机场。

"真够倒霉的，摊上这种事。不管再遇上多少次，我也不会适应这种与死者家属见面的苦差事。"

"可组长说'最擅长接待死者家属的就是草薙先生了'。"

"哎？老头子居然还会这么夸我？"

"还说您这张脸最能给人一种放心的感觉呢。"

"这话什么意思？是说我长得一脸糊涂相吧？"草薙把舌头咂得喷喷响。

七点五十五分，两人到达机场，在到达大厅等了一会儿后，只见乘客陆续走了出来。两个人的视线在人群中寻找着真柴绫音，目标是驼色外套和蓝色行李箱。

"会不会是那个人？"内海薰目光紧盯着一个方向。

草薙顺着内海薰的目光，看见了一位与条件完全吻合的女士正在往外走。她那带着忧伤的目光稍有些低垂，全身上下笼罩着一种甚至可以称为肃穆的气息。

"大概……就是她了吧。"草薙的声音有些沙哑。他感到心神不宁，视线没法从那位女士身上移开。就连他自己也不明白，为何心会如此颤抖不已。

4

听完草薙他们的自我介绍后，真柴绫音马上询问义孝的遗体现在在何处。

"遗体送去做司法解剖了，现在还不清楚情况，稍后我们会去了解，到时候通知您。"草薙回答。

"是吗……那就是说，我不能马上见到他，是吧？"她一脸悲伤地眨了眨眼，似乎在强忍着不让泪水夺眶而出。肌肤稍显干燥，这应该不是她平日的样子。

"解剖一结束，我们就尽快安排把遗体送还给您。"草薙感觉自己的语调生硬得奇怪。虽然面对死者家属的时候多少会有点紧张，但他现在的感觉与往常有着微妙的不同。

"非常感谢。那就麻烦你们了。"

绫音虽然是女人，声线却低沉，这声音在草薙听来相当迷人。

"我们想请您随我们去目黑警察局，向您询问些事，不知您是否方便？"

"嗯，之前你们联系我的人已经跟我说过了。"

"不好意思，那就麻烦您了，车子我们已经准备好了。"

草薙请真柴绫音坐进帕杰罗后座后，自己坐到了副驾驶席上，转头便问："昨晚接到通知的时候您在哪里？"

"当地的温泉。我住在一个老朋友家里，手机关机了，所以完全没注意到你们的电话。临睡前，才听了电话录音。"说罢，绫音长长地吐出一口气，"当时还以为是有人恶作剧，我从没想过会接到警察的电话。"

"倒也是啊。"草薙随声附和道。

"嗯……我想请问一下，到底是怎么回事？我现在完全是一头雾水。"

听着绫音犹犹豫豫地问出口，草薙感到心痛。她应该是一开始就想问这个问题了，但同时又不敢贸然开口。

"他们在电话里是怎么跟您说的？"

"只说我丈夫去世了，因为死因有疑点，所以警方展开了调查，没说其他具体情况……"

给她打电话的警官恐怕也没法讲述详情。然而就绫音而言，这一定是一场噩梦，令她整夜辗转不眠。光是想象她坐上飞机时是怎样的心情，就快要令草薙喘不过气来了。

"您丈夫是在家中去世的，身上没有明显的外伤，目前死因还不清楚。听说是若山宏美小姐最先发现他倒在起居室的。"

"是她……"绫音倒吸了一口凉气。

草薙看向正在开车的内海薰，正好内海薰也看了过来，两人目光交汇。草薙想，她的想法应该和自己一致。而此刻距离他与内海薰讨论若山宏美与真柴义孝的关系的时间还不到十二个小时。

若山宏美是绫音最心爱的学生，从绫音让她参加家庭派对就能看出,绫音把她当家人一般对待。要是这样一个女孩上了自己丈夫的床,那可真是引狼入室了。

问题的关键在于,绫音究竟有没有察觉丈夫和学生之间的关系。这问题并非一句"凡事难瞒枕边人"就能说清楚的,草薙就碰到过好几个"当局者迷,旁观者清"的实例。

"您丈夫有没有什么慢性疾病?"草薙问。

绫音摇了摇头。"应该没有,他生前一直都定期接受体检,没听说有什么毛病,而且他也从不酗酒。"

"那么他以前也没有突然病倒的情况吧?"

"我想应该没有吧,我不知道。说到底,我还是无法相信竟然会发生这种事。"绫音用手支着额头以缓解头痛。

草薙据此判断,眼下最好还是先不要提此案有毒杀的可能。在解剖结果出来之前,必须隐瞒她丈夫有自杀或者他杀的嫌疑。

"目前只能说是死因不明。"草薙说,"遇上这种情况,不管事情是否属于案件之列,警方都必须尽可能详细地记录下现场的情况。因为当时没能与您取得联系,所以我们就请若山小姐作为见证人,进行了某种程度的现场查证。"

"这些我在昨晚的电话里已经听说了。"

"您经常回札幌吗?"

绫音摇头。"结婚之后,我还是第一次回去呢。"

"娘家那边出了什么事吗?"

"听说家父身体不太好,就想抽空回去一趟。回去后发现他身体挺好的,于是就约了朋友去泡温泉……"

"哦,那您为何要把钥匙交给若山小姐保管呢?"

"我担心不在家的时候会有什么不时之需。她一直都在帮我工作,有时候教室那边要用到存放在家里的资料或是作品。"

"听若山小姐说,当时她担心您丈夫需要帮忙,就打了电话,可是无人接听,她觉得有些不对劲,才去的您家里。您临走时是否委托过她帮忙照顾您丈夫的生活起居呢?"草薙一边留意绫音刚才说的话里的重点,一边小心翼翼地选择恰当的词汇。

绫音皱起眉头,歪着头不解地说:"我也不清楚,或许确实委托过吧。但那孩子挺机灵的,或许根本不必我说,她也会想着看我丈夫那边需不需要帮忙什么的……请问这很重要吗?我把钥匙交给她保管,是不是不妥呢?"

"不,我不是这个意思。昨天我们听若山小姐说起事情的经过,想找您确认一下。"

绫音双手捂住了脸。"真是令人难以置信。他身体一直很好,周五晚上我们还叫了几个朋友在家里开派对。当时他还挺开心的……"她的声音有些颤抖。

"请节哀。请问当时都有哪几位参加呢?"

"是我丈夫大学时的朋友及其夫人。"绫音说出了猪饲达彦和由希子的名字,然后拿开捂着脸的双手,一脸痛苦地说,"我有个请求。"

"什么请求?"

"我必须立刻去警察局吗?"

"怎么了?"

"如果可以,我想先去家里看看,我想知道他当时是怎样倒下的……可以吗?"

草薙再次看了看内海薰,但这次两人的目光并未相遇。这个后辈女刑警两眼直视着前方,看来是在集中精力开车。

"我知道了,我先同上司商量一下。"草薙掏出了手机。

电话那头的间宫沉吟片刻,答应了绫音的要求。"其实我这里情况有变,或许你直接带她去现场问话更好。带她回家吧!"

"情况有变是什么意思?"

"这个稍后再说。"

"我知道了。"

草薙挂断电话,对绫音说:"我们直接去您家吧。"

她低声说了句"真是太好了"。

就在草薙转过脸来正视前方道路的时候,他听到了绫音拨打手机的声音。"喂?是宏美吗?我是绫音。"

听到她的话语,草薙一下子慌了,他完全没有想到绫音居然会在这时给若山宏美打电话。但他也没理由阻拦。

"……嗯,我知道的。我现在正和警方的人一起回家。宏美,真是辛苦你了。"

草薙感到坐立不安,他无法想象若山宏美会怎样答复绫音,如果她因失去了心爱的人而过于悲伤,把之前一直深藏在心中的情感全都吐露出来的话,绫音恐怕再也无法保持冷静了。

"……似乎是的。你还好吧?身体要紧吗?是吗?那就好。宏美,你能不能也去我家?当然,我不逼你,我只是想听你讲讲情况。"

看来若山宏美说话时还算冷静,然而草薙万万没有料到绫音会叫上她。

"你没事吧?那待会儿见……嗯,谢谢你,你也别太勉强自己啊。"

绫音似乎挂了电话,草薙能听到她吸鼻子的声音。

39

"若山小姐说她也来？"草薙向她确认。

"嗯。啊，不可以吗？"

"不，没关系。毕竟是她发现的尸体，您直接问她更好。"草薙嘴上这么说，心里却平静不下来。一方面，他对死者情妇怎样向死者妻子描述发现死者的情景产生了浓厚的兴趣，同时，他也打算通过观察绫音听宏美叙述时的样子，来推测她是否已察觉到丈夫与学生之间的婚外情。

下了首都高速公路，内海薰径直把帕杰罗开往真柴家。昨天就是开着这辆车赶到现场的，或许正因如此，她没有丝毫迟疑。

刚到真柴家，他们就看到间宫和岸谷正在门口等着。

下车后，草薙把绫音介绍给间宫。

"这次的事，实在是令人心痛。"间宫郑重地向绫音鞠躬致意后，转头问草薙："事情你都说过了吧？"

"大致情况都说了。"

间宫点点头，再次看着绫音。"您刚回来就麻烦您，实在是不好意思。其实，我们也希望能向您请教一些事。"

"没关系的。"

"先进屋吧——岸谷，大门钥匙。"

岸谷应声从衣服口袋里掏出钥匙递了过去，绫音一脸疑惑地接过。

她打开门锁走进屋里，间宫等人紧随其后，草薙提着她的行李箱追了上来。

"我丈夫是在哪里死去的？"绫音一进房间就询问道。

间宫上前一步，指出地点。起居室地板上贴的胶带还在，绫音看到地上描出的人形，捂着嘴愣住了。

"听若山小姐说,当时您丈夫就倒在这里。"间宫解释道。

悲伤和打击似乎再次袭击了绫音全身,她膝盖一软,跪在了地上。草薙看到她肩头在微微颤抖,听到隐隐发出微弱的啜泣声。

"什么时候的事?"她小声问。

"若山小姐说是快八点的时候。"间宫回答。

"八点……当时他在干什么?"

"似乎在喝咖啡。当时地上滚落着一个咖啡杯,咖啡洒了一地,不过我们都已经打扫过了。"

"咖啡……是他自己做的吗?"

"您的意思是……"草薙连忙问。

"他这人什么事都不会做,我也从没见过他自己动手做咖啡。"

草薙留意到间宫的眉毛微微动了一下。

"您的意思是,咖啡不可能是他自己做的?"间宫小心翼翼地问。

"结婚之前他好像会自己做,不过那时候他有一台咖啡机。"

"现在那台咖啡机呢?"

"不在了。因为没必要留着,我就处理掉了。"

间宫的眼睛瞪得更大了,他一脸严肃地说:"太太,目前解剖的结果还没有出来,一切还没有定论,但您丈夫似乎是中毒而死的。"

一瞬间,绫音面如死灰,随即睁大眼睛问道:"中毒……中的是什么毒?"

"这一点目前还在调查中,我们从泼洒在现场的咖啡中检测出了强烈的毒性,也就是说,您丈夫死亡的原因,并非疾病或者单纯的事故。"

绫音捂着嘴,不停地眨眼,眼眶眼看着红了起来。"怎么会?他怎么会遇上这种事……"

"这是一个谜。所以我们希望太太能告诉我们,您对此事有没有什么头绪。"

草薙终于明白间宫在电话里说的那句"情况有变"是什么意思了,他对间宫亲自出面这一点也不再感到不解了。

绫音把手放在额头上,跌坐到身旁的沙发上。"我怎么可能知道……"

"您和您丈夫最后一次交谈是什么时候?"间宫问。

"周六早上我离开家的时候,他也一道出了门。"

"当时您丈夫的样子是否与往常有什么不同呢?再怎么琐碎的细节都没关系。"

绫音思索片刻后摇着头说:"没有。我实在想不出当时他与平时有什么不同。"

草薙不由对她产生了同情,这也难怪,刚刚才遭受丈夫猝死的沉重打击,现在又被告知"死因不明""中毒而死"等等,她的思维难免混乱。"组长,就让她稍微休息一下吧,她刚刚才从札幌回来,肯定已经很累了。"

"嗯,也是。"

"不,我没事。"绫音挺直了脊背,"不过请先让我去换身衣服吧,我从昨天晚上起就一直穿着这身衣服了。"她身上穿着的是一件黑色西服。

"从昨晚?"草薙问。

"对,我一直在想办法尽早回东京,为了能随时出发,我早就收拾好了。"

"这么说,您昨晚一整夜都没休息吗?"

"是的，反正想睡也睡不着。"

"这可不行啊。"间宫说，"您最好还是稍微休息一下吧。"

"不，我没事的，我去换件衣服就来。"说罢，她站起身。

看着她走出房间，草薙问间宫："有毒物质的种类查明了吗？"

间宫点点头。"据说从剩下的咖啡里检测出了砒霜。"

草薙瞪大了眼睛。"砒霜？就是上次毒咖喱案用的那玩意儿？"

"听鉴定科的人说，估计是砒霜。从咖啡中所含的毒药浓度分析，真柴先生当时喝下的剂量远远超过致死剂量。详细的解剖结果下午也应该出来了，不过据说从尸体当时的状况看，与砒霜中毒的症状完全一致。"

草薙叹了口气，点点头。看来自杀或病死的可能性无限接近于零了。

"据她所说，真柴先生不会自己动手做咖啡。那么，那杯咖啡又是谁弄的呢？"间宫像在自言自语，不过当然是以部下听得到的音量说的。

"我觉得他应该自己做过咖啡。"内海薰突然冒出这么一句。

"凭什么断定？"间宫问。

"有人证明啊，"内海薰看了草薙一眼，接着说道，"就是若山小姐。"

"她说过什么吗？"草薙开始在记忆中搜寻。

"您还记得咋晚我问她咖啡碟的事吗？当时我问她，真柴先生喝咖啡时，是否都不用咖啡碟，而若山小姐的回答是'他独自一人喝咖啡的时候可能是不用的'。"

草薙回想起她们两人之间的那番对话。

"没错，当时我也听到了。"间宫也点点头，"问题就在于，这事就连他太太都不知道，为什么他太太的学生会知道呢？"

"有关这一点，有些事想告诉您。"草薙凑近间宫耳边，说出了此前他和内海薰那番关于真柴义孝和若山宏美之间关系的推论。

间宫来回看了看草薙和内海薰的脸，微笑着说："原来你们也是这样想的啊。"

"难道组长您也……"草薙有些意外地回望着他。

"别当我这些年都是白混的，昨天我就已经有这种感觉了。"间宫指着自己的脑袋说道。

"那个，请问这到底是怎么一回事啊？"岸谷在一旁插嘴。

"过会儿再告诉你。"说着，间宫又望着草薙他们，"千万不要在死者太太面前提起这件事，明白吗？"

草薙回答"明白"，一旁的内海薰也点了点头。

"只从剩下的咖啡中发现了那种毒药吗？"草薙问。

"不，还有另外一处。"

"哪里？"

"咖啡壶上铺的滤纸上。说得准确些，是残留在滤纸上的已经用过的咖啡粉里。"

"难道是在煮咖啡的时候把毒药掺进咖啡粉里的吗？"岸谷说道。

"一般而言，确实会令人产生这种想法，但也不能忽视了另一种可能。"间宫竖起食指说。

"也有提前掺进咖啡粉里的可能。"内海薰说道。

间宫颇为满意地收回下巴。"没错。之前咖啡粉是放在冰箱里的，虽然鉴定科说没有从咖啡粉中检测出毒药，但案发时未必没有。或许当时毒药掺在咖啡粉的表面，舀出咖啡粉后，毒药就被清除掉了。"

"既然如此，毒是在什么时候掺进去的呢？"草薙问。

"目前还不大清楚。鉴定科从垃圾袋里找到了几张用过的滤纸，上边都没有检测出毒性。那是当然的，如果检测出有毒，那就说明在死者之前已经有人喝过毒咖啡了。"

"水槽里还有几个没洗的咖啡杯，"内海薰说，"那些杯子是什么时候用的至关重要。还有，是谁用过的也同样重要。"

间宫舔了舔嘴唇。"这一点已经清楚，指纹验证出来了，一个是真柴先生，而另外一个，就是你们心中的怀疑对象。"

草薙和内海薰对望了一眼，看来他们两人的推理已经得到了验证，而调查似乎也已告一段落。

"组长，其实若山宏美也要来这里。"草薙把绫音在车上打的那通电话告诉了间宫。

间宫皱着眉头点了点头。"来得正好，你们去把若山宏美喝咖啡的时间打听出来，记住，别让她蒙混过去。"

草薙回答："明白。"

就在这时，传来有人下楼的脚步声，几人连忙噤声。

"让你们久等了。"绫音来到他们面前。她换了件淡蓝色的衬衫，下身穿着黑色的裤子，或许是补过妆的缘故，脸上似乎恢复了几分血色。

"可以再请教您几个问题吗？"间宫问。

"好的，请问。"

"您应该很累了，我们还是坐下谈吧。"组长指了指沙发。

绫音在沙发上坐下来，双眼透过玻璃门望着外边的庭院说道："真够可怜的，全都蔫了。临走时还叮嘱我丈夫记得浇水，可他那人，对花草一点兴趣都没有。"

草薙转头看了看庭院，只见花盆中盛开着各式各样的鲜花。

"不好意思，我可以先去给花浇浇水吗？看到它们这个样子，我实在是无法安心。"

间宫的表情闪过一瞬间的为难,但随即点了点头,微笑着说:"没关系的,我们不着急。"

"不好意思。"绫音说着站起身,却不知为何朝厨房走去。草薙觉得奇怪,就凑过去看,只见她正在用水桶接水。

"庭院里没有铺水管吗?"草薙在她身后问道。

她转过头来微微一笑。"二楼没有洗脸池,这些水是拿去浇阳台上那些花的。"

"啊,这样啊。"

草薙回想起他昨天刚到这个家时,内海薰抬头仰望阳台上的花的场景。

盛满水的桶看起来相当沉,草薙提出要帮她提上二楼。

"不用了,我可以的。"

"您就别客气了,拿上二楼就行了吧?"

绫音用小得几乎听不到的声音说道:"不好意思。"

他们夫妻二人的卧室是一间至少二十叠大的西式房间,墙壁上挂着一幅巨大的拼布挂毯,鲜艳的色调吸引了草薙的目光。

"这是您亲手制作的?"

"对,是我前不久的作品。"

"真漂亮。说来惭愧,我原以为拼布是类似刺绣的东西,没想到它竟如此饱含艺术之美。"

"也算不上什么艺术,拼布原本就是以实用为主,能派上用场才行。但如果它还能令人赏心悦目,不就更美妙了吗?"

"的确如此。您能够制作这样的作品,实在让人佩服。不过,也挺费神的吧？"

"的确得花点时间，所以很需要毅力，但是制作过程也很愉快。如果不是饱含期待之情是无法做出好作品的。"

草薙点点头，把目光转回到挂毯上。乍看之下，挂毯的颜色搭配得有些随意，但一想到这是绫音饱含着期待一针一线地缝制而成的，看着看着，心就静下来了。

阳台与房间一样，也相当大，但因为摆满了花盆，感觉只能容一个人勉强通过。

绫音伸手把堆在角落里的一个空罐子拿了起来。"挺有意思的吧？"她说着递给草薙看。

空罐子的底部有好几个小洞，绫音用罐子从水桶里舀了水，水由洞中漏下，正好用来浇花。

"哦，拿它来代替洒水壶啊。"

"没错。洒水壶很难从水桶里舀水，对吧？所以我就用锥子在空罐子上戳了几个洞代替。"

"好主意。"

"您也这样想吗？可我丈夫说他根本理解不了我花这么多心思在花花草草上。"说完，绫音的表情突然变得僵硬，整个人蹲了下来。罐子里的水依然滴滴答答地漏个不停。

"真柴太太。"草薙叫她。

"抱歉。我实在不能接受丈夫已经不在的现实……"

"这事发生得太过突然，一时确实难以接受。"

"您已经知道了吧，我们结婚还不到一年。我好不容易才适应这种新生活，了解他的衣食喜好。我一直以为，今后我们还有一段漫长而幸福的路要走。"

草薙实在想不出应该用什么话来安慰面前这个单手覆面、垂头丧气的女人。而围绕在她身边的娇艳的鲜花，此时却让人感觉那样心痛。

"抱歉，我现在这样子，大概没法帮助你们吧？我知道我得振作起来，可是……"绫音低声说道。

"那就改天再向您打听情况吧。"草薙不由自主地说。如果这话让间宫听到了，估计间宫又得一脸苦笑了。

"不，我没事。我也希望早日了解真相。可是我怎么也想不明白，为什么有人会把他毒死……"

话音刚落，门口的对讲机就响了起来。绫音吓了一跳，站起身从阳台上往下看。

"宏美！"她稍稍抬起手，冲着楼下喊道。

"是若山小姐来了吗？"

绫音应了一声，转身走进屋里。

见绫音走出房间，草薙也跟了过去，下楼梯时，他看见内海薰站在走廊上，她应该也听到门铃声了吧。草薙小声告诉她若山宏美来了。

绫音打开玄关的大门，若山宏美就站在门外。"宏美。"绫音带着哭腔。

"老师，您没事吧？"

"我没事，谢谢你来看我。"

话音刚落，绫音便一把抱住宏美，像个孩子似的号啕大哭起来。

5

真柴绫音放开若山宏美,用手指擦了擦眼角,小声说了句"抱歉"。

"我一直忍着没哭,可是看到宏美你,就再也忍不住了。我现在没事了,真的没事了。"

看着强颜欢笑的绫音,草薙感到难过,他真希望能尽快让她独自静一静。

"老师,有什么需要我帮忙的吗?"若山宏美抬头看着绫音问道。

绫音摇摇头。"你过来陪我就足够了,何况我脑子现在也是一片空白。先进来吧,我有话想问你。"

"啊,稍等一下!真柴太太,"草薙赶紧对她们说,"我们也有些事情要问若山小姐。昨晚场面乱糟糟的,没能和她好好沟通。"

若山宏美显得很困惑,目光有些躲闪。或许她在想,她已经把发现尸体时的情况说得很详细,没什么可以提供的了。

"没关系,你们也可以和我们一起啊。"看来绫音完全没有察觉草薙的意图。

"啊,不,我们想先和若山小姐单独谈谈。"

听了草薙的话，绫音不解地眨眨眼。"为什么？我也想听宏美讲述一下经过，所以才把她叫来的啊！"

"太太，真柴太太，"间宫不知何时已来到绫音身旁，"很抱歉，我们警察也要例行公事。请您先把这件事交给草薙他们处理好吗？或许您会觉得我们不近人情，但如果不按规章来办，以后会有许多麻烦。"

听了他这番再明显不过的场面话，绫音脸上浮现出一丝不快的神情，但还是点头同意了。"知道了，那我该去哪里回避呢？"

"太太您留在这里就行，我们还有些事要请教您。"说着，间宫看了看草薙和内海薰，"你们带若山小姐去一个能安安心心说话的地方吧。"

"是。"草薙应道。

"我把车开过来。"内海薰打开玄关的大门走了出去。

大约二十分钟后，草薙三人坐到了一家家庭餐厅角落的餐桌旁。内海薰坐在草薙身边，若山宏美则一脸严肃地低垂着头，坐在两人对面。

草薙喝了口咖啡。"昨晚睡得好吗？"

"不大好……"

"毕竟目睹了尸体，想来您经受的打击不小啊。"

若山宏美没有接腔，只顾低头咬着嘴唇。

听内海薰说，昨晚她一到家就大哭起来。虽然是婚外情，但亲眼见到心爱男人的尸体，这打击之大，自然非同一般。

"我们想请教几件昨晚没来得及问的事情，可以吗？"

若山宏美深吸了一口气。"我什么也不知道……大概无法回答你们的任何问题。"

"不，不会的。我们的问题并不难，只要您愿意如实回答。"

若山宏美瞪了草薙一眼。"我可没有撒谎。"

"那就好。我问您,您曾说是在昨晚八点左右发现真柴义孝先生的尸体的,而在此之前,最后一次去真柴家是周五开家庭派对的时候。您没记错吗?"

"没记错。"

"真的没记错吗?人经常会因为受到太大打击而血气逆流,出现记忆混乱的情况。您先冷静冷静,再好好回忆一下,周五夜里离开后,到昨天夜里的这段时间,您确定没去过真柴家吗?"草薙盯着若山宏美长长的眼睫毛问道。他在"确定"这两个字上加重了语气。

若山宏美沉默片刻之后说道:"为什么这么问?我已经说过没记错了,你们有什么道理这么纠缠不休啊?"

草薙微微一笑。"现在提问的人是我吧?"

"可是……"

"您就把我的话当成单纯的求证好了。不过正如您刚才所说的,既然我们如此纠缠不休地追问,那么还请您谨慎地回答我们的问题。说得难听点,如果之后您轻易推翻证词,我们会很为难的。"

若山宏美再次闭口不言。草薙感觉她脑中正在计算着各种利弊得失。她应该是在考虑谎言被警察拆穿的可能性,正权衡着把一切和盘托出是否对自己有利。

但似乎因为心中的天平迟迟不能平衡,她沉默了许久。

草薙有些不耐烦了。"我们昨晚赶到现场时,水槽里有一个咖啡杯和两个咖啡碟。当时我们问过您是否知道些什么,您回答不知道,但后来经过检测发现那上边有您的指纹,请问您是何时接触杯子和碟子的?"

若山宏美的双肩伴随着她呼吸的节奏，缓慢地上下起伏。

"周六周日两天里，您见过真柴先生吧？当然，那时还是活着的真柴先生。"

若山宏美用手肘顶着桌面，手扶额头。或许她正想着如何替自己圆谎，但草薙坚信能够戳穿她的谎言。

她把手从额头上拿开，两眼望着地面，点了点头。"您说得没错，实在很抱歉。"

"您见过真柴先生，是吧？"

她稍稍停顿片刻，回答了句"是的"。

"什么时候？"

这个问题她依然没有立刻回答。草薙不由得焦躁起来，心里骂她不见棺材不落泪。

"我一定要回答这个问题吗？"若山宏美抬头望着草薙和内海薰，"这与案件根本没有关系吧？你们这样难道不是在侵犯他人隐私吗？"看上去她马上就要哭了，目光中却蕴含着实实在在的怒气，语气也很尖锐。

草薙回想起前辈曾经说过的话：一个女人，不管看上去再怎么弱不禁风，一旦与婚外情搭上关系，就会变得相当棘手。

不能就这样空耗下去，草薙决定打出手中的第二张牌。"真柴义孝先生的死因已经查明，是中毒身亡。"

若山宏美看起来有些惊慌失措。"中毒……"

"我们从残留在现场的咖啡中检测出了有毒物质。"

她睁大了眼睛。"怎么会这样……"

草薙悄悄向前探出身子，盯着她的脸。"您为什么要说'怎么会'呢？"

"可是……"

"您之前喝的时候,并没有任何异样,对吧?"

她眨了眨眼,略显犹豫地点了点头。

"问题的关键就在于此,若山小姐。如果是真柴先生自己下毒而且留下了证据,案子会被定性为自杀或者事故,我们也就不会这么大费周折。但从目前的情况来看,这种可能性微乎其微,我们只能认定有人心怀不轨,在真柴先生的咖啡里下了毒,况且用过的滤纸上也发现了成分相同的有毒物质。目前最具说服力的解释,就是有人在咖啡粉里下了毒。"

若山宏美一脸狼狈,连连摇头。"我什么也不知道。"

"既然如此,希望您至少如实回答我们的问题。您曾经在真柴家喝过咖啡,就是一条极为重要的线索。凶手……不对,目前还无法断定'凶手'这一叫法是否妥当,但您的证词,对我们推定此人在咖啡中下毒的时间至关重要。"最后,草薙说了句"您看如何",便挺直脊背俯视着她。在她主动开口之前,草薙已经不打算再说什么了。

若山宏美双手捂着嘴,目光在桌面游移。终于,她开了口。"不是我。"

"哎?"

"不是我干的。"她眼中流露出倾诉般的目光,摇了摇头,"我没下毒。我说的是事实,请你们相信我。"

草薙不由得和内海薰对望了一眼。

的确,若山宏美是嫌疑人之一,甚至可以说是嫌疑最大的,因为她有下毒的时机。而且假如她和真柴义孝真的有不伦恋情,那么由爱生恨后将对方杀害、再装成命案发现者的可能性也不是没有。然而现阶段,草薙希望竭力排除这种先入为主的观点,与她接触。草薙自认为没有在言行中表现出对她的怀疑，只是询问了她与真柴义孝一起喝咖啡的时间，但她为何又说出那样的话呢？也可以理解为她就是凶手，所以敏感地揣摩了刑警话里的含义，才不由自主地想要先把自己撇清。

"我们并不是在怀疑您。"草薙冲若山宏美笑了笑，"就像刚才说的，我们不过想找出凶手行凶的时机。既然您已经承认了您见过真柴先生，并曾和他一起喝过咖啡，那么请告诉我们是在什么时候、由谁、怎样做的咖啡。"

若山宏美白皙的脸上浮现出苦闷的表情，草薙一时无法判断她是否只是在犹豫要不要说出婚外情的事实。

"若山小姐。"内海薰突然开了口。

若山宏美吃了一惊，抬起头来看着她。

"我们已经设想过您与真柴先生之间的关系了。"内海薰接着说，"即便您现在矢口否认，随后我们还是会去查证，在调查过程中许多人会被问到这件事，所以还是请您好好考虑考虑。如果您现在对我们说实话，我们也愿意采取一些力所能及的措施——比如，如果您不希望我们对其他人提起此事，我们也会配合。"

如同公务员介绍办事程序一般轻描淡写地说完这番话之后，内海薰看了草薙一眼，稍稍低下了头，或许是在为自己刚才的越权行为表示歉意。

不过她的这番建议似乎打动了若山宏美的心，或许同为女人这一因素也起了巨大的作用。若山宏美抬起头来，眨了眨眼睛，叹了口气。"你们真的会替我保密吗？"

"只要此事与案件无关，我们是不会对人随便提起的，请您相信我们。"草薙明确说明。

若山宏美点了点头。"正如二位所言,我和真柴先生的确有些特殊的关系,不止昨晚,周六我也去过他家。"

"您上次是什么时候去的?"

"周六晚上,当时大概是晚上九点多吧。"

如此看来,真柴绫音刚回娘家,他们便快快活活地开始幽会了。

"是你们之前就约好的吗?"

"不是。那天我结束拼布教室的工作后,真柴先生给我打了电话让我当晚去他家。"

"之后您就去了,是吗?后来又发生了什么事?"

若山宏美迟疑了片刻之后,像是豁出去了似的望着草薙。"当晚我就住在真柴家,第二天早上才离开。"

身旁的内海薰开始记录,草薙从侧面看不出任何表情,但她肯定有自己的理解。草薙打算询问结束后问问她。

"你们两人什么时候喝的咖啡?"

"昨天早上,是我做的。啊,不过我们前一天晚上也喝过。"

"周六晚上吗?也就是说,你们一共喝过两次咖啡,对吗?"

"是的。"

"周六晚上也是您做的?"

"不是。周六晚上我到的时候,真柴先生已经做好了,还为我准备了一杯。"若山宏美低头继续说,"那是我第一次看到他做咖啡,他当时也说已经很久没有亲自做了。"

"当时他没有使用咖啡碟,对吗?"内海薰从本子上抬起头来问道。

"是的。"

"那么,昨天早上的咖啡是您做的?"草薙再次确认。

"因为前天晚上真柴先生做的咖啡有些苦,就让我去做了。昨天早上我做咖啡时,真柴先生也一直在旁边看着。"她把视线转向内海,"当时我用了咖啡碟,就是水槽里的那两个。"

草薙点点头,目前她的话并没有前后矛盾之处。

"我多问一句,周六夜间和周日白天,你们用的都是真柴家平常用的那些咖啡粉吗?"

"应该是。我是直接用冰箱里的咖啡粉做的,但周六晚上真柴先生用的是哪里的咖啡粉我就不清楚了,不过应该也是一样的咖啡粉吧。"

"您之前在真柴家做过咖啡吗?"

"老师偶尔叫我做过几次,方法也是她教我的,昨天早上我就是按照她教我的方法弄的。"

"您在做咖啡的时候,是否注意到了些什么,比如容器的位置动过了,或者咖啡的牌子与平常不一样什么的?"

若山宏美轻轻合上眼睛,摇了摇头。"没注意,我想所有的东西应该和平时都一样的。"说着,她睁开眼睛,歪着头满脸不解,"案件与当时的状况并没有什么联系吧?"

"您的意思是什么?"

"因为,"她缩了缩下巴,抬眼望着草薙,"当时咖啡还没毒。假设有人下毒,也应该是在那以后吧?"

"话虽如此,但也不能排除凶手设下陷阱的可能。"

"陷阱……"她一脸不解地沉吟道,"我什么也没察觉。"

"喝过咖啡之后,你们又做了什么事?"

"我立刻出门了,周日我要去池袋的文化学校教拼布。"

"教学时间是几点到几点?"

"早上九点到十二点，下午三点到六点。"

"这期间去过哪里？"

"我打扫完教室，就去吃午饭，随后回来准备下午的课程。"

"午饭是在外边吃的吗？"

"是的，在百货大楼餐饮层的一家面馆里吃的。"她皱着眉头说，"我记得当时只离开一个小时左右，应该无法在文化学校与真柴家之间跑个来回。"

草薙苦笑了一下，做了个安抚的手势。"我们并不是在调查您的不在场证明，请您放心。您昨天说过，下课之后就给真柴先生打了电话，有关这一点，您是否有什么要修正的地方呢？"

若山宏美略为不快地从草薙脸上移开了目光。"我确实给他打过电话，只不过原因与昨天告诉你们的稍稍有些不同。"

"记得昨天您跟我们说，因为他太太不在家，您担心他会不会需要人帮忙，才打电话的，对吧？"

"其实是我早上离开他家的时候，真柴先生跟我说的，他让我下课之后给他打电话。"

草薙望着低垂着眼睑的若山宏美，不住点头。"他当时打算邀您一起共进晚餐，对吗？"

"好像是这样。"

"这样我们就能理解了。之前我们一直都在疑惑，即便他是您极为敬重的老师的丈夫，应该也不值得您如此关注吧，而且即便他没有接电话，也没必要专程去他家啊。"

若山宏美耸耸肩，一脸疲倦地说："当时我自己也觉会令人起疑，但一时之间也想不到其他的借口……"

"因为当时真柴先生没接电话,您有些担心,所以就去了他家。关于这段经过,您还有什么需要修正的地方吗?"

"不,没有了,之后的事情就像我昨天讲述的一样了。对不起,之前对你们撒了谎。"她垂头丧气地说。

内海薰在草薙身旁不停地做着记录,草薙望了她一眼,又再次观察起若山宏美来。

她刚才的这番话并没有可疑之处,不,应该说是昨天留下的疑问现在已经基本解决了,但也不能因此就对她给予全面的信任。

"之前我们曾告诉您,本案存在极大的他杀嫌疑。有关这一点您是否知道些什么?昨天我们也询问过了,您当时回答说不太清楚,还说除了知道真柴先生是您老师的丈夫之外,其他情况一无所知。如今既然您承认了与真柴先生的特殊关系,那么还有没有其他情况可以提供给我们,以供参考呢?"

若山宏美皱着眉头说:"我也不太清楚,我真的无法相信,他竟然是被人下毒杀害的。"

草薙察觉到若山宏美口中的那个"真柴先生",已经变成了"他"。

"请您仔细回忆一下最近一段时间您和真柴先生的对话吧。如果真的是他杀,那么很明显就是一场有预谋的犯罪,也就是说,其中必定存在着具体的动机。在这种状况下,被害人应该会有强烈的感觉,即便被害人有意隐瞒,也常会无意中说漏嘴。"

若山宏美两手按着太阳穴,摇了摇头。"我也不清楚。他的工作一直都很顺利,好像没什么特别烦恼的事情,而且也没听他说过谁的坏话。"

"再仔细回想一下好吗?"

听到这句话,若山宏美用一种悲伤的目光抗议似的瞪着草薙。"我已经想了很多了,昨晚一整夜我都在边哭边想,为什么会发生这种事。我想过他是自杀而死,也想过他是被人杀害,想了很多,但我还是想不明白。我也反复多次回想与他的交往,但依然弄不明白。其实我才是最想知道他为何会遭人杀害的那个人啊!"

草薙发现她的眼中充血,眼圈也转眼间红了起来。他心想,虽说若山宏美是第三者,但也的确深爱着真柴吧!与此同时,他也心生警惕:如果她只是在做戏,倒也真是个了不得的家伙。

"您是从什么时候开始与真柴义孝先生有特殊关系的?"

听到他的提问,若山宏美睁大了通红的双眼。"这与案件没有关系吧?"

"与案件有没有关系,我们自然会判断,不是由您说了算的。刚才已经说过,我们不会向无关人员透露此事,而且一旦查明此事确与案件无关,今后也不会再向您询问这方面的问题。"

若山宏美把嘴唇抿成"一"字,深深地吸了口气,拿起茶杯喝了一口恐怕已经冷掉的红茶。"是从三个月前开始的。"

"好的。"草薙点了点头,虽然他也想仔细询问她陷入这种关系的详细经过,但最终还是忍住了,"有人知道你们之间的关系吗?"

"不,应该没有人知道。"

"可你们俩不是也一起吃过饭吗?难道没有被其他人看到过吗?"

"我们在这一点上很小心,从来不会一起去同一家店吃两次,而且他经常会与工作中认识的女人或者女招待一起吃饭,因此就算有人看到我们在一起,也不会有什么特别的想法。"

看来真柴义孝是个十足的花花公子,或许除了若山宏美,他还有其他情妇。若果真如此，眼前这位女士也具备杀害真柴义孝的动机，草薙暗忖。

内海薰停下笔，抬头问："你们幽会的时候，有没有去过爱情旅馆？"

草薙不由自主地转过脸，盯着用极其例行公事般的口吻直接询问的女刑警的侧脸。他也想过提同样的问题，但从没想过像她这样直截了当。

若山宏美的脸上浮现出内心的不快。"这对调查来说很重要吗？"她的声音听起来有些尖锐。

内海薰面不改色地回答："当然重要。为了解决此案，我们必须尽可能详细地调查真柴义孝先生生活的方方面面，他生前曾经在什么地方做过什么事，都必须尽可能调查得清清楚楚。也许可以通过向各种各样的人打听，了解到各种情况，但就目前而言，真柴先生的行动确实出现了一段空白。我们也不问当时他和您都做了些什么，但至少希望您能告诉我们他当时人在哪里。"

顺口问问他们当时都做了些什么啊——草薙原本想这样插嘴的，但还是忍住了。

若山宏美满脸不快地撇了撇嘴。"我们几乎都是去正常的酒店。"

"有固定的吗？"

"常去的有三家，不过我想你们无法确认，因为他没有用真名登记过。"

"以防万一，请您告诉我们是哪三家吧。"内海薰已经准备好记录了。

若山宏美一脸死心的表情，说出了三家酒店的名字。这三家都是坐落于东京都内的一流大酒店，若不是接二连三地投宿，工作人员也不太可能会记得住客人的外貌。

"见面的日子有什么规律吗？"内海薰进一步问道。

"没有，一般都是互发短信确认对方当天是否有空。"

"频率呢？"

若山宏美歪着头说："大概一周一次吧。"

内海薰结束了询问，向草薙轻轻点了点头。

"感谢您的配合，今天就先到这里吧。"草薙说。

"我也没什么可以再告诉你们的了。"

草薙冲绷着脸的若山宏美笑了笑，拿起桌上的账单。

在离开餐厅前往停车场的路上，若山宏美突然停下了脚步。"请问……"

"什么？"

"我可以回去了吗？"

草薙感到措手不及，转头看着她。"您不去真柴家了吗？您老师不是叫您过去一趟吗？"

"可我现在很累，身体也不舒服。至于老师那边，请你们代为转告一下吧。"

"好的。"

反正现在问话也结束了，草薙他们已经没问题了。

"那就让我们送您回去吧？"内海薰说。

"不，不必了，我自己叫出租车回去好了。谢谢您的好意。"

若山宏美背对着草薙二人向前迈出了步子。一辆亮着空车灯的出租车刚好经过，她扬手叫住车，钻了进去。草薙目送出租车驶远。

"她大概觉得，我们会对真柴太太提起她插足的事吧？"

"不清楚，不过我想，她刚刚才跟我们说了那些事，大概是不想让我们看到她装出一副若无其事的样子面对真柴太太吧。"

"或许的确如此啊。"

"但那边的情况又如何呢?"

"哪边?"

"真柴太太那边,她当真一点都没察觉到丈夫有外遇吗?"

"这个嘛,应该没察觉到吧。"

"您为什么会这么觉得呢?"

"看她刚才的态度不就知道了吗?她不是还一把抱住若山宏美,号啕大哭吗?"

"是吗……"内海薰低头说道。

"怎么了?有什么想说的就快说吧!"

她抬起头望着草薙说:"看到那一幕的时候我突然觉得,或许真柴太太是故意在众人面前哭给她看的,就当着那个无法当众痛哭的人的面。"

"你说什么?"

"不好意思,就当我瞎说好了,我去把车开过来。"

草薙怔怔地望着内海薰跑向停车场的背影。

6

真柴家中,间宫等人对绫音的问话也已经结束了。草薙把若山宏美因身体不适而先回家的事转告给了绫音。

"是吗?或许这事对她的打击也很大吧。"绫音双手捧着茶杯,眼睛望着远方说道。她失落的样子依然没有改变,但挺直脊背坐在沙发上的姿势给人一种严肃的氛围,令人感觉到她内心的坚强。

绫音身旁放着的包里传出来电铃声,她掏出手机,像是请求批准似的望着间宫。间宫点点头,表示同意她接听。

"喂……嗯,我没事……现在警方的人在我这里……现在还不太清楚,只是听说他是在起居室倒下的……嗯,等事情有点眉目了我会联系您的……您跟爸爸也说一声,让他别担心……嗯,我挂了。"绫音挂断电话,看着间宫说道,"是我妈妈打来的。"

"您跟您母亲说过事情的详细经过吗?"草薙问。

"我只告诉她义孝猝死,她问过我到底是怎么一回事,我不知道该怎么回答……"绫音把手放在额头上。

"有没有通知您丈夫的公司呢?"

"今天早上离开札幌之前,我通知过他的顾问律师,就是之前提到的那位猪饲先生。"

"是参加过家庭派对的那位吧?"

"对,经营管理者突然去世,估计公司里已经乱成一团了,可我什么忙都帮不上……"

绫音看起来是钻牛角尖了,怔怔地盯着半空中的某一点。虽然她拼命要展示坚强的一面,但别人已经能感觉到她濒临崩溃边缘,草薙有种想过去扶住她的冲动。

"在若山小姐身体好起来之前,您还是找位亲戚或者朋友过来陪陪您吧。处理身边的各种事务,会很辛苦。"

"我没事,而且今天最好还是不让别人来家里比较好吧。"绫音向间宫确认。

间宫为难地看着草薙。"今天下午开始第二轮取证,真柴太太已经答应了。"

看来让她沉浸在悲痛中的时间都不给了,草薙默默地向绫音低下了头。

间宫起身对死者遗孀说:"很抱歉打扰了您这么久,岸谷就留在这里了,您有什么事尽管吩咐他,叫他帮忙干些杂务也无妨。"

绫音小声地道了谢。

刚出了大门,间宫便问草薙和内海薰:"情况如何?"

"若山宏美已经承认了她与真柴先生的关系,据说是从三个月前开始的,据她本人说应该还没有人知道他们的关系。"

听完草薙的讲述,间宫鼓起了鼻翼。"也就是说,水槽里的咖啡杯……"

"是两人在周日早晨喝咖啡时用过的，据说当时是若山宏美做的咖啡，而且咖啡没有什么异样。"

"这么说下毒是在那之后啊。"间宫摸着长满胡茬的下巴说道。

"真柴太太这边有没有问出什么？"草薙反过来问他。

间宫皱起眉头直摇头。"没问出什么关键的，连她是否察觉到真柴先生的婚外情也不清楚，当时我直截了当地问，她丈夫与其他女性关系如何，没想到她一口否定了，没表现出丝毫的迟疑，看起来不像在演戏，但如果她真是在演戏，那真是个了不得的演员。"

草薙偷偷瞥了瞥内海薰，她曾经说过，绫音紧紧抱着若山宏美号啕大哭那一幕不过是绫音演的一场戏，他很好奇，内海薰听到组长的话后会有什么反应，可是这个年轻女刑警的表情没有太大变化，只是准备好了本子和笔待命。

"或许我们应该把真柴先生的婚外情告诉真柴太太？"

听了草薙的话，间宫立刻摇头。"我们不必主动告诉她，这么做对调查一点好处也没有，估计你们今后还得时常和她会面，留心别说漏了嘴。"

"也就是说，这事先瞒着她？"

"我是叫你别故意让她知道，如果她自己察觉到的话另当别论。"说着，间宫从口袋里掏出一张便条，"你们现在立刻到这户人家去一趟。"便条上写着猪饲达彦的名字、电话号码和住址。"去打听一下真柴先生最近的情况，还有上周五的情形。"

"刚才听说猪饲先生现在正忙着稳定局面呢。"

"他太太应该在家，你们先打电话再登门拜访，听真柴太太说，她产后才两个月，说是她带孩子也挺辛苦的，最好长话短说。"

看来绫音也已经知道警方准备找猪饲夫妇问话的事了,自己遭遇如此不幸,还为朋友的身体担忧,这令草薙心头一热。

内海薰的车子载着两人前往猪饲家,草薙在路上给对方打了电话。一听说是警察,猪饲由希子便大呼小叫起来,草薙连忙强调只需要轻轻松松回答几个问题就好,她才勉强答应,但让他们一个小时后再过去。不得已,两人只得找了家能停车的咖啡厅进去了。

"接着刚才的说,你真觉得真柴太太已经察觉到丈夫的婚外情了吗?"草薙喝了口可可,问道。刚刚找若山宏美问话时才喝过咖啡,所以他这次要了杯可可。

"我只是说有这种感觉罢了。"

"但你心里就是这样想的吧?"

内海薰没有回答,直直地盯着面前的咖啡。

"假如已经察觉,她为什么没有责难丈夫和若山宏美呢?周末开家庭派对还叫若山宏美来?一般不会这么做吧?"

"的确,如果是一般的女人,一旦察觉到就会闹得天翻地覆。"

"你的意思是,真柴太太这人不简单?"

"虽然现在一切都还不好说,但我总觉得她这个人非常聪明,不仅聪明,还很能忍。"

"你是说,因为她能忍,所以连丈夫有外遇也忍了?"

"她知道即便是大吵大闹也不会得到任何好处,反而还会失去两样宝贵的东西:稳定的婚姻生活,还有一名优秀的学生。"

"的确,总不能把丈夫的婚外情对象一直留在身边啊,她这种虚有其表的婚姻生活,又有什么价值呢?"

"人的价值观是多种多样的。如果因地位烦恼还说得过去,但这对夫妇看起来幸福美满，还能举办家庭派对，至少表面上看来确实如此，而且也不需要为金钱奔波，因此她能够专心地做自己喜欢的拼布。我觉得她不是一个会因一时冲动而让这种生活泡汤的傻瓜，或许她打算等待丈夫和学生之间的婚外情自然消亡，这样一来相当于她没有失去任何东西。"内海难得滔滔不绝，之后似乎觉得自己说的话有些武断，于是补充道，"这只是我的想象，未必准确。"

草薙喝了一口可可，没料到比预想的味道甜多了，他不禁皱起眉头，连忙用清水漱口。"真柴太太看上去不像是个有心机的女人啊。"

"这可不是心机，而是聪明女人特有的防卫本能。"

"内海，你是不是也有这种本能？"

她苦笑了一下，摇摇头。"我可没有，如果我的配偶搞婚外情，我肯定不顾一切地大发雷霆。"

"想一想你配偶的下场，倒也真是令人同情呢。总而言之，我是无法理解，明明已经察觉了婚外情，居然还能装作不在乎地继续过下去。"

草薙看了看时间，距离和猪饲由希子通完电话已经过去三十分钟了。

猪饲夫妇的家同样是栋豪宅，不比真柴家逊色，贴着红砖花纹瓷砖的门柱旁边还有一个专为来访客人准备的车库。多亏有这个，内海才不必四处寻找收费停车场。

家里不止猪饲由希子一个人，她丈夫达彦也在，说是接到妻子的电话，知道刑警要来，特意赶回来的。

"公司那边不会有事吧？"草薙问。

"公司里英才群集，不必担心，只不过估计今后还得费时向客户解释，因此我们也期盼案件能够早日真相大白。"猪饲说着向两位刑警投来窥探的目光,"请问究竟是怎么一回事?"

"真柴义孝先生在自己家里去世了。"

"这我知道,但这事既然惊动了警视厅的人,想来也不会是事故或者自杀吧?"

草薙轻轻叹了口气,对方可是一名律师,估计敷衍性的解释骗不了他,而且只要他愿意,完全可以通过其他途径了解事情的详细经过。

草薙先声明请他绝对不要走漏风声,之后就把砒霜中毒致死和从喝剩的咖啡中检测出有毒物质的情况告诉了他。

与猪饲并排坐在真皮沙发上的由希子双手捧着圆圆的脸,用力睁大的双眼稍稍有些充血,草薙以前没见过她,不清楚她胖乎乎的身材是否和刚生了孩子有关。

猪饲缓缓把看样子像是烫过的头发拨到脑后。"果然如此啊,我就想如果只是突发急病而死,那么警察上门并把遗体送去解剖一事就很难解释了。况且,退一步讲,他这人根本不可能自杀。"

"您的意思是,他杀是有可能的?"

"我不清楚究竟是谁、出于什么目的想要害他,更何况还是毒杀……"猪饲皱起眉头摇了摇头。

"那您知道有谁对真柴先生怀恨在心吗?"

"如果您是问他在工作中有没有和谁有过冲突,那倒也不能说完全没有,但都是商务往来中双方各不相让所致,对方恨意并非冲着他个人来的。而且如果真的发生了什么纠纷,出面承担的人也并非是他,而是我啊。"说着,猪饲拍了拍自己的胸膛。

"那么在私生活方面呢?真柴先生是否与人有过什么过节?"

听了草薙的提问,猪饲背靠在沙发上,跷起腿说:"这我就不清楚了,我和真柴虽然是很好的搭档,但在私生活方面,我们一直坚持互不干涉原则。"

"但他不是邀请你们参加家庭派对吗?"

像是惊讶于草薙不懂人情世故似的,猪饲连连摇头。"正因为我们平日里互不干涉,才会举办家庭派对,像我和他这样整日奔忙的人,是需要讲究张弛有度的。"言下之意,似乎在说他根本没有那么多时间可以浪费在交友上。

"在家庭派对上,您是否注意到了什么特别的情况呢?"

"如果你们是想问我当时是否预感他会出事的话,我只能用 no 来回答。当时我们很开心,感觉很充实。"说完,他皱起眉头,"可没想到短短三天之后,他就遇上了这样的事情。"

"真柴先生当时有没有和您提起他周六周日要去见什么人?"

"这我没听说。"猪饲说着转头望向妻子。

"我也没听说,只知道绫音准备回娘家……"

草薙点点头,拿圆珠笔的末端挠了挠太阳穴,他渐渐断定从这两人口中无法获得有用的情报。

"家庭派对是不是经常办?"内海薰问。

"大概每两个月或三个月一次吧。"

"每次都是去真柴家吗?"

"在他们刚结婚不久,我们也在家里招待过他们,后来就一直是在他们家办,因为我妻子怀孕了。"

"在绫音女士和真柴先生结婚之前,你们就认识她了吗?"

"认识啊,因为真柴和绫音认识的时候我也在场。"

"您的意思是……"

"当时我和真柴去参加一个派对，正好绫音也在，那以后，他们就开始交往了。"

"什么时候的事？"

"好像是……"猪饲回忆道，"大约一年半之前吧。不对，或许没那么久。"

听了他的话，草薙忍不住插嘴道："他们是一年前结的婚吧，简直是闪婚啊。"

"这倒也是。"

"真柴先生想早点要个孩子。"由希子在一旁插嘴，"可一直没遇上合适的对象，所以他有些着急了吧。"

"你别净说些闲话！"猪饲责怪完妻子后又转头望着他们说，"他们夫妻相遇和结婚，与这次的案件有什么关系吗？"

"不，不是这个意思。"草薙摆摆手，"目前实在没有什么有用的线索，所以就想多少了解一些家庭生活情况。"

"是吗？我能够理解你们希望多搜集些被害人信息的心情，但如果超过限度可是会有麻烦的。"猪饲换上一副律师的面孔，目光略带恐吓地看着他们。

草薙低头说了句"这一点我们很清楚"，之后迎上猪饲的目光。"抱歉，我们还得向您请教些事情，这也是例行公事，希望您不要介意。如果您能告诉我们周六周日这两天两位是怎样度过的，我们将不胜感激。"

猪饲撇了撇嘴，缓缓地点了一下头。"是在查我们的不在场证明吗？既然你们非查不可，那也没办法。"说完，他从上衣口袋里掏出记事本。

猪饲说上周六他在自己的事务所完成工作后，晚上陪客户出席了一场酒宴，而周日则是陪另外的客户打高尔夫球，一直到晚上十点多才回家。由希子回答说她一直都在家里，周日她的母亲和妹妹来过。

这天夜里，目黑警察局召开了案情研判会议。警视厅一科的管理官①首先做了陈述，认为本案存在极大的他杀嫌疑。他这番发言的最大依据，就是用过的咖啡粉里检测出了剧毒砒霜，如果死者是自杀，估计不大会把毒药混入咖啡中服下，而且就算要在咖啡里下毒，通常也是将毒药掺入到做好的咖啡中才对。

那么，毒药究竟是怎样掺入的呢？鉴定科虽然在会上报告了之前的调查结果，但结论仍旧是"尚未确定"。

这天下午，鉴定科再次对真柴家进行了调查，将食材、调味品、饮料、药物等真柴义孝当时可能食用的所有物品进行了毒性检测，同时针对餐饮器具也进行了同样的检测。案情研判会议召开时，检测工作已经完成大约百分之八十，但并未发现任何有毒物质。鉴定科负责人认为，从目前的情况看，恐怕剩下百分之二十的物品中发现有毒物质的可能性也很小。

也就是说，凶手当时将下毒的目标锁定在真柴义孝饮用的咖啡上，其方法有两种：要么是预先下在咖啡粉、滤纸杯子等上面，要么是在做咖啡时掺进去。凶手究竟用的哪种方法，现在还无法断定，因为目前不但未能在其他任何地方发现砒霜，也没有义孝做咖啡时与谁在一起

---

①警视厅下属各科内的三号人物，位列科长和理事官之后。搜查一科的管理官在重大案件发生时负责在管辖案发地的警察局设立搜查本部，现场指挥。

的证据。

对真柴家宅邸周边的询问结果也出来了,从结果上看,案发之前并没有人看到有人去真柴家。但是真柴家地处行人稀少的僻静住宅区,周围的住户大多也是只要没有威胁到自己的生活,不会关心附近人家的事,所以没人看到并不能说明当时无人拜访。

草薙也报告了他们询问真柴绫音和猪饲夫妇的结果,但并未提及若山宏美和真柴义孝的关系,会议召开前间宫曾经向他下达暂时保密的指示。

当然,间宫已将此事报告给了管理层,高层领导认为,问题较为敏感,在证实与案情确有关系之前,还是尽量控制知情人员的数目为好,或许他们也不希望媒体因此闻风而至。

会议结束后,草薙和内海薰被间宫叫到一旁。"明天你们飞去札幌。"间宫看着两人说道。

一听札幌,草薙立刻察觉了目的所在。"是要调查真柴太太的不在场证明吗?"

"没错。如今死于非命的是一个有婚外情的男子,既然如此,对他的妻子和情妇有所怀疑也是理所当然。已确定情妇没有不在场证明,那么他妻子那边的情况如何?上头指示我们能查清楚的尽快查清楚。先说清楚,要当天来回,我会安排当地警力协助你们。"

"真柴太太说,她是在温泉接到警方通知的,我想必须去一趟温泉了。"

"是定山溪温泉吧?从札幌站乘车的话,一个小时多一点,他太太的娘家在市西区,你们俩分头行动,半天时间就能完成工作。"

草薙只得抓抓头发,说了句"确实如此"。看来间宫并不打算给部下送一份在温泉住一晚的惊喜。

"怎么，内海，你似乎有什么话要说啊？"间宫问。

草薙看了看身旁的内海薰，只见她抿紧嘴唇，一脸无法释然的表情，然后翕动着嘴唇说："我们只调查她当时的不在场证明就行了吗？"

"嗯？你这话什么意思？"间宫问。

"真柴太太周六早上离开东京，周一早晨回来，我们只要查证她这段时间的不在场证明就足够了吗？"

"你觉得还不够吗？"

"我也不大清楚，只是觉得既然我们现在连下毒手法和时机都不清楚，就算她当时有不在场证明，就这样把她从嫌疑对象里排除掉是否有些为时过早呢？"

"下毒手法姑且不论，但时机已经很清楚了。"草薙说，"周日早上，若山宏美和真柴义孝两人还一起喝过咖啡，当时的咖啡并没有任何异状，毒应该是在那之后下的。"

"这样就下结论会不会不妥？"

"不妥？那依你说，凶手是什么时候下毒的呢？"

"这个嘛……我也不大清楚。"

"你的意思是，若山宏美在撒谎？"间宫说，"这样一来情妇和妻子就成了同谋，你觉得可能性大吗？"

"我也觉得不大可能。"

"那你到底还有什么不满意的？"草薙高声叫起来，"有了周六到周日的不在场证明就足够了！就算只有周日的不在场证明，也能够证明真柴太太的清白，这种想法有什么不妥的？"

内海薰摇摇头。"不是，我没觉得不妥，但真的没有什么其他下毒方法了吗？比如说设下什么圈套，让真柴先生自己把毒药掺进咖啡里……"

草薙皱起了眉头。"设法让他自杀？"

"不是的，而是并不告诉真柴先生那是毒药。不说毒药，只说是能让咖啡更加美味的秘方之类的。"

"秘方？"

"不是有一种叫 Garam Masala 的咖喱调料吗？据说稍稍撒上一些，就能增加香气和味道。如果把毒药交给真柴先生，告诉他是类似的咖啡提香提味料，而真柴先生虽然和若山小姐在一起的时候没有使用，但等到他独自一个人喝咖啡的时候，想起了这个，就拿来加了一点进去……这么说或许有些牵强。"

"岂止牵强，根本就是胡扯！"草薙恨恨说道。

"是吗？"

"我可从没听说有什么粉末掺进咖啡里就能提味的，而且也不觉得真柴义孝会相信这种谎话。如果他真的相信了，应该早跟若山宏美说了吧！当时他们谈论过怎样做咖啡才更好喝。而且如果真的是真柴义孝自己下了毒，也应该会留下痕迹，砒霜可是粉末状的，只能装在袋子里或用纸包起来，然而现场并没有发现沾有毒的袋子和纸，这一点你作何解释呢？"

听完草薙连珠炮似的反驳，内海薰轻轻点了点头。"很遗憾，我无法回答您的任何问题，您说得非常有道理。但我总觉得，应该有什么办法能做到。"

草薙转过脸不看她，叹了口气。"你是说，让我相信女人的直觉吗？"

"我可没这么说，但女人有女人的思维方式……"

"等等，"间宫一脸无奈地插嘴了，"讨论可以，但是别把话题的水准降低了。内海，你是觉得真柴太太很可疑吗？"

"我也不是很确定……"

草薙很想堵她一句"又是直觉"，但还是忍住了。

"你的根据呢？"间宫问。

内海薰深吸了一口气，说："香槟酒杯。"

"香槟酒杯？怎么说？"

"我们赶到现场时，厨房里放着洗过的香槟酒杯，有五个。"她转过头来对草薙说，"这事您还记得吧？"

"记得，是周五晚上开家庭派对时用过的。"

"那些香槟酒杯平常收在起居室的酒杯橱柜里，所以我们去的时候，橱柜里的相应位置是空着的。"

"因此……"间宫接着说道，"大概是我脑子不够灵光吧，我没感觉这里面有什么问题。"

草薙也有同感，他盯着内海薰表情坚毅的侧脸。

"为什么真柴太太没把这些酒杯收起来再离开家呢？"

草薙"哎"了一声，间宫也跟着"啊"了一句。

"就算放着没有收起来，也不是什么大问题吧？"草薙说。

"但我觉得平常肯定是会收起来的，当时您也看到橱柜了吧，里面的东西摆放得整整齐齐，一眼就能看出空着的地方是摆香槟酒杯的。真柴太太应该是那种不把贵重餐具收在应该收的地方就不会安心的性格，然而却偏偏没把香槟酒杯放回去，这实在是令人费解。"

"或许只是忘了？"

听了草薙的话，内海薰坚定地摇摇头。"这不可能。"

"为什么?"

"一般情况下或许有这种可能,但当时她是准备离家一段时间的,因此难以想象她会放着那些香槟酒杯不管。"

草薙和间宫对望了一眼,看到间宫一脸惊愕,草薙心想,自己此刻的表情应该也一样。内海薰提出的疑问,之前甚至都没掠过草薙的脑海。

"真柴太太没有把香槟酒杯收起来的原因,我认为只有一个。"内海薰接着说,"她知道自己不会离家太久,因此没有必要急着把香槟酒杯收起来。"

间宫靠到椅背上,两手环抱胸前,抬头望着草薙说:"我想听听你这个前辈的反驳。"

草薙抓了抓眉毛,他实在想不出反驳的话,只是反问道:"你为什么不早点说呢?你到现场后就开始起疑了,对吗?"

内海薰歪着脑袋,露出了少有的羞涩笑容。"当时我觉得您可能会让我不要整天拘泥于细节,而且我想,如果真柴太太真的是凶手,迟早会在别的地方露出马脚的。对不起。"

间宫用力呼了口气,再次望着草薙。"看来我们也得改变一下态度了,上头难得安排了一名女刑警,我们要是搞得人家不敢发言就不像话了。"

"不,我不是这个意思……"

间宫抬手阻止了内海薰的辩解。"今后有什么想说的但说无妨,不用管什么男性女性、前辈后辈,你刚才的意见我也会向上头报告。不过,不管着眼点如何精妙,都不能陷得太深。真柴太太没有把香槟酒杯收起来这一点的确可疑,但证明不了任何东西。我们的目的是找出足以证明事态的证据。而且，刚才我的指令是让你们去证实真柴太太的不在场证明是否属实，至于该怎样处置此事，你就不必考虑了，明白了吗？"

内海薰垂下眼皮眨了好几下眼后，望着上司点了点头。"明白了。"

7

听到手机铃声,宏美睁开了眼睛。

她并没有睡着,只是闭着双眼躺在床上。她早已估计到今晚也会像昨夜一样彻夜难眠,手边有义孝以前给的安眠药,但她不敢吃。

她抬起沉重的身体,感到有些头痛,连伸手拿手机都觉得累。这么晚了,谁打来的呢?看看表,快十点了。

但当看到屏幕上显示的名字后,她便如同被人泼了桶冷水般清醒了过来——是绫音,她赶紧按下接听键。"喂?我是宏美。"她的声音有些嘶哑。

"啊,抱歉,是我。你已经睡了吗?"

"还没,只是躺着罢了,对了……今天早上实在是抱歉了,没能到您那边去。"

"没事,身体感觉好点了吗?"

"我没事了,老师您一定很累了吧?"宏美嘴上这么问,心里却在想着其他事情,她担心刑警已经把她和义孝的婚外情告诉了绫音。

"确实有点累,也不明白究竟是怎么回事……到现在我都无法相信这是现实中发生的事。"

这一点对宏美来说也一样,感觉就像是在不停地做噩梦。她简短地回答了一句。"我能理解。"

"宏美,你的身体真的已经没事了?有没有哪儿不舒服?"

"我没事,估计明天就能上班了。"

"上班的事不着急,我现在能见见你吗?"

"您是说……现在吗?"不安在她心里骤然蔓延开来,"有什么事吗?"

"我有点事想当面跟你谈谈,不会占用你太多时间。如果你觉得太累,我去找你也行。"

宏美把电话贴在耳朵上,摇了摇头。"不,还是我去您家吧。我这就准备,估计一个小时后到。"

"我现在住在酒店。"

"啊……这样啊?"

"警方说要再搜查一下家里,所以我决定今晚先在酒店住一晚,从行李箱拿了些衣服换了一下。"

绫音住在一家位于品川站旁的酒店。宏美说了句"我立刻出发"之后就挂断了电话,在收拾准备出门的时候,她心中一直在猜测绫音找她到底有什么事。绫音嘴上说得好像很关心宏美身体似的,语气却恨不得自己能马上赶到。宏美只能认为绫音有紧急要事,容不得拖延。

在乘坐电车前往品川的路上,宏美满脑子都在猜测绫音要谈的内容。难道刑警已经把自己和义孝的关系告诉她了?虽然在刚才电话里感觉不到她语气里带着凶狠,但或许她只是在强忍着心中的感情,没有爆发出来。

宏美实在想象不出，如果绫音知道了丈夫和学生之间有私情，会作何反应。宏美之前从没见过绫音大发雷霆的样子，但可以肯定的是，她不可能没有愤怒这种情感。

宏美根本无法想象一直以来娴静文雅、从不把激烈情感表露在外的绫音，究竟会怎样面对一个与丈夫有染的女人。而正是因为无法想象，令宏美感到无比惧怕和惊恐。但她早已下定决心，一旦被质问，就不做蹩脚的隐瞒了，只能诚心诚意地道歉。绫音可能不会原谅她，甚至还有可能把她逐出师门，但这也是没有办法的事情。她觉得自己如今必须做决定了。

到酒店后，宏美打电话给绫音，绫音让她直接到房间里来。

绫音换了一身驼色的家居服在等她。"抱歉，这么累还把你叫出来。"

"没事，您要和我说的是……"

"好了，先坐下吧。"屋里摆放着两张单人沙发，绫音示意她可以随意坐下。

宏美坐了下来，环视了一下室内。这是一间双人房，床边放着一个打开的行李箱，就她所见，里边像是塞了相当多的衣服，或许绫音早已打算在这里长住了。

"喝点什么吗？"

"不，不必了。"

"我还是先给你倒一杯，想喝的时候再喝吧。"绫音从冰箱里拿出乌龙茶，倒在两个杯子里。

宏美低声点头道谢后伸手拿起了杯子，其实她早已口干舌燥。

"警察找你问了些什么？"绫音用和往常毫无区别的温柔语调开口问道。

宏美放下杯子，舔了舔嘴唇。"问我发现真柴先生时的情形，还有就是问我知不知道什么线索。"

"关于线索，你是怎么回答的？"

宏美在胸前摆了摆手。"我不知道什么线索，当时我也是这么跟他们说的。"

"是吗，除此之外，他们还问过些什么？"

"其他的倒没问过什么……就只问了这些。"宏美低着头，她实在无法把被问及和义孝共饮咖啡的事说出来。

绫音点点头，拿起杯子喝了一口乌龙茶后，把杯子贴在脸颊上，看起来就像是在给有些发热的脸降温一样。

"宏美，"绫音叫起了她的名字，"我有些话要和你说。"

宏美一惊，抬起头来，目光和绫音对上了。开始她感觉绫音是在瞪着她，但紧接着变成另外一种感觉。绫音眼中并没有憎恶和愤怒，而是一种悲伤与空虚交织的感觉，看她嘴角含着浅笑，那种感觉越发强烈了。

"他跟我说，要和我分手。"绫音不带感情地说道。

宏美垂下了目光，或许她应该表现出惊讶，但她没有这份心力，甚至是连看看绫音都做不到。

"是周五那天，猪饲先生他们去家里之前，他在房间里跟我说的，还说跟无法生育的女人结婚一点意思都没有。"

宏美只能垂着头听她讲，虽然已经知道义孝向绫音提出了离婚，但没想到他是那么说的。

"还有，他说他已经找到人了，不过没告诉我名字，只说是一个我不认识的人。"

宏美一阵心悸，感觉绫音并非是在毫不知情的情况下对自己说这番话的，绫音正打算用淡然的述说来步步相逼。

"但我觉得他在撒谎，对方应该是我认识的人，而且还很熟，正因为如此，他才不能告诉我她的名字，你说呢？"

听着绫音的述说，宏美心中越来越苦闷。她终于忍不住了，抬起了头，双眼满是泪水。

绫音看到她这副样子，并没有表现出任何的惊讶，脸上依旧挂着虚无的笑容，面不改色地说道："宏美，那个人就是你吧？"语气就如同是在温柔地责问一个干了坏事的孩子一样。

宏美不知道该说什么好，为了强忍住呜咽，她紧紧地抿着嘴唇，任凭泪水顺脸颊流下。

"那个人……就是你吧？"

这种情况之下，已经无法否认，宏美轻轻点了点头。

绫音重重地叹了口气。"果然。"

"老师，我……"

"嗯，我知道，你什么都不必说了，在他提出分手的时候我就猜到了。应该说，稍早之前我就有所察觉，只不过不想承认……我每天都在他身边，能感觉到也是理所当然的。而且，他那人其实并不像他自己想象的那么擅长撒谎和做戏。"

"老师，您生我的气了吧？"

绫音歪着头说："怎么说呢，大概是生气了吧。我猜是他主动引诱你的，可我想不通你为什么不拒绝。但是我并不觉得是你把我丈夫夺走的，真的，因为他并没有花心。我认为，首先是他对我的感情冷却了，之后才把目光转移到你身上去的，我甚至有点恨自己，恨自己为什么没能把他的心牢牢拴住。"

"对不起,我知道自己不该这么做,可最终还是没能经受住真柴先生的再三诱惑……"

"别再说下去了。"绫音说,声音和刚才不同,令人感觉到尖锐和冷漠,"再听你说下去,我会记恨你的。你觉得我会想听你是怎样被他勾引的吗?"

她说得很对,宏美耷拉着脑袋摇了摇头。

"我们结婚时曾约定,"绫音的语气温柔了下来,"一年后如果还是没有孩子,就再考虑一下我们的婚姻。我们两人都已经不怎么年轻了,对吧?所以我们并未考虑接受耗时费力的不孕不育治疗。说实话,他的新欢是你这件事让我大受打击,但站在他的角度来说,或许只是履行了婚前约定罢了。"

"这件事我听他说过几次。"宏美低着头说。

宏美在周六和义孝见面时也听他这么说过,义孝当时用了"游戏规则"这个词,说因为游戏规则就是这样,所以绫音会答应的——宏美记得他是这么说的。当时觉得无法理解,但听了绫音的一番话,她感觉实际上绫音是想得很开的。

"我这次回札幌,为的就是调整心情。已经被抛弃了,还继续在那个家里住下去,也实在太悲惨了。我把钥匙交给你保管,为的就是切断对他的思念。我预料到我不在家的时候,你们俩一定会见面。反正你们都会见面,不如干脆把钥匙交给你,我自己也落得一身轻松。"

回忆起绫音把钥匙交给自己时的情景,宏美当时根本没有想到她下了这么大的决心,反而为自己深受她的信任而沾沾自喜。想到当时绫音不知是抱着怎样的心情看着自己接过钥匙的,宏美越发无地自容。

"你和那些警察说过你们之间的事吗?"

宏美轻轻点了点头。"他们已经有所察觉,我只能告诉他们实话。"

"这样啊,不过说来也是。你当时因为担心他的安危而跑到家里去,这一点不论怎么想都不自然,这么说,警察其实已经知道你和他之间的关系了,但一个字也没告诉我。"

"是吗?"

"他们大概是打算佯装不知,暗中观察我吧,他们可能已经开始怀疑我了。"

"哎?"宏美惊讶地望着绫音,"怀疑……老师您?"

"照一般人的想法,我是有动机的,不是吗?遭到丈夫背叛这一杀人动机。"

的确如此,但宏美丝毫没有怀疑过绫音,因为义孝被杀害的时候她在札幌。而且义孝说已经和绫音顺利分手,宏美对此也深信不疑。

"不过就算被警察怀疑也无所谓,这种事没什么大不了的。"绫音把手提包拖到身旁,从包里拿出手帕擦了擦眼睛下方,"重要的是,究竟发生了什么事,他为什么会遇上这种事……宏美,你真的什么都不知道吗?你最后一次见他是什么时候?"

"昨天早上,当时我和他一起喝过咖啡。警察对此问了我很多问题。"

"是吗?"绫音歪着头沉思了一会儿后又望着宏美说,"你没隐瞒什么吧?你已经把知道的全部告诉他们了吧?"

"应该是的。"

"那就好,如果有什么遗漏最好和他们说清楚,或许他们也会怀疑你的。"

"或许他们早就已经怀疑我了,毕竟周六周日两天和真柴先生见过面的人，目前只有我一个。"

"这样啊，警察都是从这些地方开始怀疑上的。"

"嗯……我是不是也该把今天来见您的事告诉警察呢？"

听了宏美的问题，绫音把手贴在额头上说："这个嘛……这也没什么可隐瞒的，我是无所谓。欲盖弥彰，只会加深他们的猜疑。"

"好的。"

绫音舒了口气，嘴角松弛下来。"说来也真是奇怪呢，一个被丈夫甩掉的女人，竟然会和丈夫的情妇坐在同一间屋子里交谈，两人之间还没有争执，只是都感觉走投无路。我们俩之所以没有反目成仇，可能是因为他已经死了吧。"

宏美没搭腔，她的想法是一样的。但对宏美来说，如果义孝能够死而复生，她甘愿接受绫音的任何责骂。她也确信恐怕此刻她比绫音更失落，只是确信的依据实在无法说出口。

8

真柴绫音的娘家位于一片规划得极为干净漂亮的住宅区内，楼房建造得方方正正，玄关在楼梯的上方。一楼是停车场，但住户拿它作为地下层，也就是说，虽然看上去是三层楼房，但产权证上写的是地上两层加地下一层。

"这样的人家在这附近很多的。"三田和宣切着煎饼说，"一到冬天，这里的积雪很厚，所以不能把玄关造在靠近地面的地方。"

"这样啊。"草薙点点头，伸手拿起茶碗，端茶来的人是绫音的母亲登纪子，此刻她跪坐在和宣身旁，膝上放着刚端来的茶盘。

"话说回来，这次可真是吓了我们一跳，没想到真柴居然会遇上这种事。听说既不是事故也不是生病，我就有些纳闷了，果然没多久，警察就到家里调查了。"和宣那略显花白的眉毛皱成了八字形。

"目前还无法断定是他杀。"草薙告诉他们。

和宣皱着眉头，或许因为消瘦的缘故，皱纹显得更深了。

"看来他生前树敌太多，精明能干的经营者都是这样，但究竟是什么人能做出这么伤天害理的事情……"

听说直到五年前，和宣一直都在本地的一家信用金库工作，估计见过不少经营者。

"请问……"登纪子抬起头，"绫音她怎么样啊？电话里她倒是说自己没事……"

身为母亲，果然最关心女儿。

"您女儿很好，这件事对她打击不小，但她还是积极协助了我们的调查工作。"

"是吗？那我就放心了。"说是这么说，但不安的神色没有在这个母亲脸上消失。

"听说绫音女士是因为您身体不适，才在周六赶回来的。"草薙望着和宣的脸切入正题。和宣虽然消瘦且脸色不好，但也不像是整天受病痛折磨的样子。

"我的胰腺不太好，三年前患过胰腺炎后情况就一直不乐观，一会儿发烧，一会儿肚子痛，背痛得动弹不得，如今也就是过一天算一天吧。"

"那这次也没什么特殊情况要让绫音女士必须回来一趟吧？"

"嗯，也没什么特殊情况……是吧？"和宣向登纪子确认。

"周五傍晚，那孩子忽然打电话说明天回来，还说很担心她爸的病，结婚之后还一次都没回来过什么的。"

"除此之外，您是否还听她说起别的原因呢？"

"没再说什么其他原因。"

"她说过打算在这里待多久吗？"

"这倒没具体说……我问她打算什么时候回东京，她只说还没决定。"

从他们两人所说的情况看，绫音似乎没必要火速回乡，那她为什么要赶回娘家呢？已婚女人采取这种行动，最大的可能就是与丈夫发生了矛盾。

"呃，请问……"和宣略带犹豫地开口，"您似乎挺关心绫音回家这件事的，是不是有什么问题啊？"

虽说已经退休了，但和宣毕竟曾经与形形色色的人打过交道。这个从东京过来的刑警有什么目的？他无疑在脑子里做过各种假设。

"如果这件案子确属他杀，凶手很有可能是瞅准了绫音女士回娘家的时候下手的。"草薙语速缓慢地说道，"这样，问题就转到凶手是怎样得知绫音女士的行踪的。所以，接下来想向两位了解一些细节，这也是调查的一个环节，失礼之处还请见谅。"

"是这么回事啊。"不清楚和宣心里是否真的理解，但他还是点头了。

"绫音女士那几天在这边是怎样度过的呢？"草薙来回看了看这对老夫妇的脸，问道。

"刚回来那天，她一直待在家里。晚上我们三个人去了附近的一家寿司店，那孩子以前就很喜欢去那家店。"登纪子回答。

"请问店名叫什么？"

草薙一问，登纪子的脸上便浮出讶异的表情，和宣也是一样。

"不好意思，不知道哪条线索会在日后成为关键，所以我希望确定所有的细节。请放心，我们不会总这样来打扰的。"

登纪子虽然一脸难以释然的表情，但还是告诉了那家寿司店的店名，说是叫作"福寿司"。

"听说周日的时候，她和朋友去了温泉，是吧？"

"那是她上中学起就认识的朋友，名叫佐贵。佐贵的娘家离这儿很近，走路过去五分钟，如今她已经嫁了人搬到南区去了。周六晚上绫音好像给她打了个电话,约好一起去定山溪。"

草薙看着自己的记事本点了点头。间宫之前已经从绫音口中打听到,这位朋友叫元冈佐贵子。内海薰去完定山溪温泉后就去拜访这位女士。

"据说绫音女士这是婚后第一次回娘家,她有没有跟您二位谈起过真柴先生呢?"

登纪子侧着头回忆说:"倒是说过他工作依旧很忙,但又整天跑去打高尔夫球之类的。"

"也就是说,当时她并没有提起家里发生了什么事?"

"没提过。说起来,那孩子问的更多的还是我们的情况,什么爸爸身体还好吗、弟弟还好吗之类的,啊,她还有个弟弟,因为工作关系被派到美国去了。"

"既然绫音女士之前从没有回来过,估计您二位也没见过真柴先生几次吧?"

"是的。他们俩结婚前一阵子,我们去过一次真柴家,但从那之后就一直没机会好好和他谈谈了。真柴倒也说过随时欢迎我们过去,但我们家这口子身体不大好,结果后来就一次都没去过了。"

"我们大概就只见过他四次吧?"和宣回忆道。

"听说好像是闪电结婚啊。"

"就是啊,当时绫音也已经三十了,也该找个人了。我们这头正为这事着急呢,她就突然打电话回来说准备结婚了。"登纪子嘟着嘴说道。

听这对老夫妇说,绫音是在八年前离开家到东京去的。但在此之前,她也并非一直就待在札幌,从短期大学毕业后还到英国去留学了一段时间。拼布是她高中就有的爱好,从那时起就在许多比赛上获得过很高的评价。而知名度的迅速攀升,据说是因为从英国留学归来之后出版的一本书在拼布迷中获得了非常高的评价。

"当时她整天就知道工作,问她打算什么时候结婚也只会说还没心思做别人太太,自己倒还想找个太太来帮忙呢。"

"是这样啊。"草薙听了登纪子的话后有些意外,"不过我看她倒是挺擅长做家务的。"

听他这么一说,和宣噘嘴摆了摆手。"她是擅长手工艺,但不意味着会做其他家务,她还住这儿的时候,从来没做过家务。在东京一个人住的那阵子,听说连个菜都烧不好。"

"咦? 真的吗?"

"是的。"登纪子说道,"我们曾经去那孩子住的地方看过几次,根本就不像自己做饭的样子,她好像要么出去外边吃,要么就是到便利店买便当,整天就吃那些玩意儿。"

"可我听真柴先生的朋友说,他们频频举办家庭派对,而且都是由绫音女士下厨……"

"我们也听绫音说过这事。她在结婚之前报了厨艺培训班,手艺好像长进了不少。我们当时还说,为了能让心爱的人吃上自己亲手烧的菜,那孩子倒也挺努力的呢。"

"而如今却遇上了这种事,她一定很痛苦。"和宣再次想到了女儿现在的心境,一脸心痛地垂下了目光。

"请问,我们可以去见见那孩子吗? 我们也想帮帮她的忙,把丧事给办了。"

"当然没问题,但我们现在还不确定何时能把遗体交还给家属。"

"这样啊。"

"过会儿你给绫音打个电话吧。"和宣对妻子说道。

目的大致已经达成,草薙起身告辞。在玄关穿鞋的时候,他发现衣帽架上挂着一件用拼布做成的外套。衣服的下摆很长,一般成年人穿几乎可以把膝头盖住。

"这衣服是那孩子几年前做的。"登纪子说,"说是冬天出门拿报纸和邮件的时候,让她爸爸披上。"

"我觉得她没必要做得这么花里胡哨的。"和宣虽然这么说,看起来还是挺开心的。

"她爸爸冬天出门的时候滑过一跤,把腰摔折了。绫音应该一直记着,还专门在衣服的腰部垫上了软垫呢。"登纪子一边把外套内侧翻出来给草薙看,一边说道。

草薙心想,这很像她,心思细密。

离开三田家之后,草薙去了福寿司。店门口挂着"准备中"的牌子,年近五十、留着板寸的大厨正在忙着准备做菜用的食材,他还记得绫音一家。

"很久没见小绫了,所以我也使出了浑身的本事。他们那天大概是十点钟左右回去的吧。怎么,有什么问题吗?出什么事了吗?"

草薙不可能透露详情,所以敷衍了两句就离开了这家店,前往札幌站旁一家宾馆的大堂和内海薰会合,到达那里时看到内海薰正在写东西。

"有收获吗?"草薙在她对面的位子上坐下来问道。

"绫音女士确实到定山溪的旅馆住了一晚,我也问过服务员了,当时她和朋友玩得挺开心的。"

"她的那个朋友元冈佐贵子那里……"

"见过了。"

"她说的和绫音的口供有什么不吻合的地方吗?"

内海薰垂了垂眼皮,摇头道:"没有,与绫音的口供基本吻合。"

"想来也是。我这边也一样,她当时根本没到东京跑个来回的时间。"

"元冈女士说,从周日上午起就和真柴太太在一起了,而且到深夜真柴太太才发现手机有未接来电,这一点似乎也属实。"

"那就完美了。"草薙往椅背上一靠,看着后辈女刑警的脸说道,"真柴绫音不是凶手,不可能是。你心里可能还很不服气,但总要看看客观事实吧。"

内海薰做了个深呼吸,把目光移开了,接着再次睁着一双大眼睛看着草薙说道:"元冈太太的话里,有几处值得注意的地方。"

"怎么?"

"元冈太太似乎已经很久没有和真柴太太见面了,说是从真柴太太结婚之后就一直没见过。"

"她父母也是这么说的。"

"元冈太太说感觉真柴太太变了,听说她以前更活泼一些的,但这次感觉成熟了不少,看上去也没精打采的。"

"那又怎样?"草薙说,"真柴太太已经察觉到丈夫搞婚外恋的可能性确实很高,这次回乡或许是她的一场伤心之旅。但是那又怎么样?组长不也跟你说过吗,我们此行目的就是确认她的不在场证明是否属实,现在这一点已经毫无疑问,完美无缺,这不就行了吗?"

"还有一点。"内海薰面不改色地说道,"元冈太太说当时看到绫音女士曾经多次开机,每次开机都看一下是否有短信和未接来电,看完之后就又立刻把手机关了。"

"是为了节约电量吧，这也不算稀罕啊！"

"真的是这样吗？"

"除此之外还有什么可能？"

"或许她早就知道有人会联系她吧，但又不想直接接听电话，而是先靠录音来预先掌握情况，再由自己主动联系。这就是她关掉手机的原因。"

草薙摇摇头，觉得眼前的年轻刑警虽然聪明，但似乎有些意气用事。他看了看表，站起来说道："走吧，要赶不上飞机了。"

9

走进大楼,脚底传来一阵凉意,明明穿的是运动鞋,脚步声却大得出奇。整栋大楼鸦雀无声,似乎空无一人。

内海薰走上楼梯,总算和一个戴眼镜的年轻人擦肩而过。年轻人看到她后,脸上浮现出一丝意外的表情,或许很少会有陌生女子进这栋大楼吧。

内海薰上次到这里来是在几个月之前,当时刚被分配到搜查一科的她为了侦破某件案子,无论如何都必须搞清其中的物理手法,于是就跑来这里寻求帮助。凭借着当时的记忆,她走到要前往的房间门前。

第十三研究室就在记忆中的位置。和上次来的时候一样,门口贴着一块去向板,告知此房间的使用者此刻身在何处。"汤川"二字旁边,一块红色吸铁石牢牢地粘在"在室"的地方。内海薰如释重负,看来对方并没有爽约。助手和学生似乎都去上课了,这一点也让她放心,因为她希望尽可能不要让其他人知道。

她伸手敲了敲门,屋里传出应答声,于是她站在门口等,可过了许久也不见有人来开门。

"很不巧，这门不是自动的。"屋里再次传出了说话声。

薰自己动手打开门，看到屋里一个身穿黑色短袖衬衫的男人背对她坐着，男人面前放着一台大型电脑显示器，屏幕上显示着大小球体组合。

"不好意思，能麻烦你按一下水槽旁边那台咖啡机的开关吗？水和咖啡已经都装好了。"背影的主人说道。

水槽就在一进门的右手边，旁边确实放着一台咖啡机，看起来还很新。按下开关后没一会儿，里面就传出了冒蒸汽的声音。

"听说您更喜欢喝速溶咖啡啊。"薰说。

"这台咖啡机是我参加羽毛球比赛拿到的冠军奖品。很难得，我就试用了一下，还挺方便的，而且每一杯的成本也低。"

"后悔自己为什么早没试试，是吧？"

"不，没这回事，因为这玩意儿有个很大的缺点。"

"什么缺点？"

"它煮不出速溶咖啡的味道来。"边说边敲了一阵键盘后，这间屋子的主人汤川把椅子转了过来，面对着薰，"习惯搜查一科的工作了吗？"

"还行。"

"是吗，我是不是该说那就好呢？可我向来的观点是，习惯刑警工作这一点，就等于正在逐渐丧失人性。"

"同样的话您对草薙前辈也说过吗？"

"说过无数次，可他丝毫不为所动。"汤川把目光转回到电脑显示器上，握住了鼠标。

"那是什么？"

"你说这个吗？是铁素体晶体结构的模型图。"

"铁素体……磁铁的？"

听到薰的问题，戴着眼镜的物理学家睁大了眼睛。"你知道的还真不少啊，虽然准确来说是铁磁体，但已经算了不起了。"

"以前看过几本书，说是用在磁头上的。"

"真希望草薙能来听听啊！"汤川关掉显示器开关，再次望着薰，"好了，请你先回答我的问题：你来这里的事，为什么必须对草薙保密？"

"要回答这问题，就得请您先听我叙述一下案件的经过了。"

听了薰的回答，汤川缓缓地摇了摇头。"这次接到你电话的时候我当即拒绝，是因为我已经不想再和警方的案件侦查工作扯上任何关系。听到你说这件事要对草薙保密后，我改变了主意，因为很想弄明白为什么必须瞒着他，于是才抽出时间见你。所以，你还是先回答我的问题吧！先声明，要不要听你述说案件的经过，容我之后再决定。"

听汤川平淡地说完后，薰看着他，暗暗猜测究竟发生了什么事。听草薙说，汤川以前对调查是持积极协助态度的，后来因为某件案子与草薙疏远了。至于那究竟是一件什么案子，薰并不知情。

"如果不先把案情叙述清楚是很难解释明白的。"

"这不可能。你们找人打听情况的时候会向对方详细述说案情吗？你们最擅长的不就是在关键的地方打马虎眼，从别人口中套出自己需要的情报吗？你只要应用一下这项技能就行了，好了，快点说吧，再磨蹭下去，学生们可要回来了。"

听到他这番连讽带刺的话，薰差点忍不住要翻脸了，她打算让这位貌似冷静的学者干着急一次。

"怎么？"他皱起眉头，"不愿意吗？"

"不是。"

"那就快说，我真的没那么多时间陪你耗的。"

薰应了一句"好吧"，整理了一下思绪。"前辈他……"她望着汤川的眼睛接着说道，"他恋爱了。"

"啊？"冷静而透彻的光芒从汤川眼中消失了，他变得如同一个迷途少年一般，两眼的焦点暧昧不明。他就用那样的目光望着薰问道："你说什么？"

"恋爱。"她重复道，"他爱上了一个人。"

汤川低头扶了扶眼镜，再次望向薰，目光带着强烈的戒备味道。"是谁？"他问。

"一个嫌疑人。"薰回答道，"前辈爱上了本案的一个嫌疑人，所以看待案子的视角与我完全不同，也正因如此，我才不想让他知道我来过这里。"

"也就是说，恐怕他并不希望我给你提出什么建议，是吗？"

"是的。"薰点点头说道。

汤川双手抱胸，闭上了眼睛，然后把身体往椅背上一靠，重重地叹了口气。"看来我还真是太小看你了。我原本还打算不管你说什么，尽快把你打发走就是了，没想到竟然冒出这么一件事情。恋爱啊，而且居然还是那个草薙！"

"现在可以和您说说案件的经过了吗？"薰一边品味着胜利的喜悦，一边说道。

"稍等一下，先喝杯咖啡吧。不先冷静一下没法集中精神听你讲。"汤川站起身来，倒了两杯咖啡。

"这还真是巧了。"薰接过杯子说道。

"怎么个巧法？"

"这还正好是适合一边喝咖啡一边讲述的案子，整件案子就是由一杯咖啡引发的。"

"一杯咖啡里，梦中花绽放……记得以前有这么一首歌。好了，说来听听吧。"汤川坐到椅子上，喝了口咖啡。

薰把目前已经查明的有关真柴义孝被杀一案的情况，从头到尾完整地叙述了一遍。虽然她知道对无关人员泄露调查进展是违反规定的，但听草薙说过，如果不这么做，汤川就不会协助。更重要的是，她信任眼前这个人。

汤川听完她的叙述，喝下了最后一口咖啡，盯着空杯子说道："你对被害人的妻子心存怀疑，草薙却因为爱上了她而无法作出公正的判断。简而言之，就是这么回事吧？"

"恋爱这个说法是我夸张了，为了引起老师的兴趣，我故意用了这个带有冲击力的词语。但前辈对对方抱有特殊感情这一点是毋庸置疑的，至少他表现得和往常有些不大一样。"

"我就不问你凭什么这么断定了，我相信女人在这些问题上的直觉。"

"谢谢。"

汤川皱起眉头，把咖啡杯放到了桌上。"但从刚才听你讲的这些情况看来，我不认为草薙的想法偏得有多厉害，真柴绫音……是叫这个名字吧？这位女士的不在场证明堪称完美。"

"但是，假如凶器是刀具或枪倒也罢了，但这次是毒杀案。我个人觉得，也有可能凶手预先就设好了陷阱。"

"你不会是想让我帮你解释清楚这一陷阱吧？"

汤川一语中的，薰默不作声。

物理学家撇一撇嘴。"果然。看来你误解了，物理并非魔术。"

"可老师您以前不是也曾经多次破解过有如魔术一般的犯罪手法吗？"

"犯罪手法和魔术是不同的，你明白差别所在吗？"见薰摇头，汤川接着说道，"当然了，这两者都是有诀窍的，但处理的办法完全不同。魔术的话，演出一旦结束，观众也就失去了识破诀窍的机会。然而对于犯罪手法，警方是能够对作案现场展开充分搜查，直到满意为止的。只要设过陷阱，就必然会留下痕迹。必须将这些痕迹彻底抹杀掉——这一点可谓犯罪手法中最困难的地方了。"

"在这件案子里，是否也有犯罪手法被凶手巧妙抹杀掉的可能呢？"

"就从你刚才所说的来看，我不得不说可能性很小。死者的情妇叫什么来着？"

"若山宏美。"

"这位女士不是作证说和被害人一起喝过咖啡吗？而且咖啡也是这位女士做的。如果是预先设下的陷阱，那么当时为什么什么事都没发生呢？这是最大的谜团。刚才你所说的推理挺有趣的，把毒药说成是能给咖啡提味的粉末、事先交给被害人的方法如果拍推理连续剧倒也不错，但在现实中是不可能发生的。"

"是吗？"

"你设身处地替凶手想一想，把毒药说成是提味的粉末交给对方后，假如对方并没有在自己家里，而是拿到外面什么地方吃下去，事情会变成什么样呢？比如对方当着什么人的面说是妻子给的，掺进咖啡里喝下去，又会怎么样呢？"

薰咬着嘴唇不再说话了,汤川说得确实有道理,但她心底一直无法彻底放弃之前的推理。

"假设死者的太太就是凶手,那么她必须设下一个能够同时克服三个障碍的陷阱才行。"汤川竖起三根指头,说道,"第一,她事先下毒的事不能让任何人发现,否则她所制造的不在场证明就毫无意义了;第二,喝下毒药的人必须是真柴先生,即使把他的情妇卷进来,也一定要把真柴先生弄死,否则没有任何意义;第三,这一陷阱必须能在短时间内准备好。在她出发前往北海道的前一天夜里,他们不是还在家里开了个家庭派对吗,如果当时就在什么东西里下好了毒,就会有其他人也被毒死的危险。我觉得这陷阱应该是在派对之后才设下的。"侃侃而谈了一番之后,他摊开双手说道,"我无能为力,至少我想不到有什么办法可以同时满足这些条件。"

"您说的这些障碍真的那么难以克服吗?"

"很困难,尤其是要越过第一道障碍就不容易。我觉得还是认为死者的太太并非凶手比较合理。"

薰叹了口气,既然连他都这么肯定,也许自己当初的假设真的无法成立。就在这时,薰的手机响了。她接起电话,眼角余光瞥见汤川起身去加咖啡了。

"你在哪儿?"听筒里传来草薙的声音,语气听起来不太好。

"我在药店调查一下砒霜的来路,发生什么事了吗?"

"鉴定科立了大功,他们从咖啡之外的地方检测出了有毒物质。"

薰紧紧握住了电话。"从哪儿发现的?"

"壶,烧水用的水壶。"

"从那东西上发现的?"

"虽然量很少,但绝对错不了。现在马上就要派人去找若山宏美回警察局接受调查了。"

"为什么是她?"

"因为水壶上有她的指纹。"

"那不是理所当然的吗,她说过周日早上做过咖啡啊。"

"这我知道,所以她才有机会下毒啊。"

"水壶上只发现了她一个人的指纹吗?"

"当然还有被害人的指纹。"

"真柴太太呢?有没有发现她的指纹?"

只听草薙长长地叹了一口气。"她是家里的女主人,当然也留有一两处指纹,但现在已经通过指纹的重叠顺序查明,真柴太太并不是最后一个碰水壶的人。顺带说一句,水壶上也没留下戴着手套碰过的痕迹。"

"我记得以前学过,手套是不一定会留下痕迹的。"

"这我知道,但从目前的情况来看,除了若山宏美之外没人能下毒了。本部这边过会儿会对她进行审讯,你也早点回来。"

薰还没来得及说声"好的",电话就挂断了。

"有新进展?"汤川说完,站着喝了一口咖啡。

薰把刚才那通电话的内容告诉了他,他边喝咖啡边听,连头也没点一下。

"从水壶上检测出来了啊,这确实出人意料。"

"也许我真的想多了。周日早上若山宏美就是用同一把水壶煮了咖啡,和被害人一同喝下的,也就是说那个时候水壶里还没有被下毒,真柴绫音不可能作案,对吧?"

"再说，把毒下到水壶里对真柴太太没有任何好处，根本就谈不上什么犯罪手法。"

薰不解，歪着头沉思起来。

"你刚才断定真柴太太不可能作案，依据是有人在案发之前用过水壶。可是，如果这个人当时没有出现，情况又会如何呢？警方就会顺理成章地认为毒有可能是真柴太太下的，这样一来，真柴太太特地制造的不在场证明就完全失去了意义。"

"啊……的确如此。"薰双手抱胸，垂头丧气地说道，"所以不管怎么说，真柴绫音的嫌疑都被排除了。"

汤川没有回答她的疑问，而是直勾勾地盯着她问道："那么今后你打算怎样调整调查方向？假设真柴太太不是凶手，你会像草薙一样怀疑死者的情妇吗？"

薰摇了摇头。"我想应该不会。"

"挺自信的嘛，说说你的根据吧，你不会是想说她没道理杀害自己心爱的男人吧？"汤川在椅子上坐下来，跷起了二郎腿。

薰的内心感到一阵焦躁，因为她的确打算这么说。除此之外，并没有什么确切的根据。

但从汤川此刻的样子来看，薰觉得他也不认为凶手是若山宏美，而且他或许有什么可靠的根据。但是有关这件案子的情况，汤川都是从薰那里听来的，那么，他究竟掌握着什么线索，令他坚信在水壶里下毒的并非若山宏美？

薰"啊"了一声，抬起了头。

"怎么？"

"她会把水壶洗干净的。"

"你说什么？"

"如果是若山宏美在水壶里下了毒，她应该会在警察赶到之前把水壶洗干净。发现尸体的人就是她，她有足够的时间善后。"

汤川满意地点了点头。"说得没错，我再给你补充一句。如果那位女士是凶手，除了清洗水壶外，她应该还会把用过的咖啡粉和滤纸全部处理掉，并在尸体旁边放上装过毒药的袋子之类的东西，把现场布置得就像是自杀一样。"

"谢谢，"薰低头道谢，"幸好来了一趟，打扰了。"接着转身就向大门走去。

汤川叫她等等。"估计要亲眼看看现场挺困难的，要是能有张照片就好了。"

"什么照片？"

"做毒咖啡的那间厨房的照片，而且我还想看看你们没收掉的那些餐具和水壶的照片。"

薰睁大了眼睛。"您愿意协助我们了？"

汤川皱起眉头，摇了摇头。"闲着无聊的时候也可以动动脑子，想一想身在北海道的人是否能够毒杀身在东京的人。"

薰不由得笑了。她打开拎包，从包里拿出一个档案袋。"请看。"

"这是什么？"

"您刚才说的想看的东西。今天早上我自己拍的。"

汤川打开档案袋，稍稍往后仰了仰头。"如果能把这个谜团解开，我倒还真想让他反过来向你学习学习呢。"汤川做了个鬼脸，"当然，我是说草薙那家伙。"

10

草薙给若山宏美打电话,若山宏美说她人在代官山。那边似乎有个绫音开的拼布教室。

草薙坐上岸谷开的车,两人一道前往代官山。在鳞次栉比的豪华建筑当中,他们找到了那栋贴着瓷砖的白色大楼。大门不是自动锁,现在已很少见。两人乘电梯来到三楼,三〇五室的门上挂着一块写有"杏黄小屋"字样的门牌。草薙按了按门铃。

门开了,若山宏美一脸不安地探出头来。

"百忙之中前来打搅,实在抱歉。"草薙说着走进屋里,刚准备道明来意,就连忙打住了,因为他看到真柴绫音也在。

"请问查到些什么了吗?"绫音走过来问道。

"您也在这里啊。"

"我们正在商量今后该怎么办。话说回来,你们找宏美有什么事?我想她应该没什么可以告诉你们的了。"

绫音的声音听起来低沉而平静,但明显有责难草薙的意思。在她忧郁目光的瞪视下,草薙甚至感到有些畏缩。

"情况有了些进展。"草薙转向若山宏美说道,"麻烦您跟我们到警视厅去一趟吧。"

若山宏美睁大了眼睛,连连眨眼。

"怎么回事?"绫音问道,"你们为什么一定要带她去警察局?"

"这一点现在还不能告诉您。若山小姐,就麻烦您跟我们走一趟吧。没事的,我们没开巡逻车来。"

若山宏美先是用怯懦的目光看了看绫音,之后转向草薙,点了点头。"好吧,不过很快就能回来吧?"

"事情办完就行。"

"那我去准备一下。"

若山宏美的身影消失在里屋,没一会儿,她就拿着上衣和包回来了。

在这期间,草薙一直不敢看绫音,因为能感觉到她的目光依旧在瞪着自己。

若山宏美像被岸谷催着似的走出了房间,就在草薙也准备跟着离开的时候,绫音一把抓住了他的手臂。"请等一下!"她的手出乎意料地有力道。"您是怀疑宏美吗?这怎么可能呢?"

草薙感到不知所措,岸谷他们还在门外等着他。

"你们先走吧。"说完,草薙关上了门,转身看着绫音。

"啊……抱歉。"绫音放开抓着草薙的手,"但她绝对不可能是什么凶手,如果你们是在怀疑她,那可就大错特错了。"

"我们需要查证所有的可能性。"

绫音坚决地摇摇头。"这种可能性根本为零,她不可能杀害我丈夫,这一点警方不是应该也很清楚吗?"

"怎么说?"

"您不是也很清楚吗,她和我丈夫之间的关系?"

草薙被问了个措手不及,略显狼狈地说道:"您果然已经知道了?"

"前几天我已经和宏美谈过这件事了。当时我追问了她和我丈夫之间的关系,她老老实实地承认了。"

接着绫音把谈话内容详细告知了草薙。这番谈话固然令草薙倒吸一口凉气,但更让他震惊的是,窗户纸已经被捅破的情况下,她们俩居然还能同坐在一间屋里商量工作。原因大概是绫音的丈夫已经过世,但草薙还是无法理解她们的心理。

"我这次回札幌,不仅仅是因为丈夫对我提出了分手,更是因为我无法在那个家里继续待下去了。之前我撒谎骗了你们实在抱歉。"绫音低头道歉,"在这样的情况下,那孩子没有任何杀害我丈夫的理由。请你们别怀疑她了,行吗?"

看到她如此诚挚地恳求,草薙困惑不已,他实在不明白绫音为何会如此真心地袒护夺走她丈夫的女人。"您所说的我都理解,不过我们不能光凭主观感情判断事物,必须根据物证客观地去分析。"

"物证?您是说你已经掌握了能证明凶手是宏美的证据?"绫音的目光变得犀利起来。

草薙叹了口气,思索片刻后作出判断:即使告诉绫音他们怀疑若山宏美的根据,也不会影响今后的调查工作。"现在我们已经查明凶手是怎样下毒的了。"草薙把已经从真柴家的水壶上检测出了有毒物质,和案发当天除了若山宏美之外暂未发现有其他人到过真柴家的情况都告诉了绫音。

"从那把水壶上……是吗?"

"倒也说不上是铁证如山,但既然当时只有若山小姐一人能下毒,那我们也就不可能不怀疑她了。"

"可是……"绫音似乎再也想不出什么可说的了。

"我还有事要忙,告辞了。"草薙点点头,走出了房间。

若山宏美被带回警视厅后,间宫立刻在审讯室里开始对她问话。一般情况下是该到搜查本部所在的目黑警察局去审讯的,但间宫提议带到警视厅来问话,看来他心中似乎断定若山宏美坦白的可能性很高。一旦她坦白,就立刻申请逮捕令,然后再把她带到目黑警察局去,这样一来,也就能够向媒体展示逮捕凶手的一幕了。

就在草薙坐在座位上等待审讯结果的时候,内海薰从外边回来了。刚一进门,她就说若山宏美不是凶手。

听完内海薰说的根据后,草薙坐不住了,这并非因为内海薰的根据毫无聆听的价值,恰恰相反,如果真的是若山宏美下的毒,那么她在发现尸体之后是不可能会放着水壶不管的,这种说法确实具有说服力。

"你的意思是有别的人在水壶里下了毒?先声明,真柴绫音不可能做到。"

"我也不清楚究竟是谁,只能说是在周日早晨若山宏美离开之后进了真柴家的某人。"

草薙摇头。"根本就没人去过她家,那天真柴义孝一直一个人待在家里。"

"或许只是我们还没有发现。总而言之,审讯若山宏美是毫无意义的,不光毫无意义,搞不好还会侵犯她的人权。"

内海薰的语气比之前任何时候都要强硬,草薙一时目瞪口呆。就在这时,口袋里的手机响了,草薙如同找到救星一般看了一下来电显示后，顿时愣住了——电话是真柴绫音打来的。

"在您工作的时候打扰您，实在是万分抱歉。有些话，我认为一定得跟您说一说……"

"什么事？"草薙握紧了电话。

"有关从水壶里发现了有毒物质的事，我想未必就一定是有人在水壶里下了毒。"

草薙原本想当然地以为这是一通恳求尽快把若山宏美放回去的求情电话，结果令他大为困惑。"为什么呢？"

"或许我应该早点跟你们说的，我丈夫生前非常注重健康，几乎从来不喝自来水，做菜的时候用的也是净水器过滤后的水，生水的话就只喝瓶装水，还要我用瓶装水给他做咖啡。所以我想，他自己做咖啡的时候，用的也一定是瓶装水。"

草薙明白她想说什么了。"您的意思是说，毒或许是下在瓶装水里？"

一旁的内海薰似乎听到了草薙的话，挑了一下一侧的眉毛。

"我想应该也是有这种可能，所以你们只怀疑一个人是不合理的。要在瓶装水里下毒，其他人应该也有机会。"

"您这话倒也没错……"

"比方说，"真柴绫音接着说道，"我也有可能。"

11

为了送若山宏美回家，内海薰开着车离开警视厅，此时已经是晚上八点多了。

若山宏美在审讯室里待了大约两个小时，这比负责审讯的间宫预想的时间要短很多。

如此早早收场的原因，自然大部分是受了真柴绫音打来的那通电话的影响。据她所说，丈夫真柴义孝生前曾经叮嘱过她，做咖啡的时候一定要用瓶装水。如果此事属实，那么能够下毒的人也就不光若山宏美一个了，因为凶手只要事先把毒药下到瓶装水里就行。

而间宫似乎也对一直哭诉自己没下毒的若山宏美一筹莫展，想不出有效的问话手段，听了薰请求今天暂时先放她回去的建议之后，也就勉强点头答应了。

宏美坐在副驾驶席上一言不发。薰完全可以想象此时的她精神已是疲累至极。

在一脸严肃的刑警的逼问之下，甚至就连男人有时都会因为恐惧和焦躁而心烦意乱。想要平复刚哭过的激动情绪，或许还得花上点时间。

不，即便宏美已经平静下来，薰猜测她也不会主动开口说话。如今已经知道警方怀疑上了自己，那么对这个送她回家的女刑警，宏美必定也不会抱有什么好感。

突然宏美掏出了手机，似乎有人打电话过来了。她接起电话，小声地说了句"喂"。

"……刚才已经结束了，现在我正坐车回家……不，是那个女刑警开车送我……不，不在目黑警察局，是从警视厅出来的，或许还得有一阵子才能到……是的，谢谢。"

宏美小声地讲了一阵后挂断了电话。

薰调整了一下呼吸，开口问她："是真柴太太打来的？"她感觉宏美的身子一下子绷紧了。

"是的，请问有什么问题吗？"

"刚才她给草薙打了个电话，似乎挺担心您的。"

"是吗？"

"听说你们俩在一起谈过真柴义孝先生的事了，是吗？"

"您怎么知道的？"

"听草薙说是真柴太太讲的，就在他们过去带您到警视厅来的时候。"

见宏美一言不发，薰飞快地瞄了她一眼，只见她默默地望着地面。宏美恐怕并不希望那件事广为人知。

"虽然这话说起来感觉有些失礼，但我总觉得非常不可思议。一般来说，你们两位为了这事反目成仇都不奇怪，可你们依然能像以前那样来往……"

"这个嘛……我想大概是真柴先生已经不在了的缘故吧。"

"不过话说回来,我真的有些理解不了。"

隔了一会儿,宏美才淡淡地说了句"是啊",听起来就像是连她自己也无法说明两人现在的这种微妙关系一样。

"我有两三个问题想问一下您,可以吗?"

宏美叹了口气。"还有什么要问的?"她的语气听起来有些不耐烦。

"实在是不好意思,您现在一定很累了。我的问题很简单,应该不会伤害到您。"

"什么问题?"

"您在周日的早上曾经和真柴先生一同喝过咖啡,而这咖啡是您做的。"

"又是这事啊?"宏美的声音听起来有些哽咽,"我什么都没做过,根本就不知道那毒是怎么回事。"

"我不是这个意思。我想问的是您做咖啡的方法,请问当时您用的是哪儿的水?"

"水?"

"我的意思是说,您当时用的是瓶装水还是自来水?"

宏美像泄了气似的"啊"了一声,继续说道:"我记得当时我用了自来水。"

"您没有记错吧?"

"没记错,有什么问题吗?"

"您为什么要用自来水呢?"

"说到为什么……没什么特别的原因,只是温水沸腾得比较快罢了。"

"当时真柴先生也在场吗?"

"在啊，我不是已经说过很多次了吗，当时我在教他怎样做咖啡。"她哽咽的声音中又掺杂了一些焦躁。

"请您好好回想一下，我问的不是在您做咖啡的时候，而是您往水壶里接自来水的时候，他在您身边吗？"

宏美沉默了。虽说间宫肯定已经问了她不少问题，但这个问题无疑从没问过。

"对了……"她喃喃说道，"的确如此，我烧开水的时候他还没来我身边，是在我把水壶放到灶上去之后，他才来厨房让我给他示范一下的。"

"您没记错吧？"

"不会错的，我想起来了。"

薰把车停到路边，打开危险警示灯，转向副驾驶席上的宏美，盯着她看。

"您想干什么？"宏美有些害怕，身子往后缩了缩。

"我记得您以前说过，咖啡的做法是跟真柴太太学的吧？"

宏美点头说是。

"真柴太太曾经跟草薙说，真柴义孝先生非常注重健康，从不喝自来水，还盼咐她做菜的时候要用净水器的水，做咖啡的时候要用瓶装水——您知道这事吗？"

宏美一下子睁大眼睛连连眨眼。"说起来，以前是听老师跟我说过这话，不过她又跟我说其实不必管那么多的。"

"是吗？"

"她说用瓶装水不但不划算，而且烧水也更费时间。如果真柴先生问起来，就说用的是瓶装水就好了。"说着宏美把手贴到脸颊上，"我都把这事给忘了呢……"

"也就是说,其实真柴太太用的也是自来水,对吗?"

"是的。所以那天早晨我给真柴先生做咖啡的时候,都没想过这一点。"宏美看着薰的眼睛说道。

薰点了点头,嘴角边露出了笑容。"我知道了,谢谢您的协助。"她说着熄灭了危险警示灯,放下手刹。

"请问……这件事很重要吗?我用自来水做咖啡,有什么问题吗?"

"算不上问题。正如您所知,我们现在怀疑真柴义孝先生是被人下毒杀害的,所以我们需要对他吃过喝过的所有东西都仔细检查一遍。"

"是吗……内海小姐,请相信我,我真的什么都没做过。"

薰两眼望着前方,咽了咽唾沫,她差点就脱口而出自己相信她了。但是作为一个刑警,这种话是绝对不能说出口的。"警方怀疑的对象并非只有您一人,可以说这世上所有人都会遭到怀疑。警察这职业就是这点让人讨厌。"

或许是因为听到薰的回答和自己期待的完全不同,宏美再次沉默不语。

薰在学艺大学站旁的一处公寓前停下车,看着宏美下车走向公寓大门之后,她往前方看了看,赶忙熄了引擎:她看到真柴绫音就站在玻璃门后面。

宏美也看到绫音了,她显得有些吃惊。绫音对她投以慰藉的目光,但一看到薰跑过来,眼神马上又变得不友善起来。宏美因此也转过头来,流露出困惑的神情。

"还有什么事吗?"宏美开口问道。

"因为我看到了真柴太太,所以就想过来打个招呼。"薰说道,"留了若山小姐这么久，实在是抱歉。"说罢，她低头致歉。

"宏美的嫌疑已经洗清了吧？"

"她已经告诉我们不少事了，听草薙说真柴太太您也提供了一条极为重要的信息，实在是万分感谢。"

"能对你们有所帮助是最好不过的，但我希望这种事今后不要再出现了。宏美她是无辜的，就算你们继续对她盘问下去也毫无意义。"

"是否有意义，我们自然会作出判断。希望二位今后也能协助我们调查。"

"我会协助你们，但是麻烦你们今后不要再把宏美带走了。"

绫音的语气一反常态，感觉有些尖酸刻薄，薰吃惊地回望着她。

绫音转头向宏美说道："宏美，你不可以不说实话，如果你什么都不说，可就没人能保护你了。你明白我这话的意思吗？要是在警局里待上几个小时，可是会伤到身子的，对吧？"

宏美听后表情顿时僵硬了，感觉就像是被说中了什么深埋在心底的秘密一样。薰看到这一幕，脑子里闪过一种直觉。

"莫非您……"薰望着宏美说道。

"你不如就趁现在把事情挑明了吧！幸好是这位女刑警在场，而且这事我也早就知道了。"绫音说道。

"老师您……是听真柴先生说的吗？"

"他没说，可我心里有数，毕竟我也是女人。"

此刻薰已经明白她们两人所说的究竟是什么事了，但她必须再确认一下。"若山小姐，您不会是怀孕了吧？"她开门见山地问道。

宏美有些犹豫不决，但很快就点了点头。"两个月了。"

薰用余光瞥见绫音的身体微微颤抖了一下，因此确信她之前的确并未听真柴义孝说过。

正如绫音本人说的,她是凭借女性特有的直觉察觉到的。所以在听到宏美亲口说出应验了她直觉的话时,尽管心中早有准备,她还是受到了不小的打击。

然而转瞬之间,绫音又恢复了一脸坚毅的表情,转头对薰说道:"这下您明白了吧?现在这段时期,她必须好好保重自己的身子。身为女人,您是明白的,对吧?更别说还要让她到警局去接受几个小时的审讯了。"

薰只得点了点头。实际上,针对怀有身孕的女性,警方也规定了各种各样的审讯注意事项。"我会向上头报告的,今后我们也会在这方面多加注意。"

"那就麻烦您了。"绫音转而看着宏美说道,"这样一来就好了,如果你继续瞒着他们,连医院也去不了啊!"

宏美望着绫音,快要哭出来了。她的嘴角微微翕动着,看上去像是在说"对不起"。

"我还有一件事要跟你们说明白。"绫音说道,"真柴义孝是宏美肚子里孩子的父亲,因此他才下定决心要和我离婚而选择宏美。她怎么可能会杀掉腹中孩子的亲生父亲呢?"

薰对此也深有同感,但一句话也没说。

不知绫音对薰的这一反应是如何理解的,她摇摇头,接着说道:"我真搞不懂你们这些警察到底都在想些什么!她根本就没有杀人动机,有动机的人其实是我才对。"

薰回到警视厅,发现间宫和草薙都还在,他们正在喝从自动售货机买来的咖啡,看上去两人都很沮丧。

"有关水的事,若山宏美是怎么说的?"一看到薰,草薙便急忙开口问道,"就是她给真柴义孝做咖啡的那事,你问过她了吧?"

"问过了,她说当时用的是自来水。"薰把从若山宏美口中打听到的情况告诉了两人。

间宫沉吟道:"所以当时他们俩一起喝咖啡的时候没有出事,如果是在瓶装水里下的毒,那么事情就说得通了。"

"若山宏美说的未必就是实话。"草薙说道。

"话虽如此,但既然她的话并没有前后矛盾,也就无法再继续追究下去了。现在只能等鉴定科给出更确切的报告了。"

"你们问过鉴定科瓶装水的事了吗?"薰问道。

草薙拿起桌上的文件。"听鉴定科的人说,真柴家的冰箱里只有一瓶瓶装水,盖子被打开过。当然,瓶里的水他们也已经检查过了,并没有检测出砒霜。"

"是吗?可刚才组长不是说鉴定科那边还没有给出更确切的报告吗?"

"事情可没那么简单。"间宫撇了撇嘴。

"您的意思是说……"

"冰箱里放的瓶装水容积为一升,"草薙看着文件说道,"瓶内还剩大约九百毫升的水。明白吗?这瓶水刚打开没多久,只用了一百毫升,这么点水要冲一杯咖啡也太少了点。而且从滤管里残留的咖啡粉来看,怎么着都应该是两杯咖啡的量。"

薰明白草薙的言下之意了。

"也就是说,之前应该还有另外一瓶水,因为那瓶用完了就新开了一瓶,现在冰箱里放的就是用剩的这瓶。"

"没错。"草薙点头道。

"那么,毒药或许是下在之前那瓶水里的,是吧?"

"从凶手的角度来说,当然只能这么做了。"间宫说道,"凶手为了下毒去开冰箱,发现里边放着两瓶水,其中一瓶还没有用过。如果想要把毒下到没用过的那瓶水里去,就必须把瓶盖拧开,但如果那么做,或许会引起真柴先生的注意,于是只能把毒下在已经打开的那瓶水里。"

"那去调查一下那个空瓶不就一清二楚了吗?"

"那当然了。"草薙翻动着文件说道,"听说鉴定科的人也已经大致检查过了,我是说大致。"

"有什么问题吗?"

"当时他们是这样答复的:他们检查了真柴家所有能找到的空瓶,没有检测出砒霜,但同时也无法保证凶手行凶时没用过那些空瓶。"

"这话什么意思?"

"简而言之,就是还不太清楚。"间宫在一旁说道,"似乎是因为从瓶子里能采集到的残留物实在是太少了。嗯,这倒也怪不得他们,毕竟瓶子原本就是空的。但送给科搜研[①]去检测或许能得出更精确的分析报告,日前正在等待结果。"

薰总算弄清了事情的经过,也明白了二人为何一脸沮丧。

"不过我倒是觉得,即使从塑料瓶里检测出了有毒物质,情况也不会有太大的改变。"草薙把文件放回桌上说道。

"是吗?我倒是觉得嫌疑人的范围变大了呢。"

草薙俯视着出言反驳的薰。"你刚才没有听到组长说的话吗?如果

[①]科学搜查研究所的简称,为日本警视厅以及道府县警察本部刑事科下设的研究机关,主要进行科学调查研究和鉴定。

凶手真的在瓶装水里下过毒,那也应该下在已经被开启的那瓶里,而被害人在做咖啡之前一直没喝过那瓶水,也就是说,从凶手下毒到被害人身亡,其间并未经过太长的时间。"

"我倒是觉得,不能因为被害人没有喝过水,就认定从凶手下毒到被害人身亡间隔很短。要是被害人感到口渴,其他饮料多得是。"

听到这话,草薙像是在炫耀自己的胜利一般鼓动着鼻翼说道:"你好像已经忘了,真柴先生并非只在周日晚上做过咖啡,他在周六晚上也亲自做过一次。若山宏美不是说过吗,就是因为前一天晚上真柴先生做得太苦,第二天早晨她才当着真柴先生的面给他示范的。也就是说,周六晚上,瓶装水里还没有毒。"

"周六晚上真柴先生做咖啡的时候,用的未必就一定是瓶装水。"

薫刚说完,草薙便把身体大幅度地向后仰,还摊开了双手。"你是想颠覆大前提吗?真柴太太已经说过,真柴先生在做咖啡的时候肯定会用瓶装水,所以我们才会在这里讨论瓶装水,不是吗?"

"我觉得被'肯定'这个词束缚住很危险。"薫不慌不忙地说道,"我们并不清楚真柴先生本人到底坚持到什么程度,也许他只是有这么一个习惯,就连真柴太太也并没有严格遵从他的吩咐。而且真柴先生已经很久没有亲自做咖啡了,即便是当时不小心用了自来水也不足为奇。他们家的自来水管上接有净水器,说不定他当时用了。"

草薙不耐烦地咂嘴。"你可别为了证实自己心里的猜测就牵强附会地编造故事。"

"我只是说,我们应该通过客观事实去判断。"薫把目光从前辈转移到了上司身上,"只要没有查清楚究竟是什么时候、谁最后一个喝过真柴家的瓶装水这个问题,就无法断定下毒时机。"

间宫微笑着摸了摸下巴。"看来多讨论还是挺重要的啊。之前我也和草薙持相同意见，但听过你们俩的这番讨论，我也开始偏向新人的意见了。"

"组长。"草薙一脸受伤的表情。

"但是，"间宫一脸严肃地望着薰说道，"下毒的时机现在基本可以断定。你应该知道周五晚上真柴家组织过什么活动吧？"

"我知道，家庭派对。"薰回答道，"估计当时有好几个人喝过瓶装水。"

"就是说，要下毒，就得在那之后下。"间宫竖起了食指。

"同感。但我认为猪饲夫妇应该是没机会下毒的，他们想要神不知鬼不觉地进厨房不大可能。"

"如此一来，有嫌疑的就只剩下两个了。"

"等一下。"草薙赶忙插话道，"先不管若山宏美有没有问题，怀疑真柴太太就很奇怪，被害人做咖啡用瓶装水这条信息就是她提供的啊。一个凶手怎么可能会故意把警方怀疑的矛头转到自己身上去呢？"

"或许是因为知道迟早会露馅儿吧。"薰说道，"凶手可能打的是这种算盘：反正警方迟早会想到检测空塑料瓶里是否有有毒物质，那倒不如自己主动说出来，这样更容易洗清自己的嫌疑。"

草薙一脸不耐烦地撇了撇嘴。"跟你说话，人要发疯的。你似乎无论如何都一口咬定真柴太太就是凶手。"

"不，她说得很有道理。"间宫说道，"我觉得她的意见足够理智冷静。如果若山宏美是凶手，那么从她没有把残留着毒药的水壶处理掉这一点来看，矛盾的地方不少。从杀人动机这方面来看，真柴绫音的嫌疑也最大。"

就在草薙打算开口反驳的时候,薰却抢先说道:"说到动机,就在刚才,我听说了一件更能说明死者太太有动机的事情。"

"谁跟你说的?"间宫说道。

"是若山宏美。"

接着,薰开始述说宏美身上发生的变化,眼前这两个男人恐怕想都没想过接下来要听到的事。

12

猪饲达彦站在那里，左手握着手机。尽管正在通话，他还是用右手拿起了座机听筒，接起了另一通电话。

"所以说，这事就麻烦你们去处理一下吧，合同的第二条应该写得很清楚了……嗯，当然，有关这一点，我们这边会想办法的……我知道了，那就拜托了。"放下听筒，他又把左手拿着的手机贴在了耳朵上，"不好意思。那件事我已经跟对方谈妥了……嗯，那就麻烦你按照之前谈的那样去办吧……嗯，我明白。"

刚讲完电话，猪饲来不及坐下，就在书桌上记录起来。这张社长用的书桌前不久还是真柴义孝的。把写好的便条装进衣服口袋后，他抬起头望着草薙说道："抱歉，让您久等了。"

"您很忙啊。"

"净是些杂七杂八的事。社长突然去世，各部门的负责人都乱了阵脚，之前我就对真柴这种大权独揽的体制感到担忧，要能更早一些调整就好了。"猪饲一边抱怨一边在草薙对面坐了下来。

"现今社长的职务，暂时由猪饲先生您来代理？"

听了草薙的问题,猪饲把手举到脸前,连连摆手。"经营者不是谁都能当的,有人适合,有人不适合,我还是更擅长当律师。迟早有一天,我会把公司交给其他人经营管理的,所以呢——"猪饲望着草薙接着说道,"觉得我会为了夺取公司人权而杀害真柴的这种推论是不成立的。"

看到草薙睁大了眼睛,猪饲苦笑道:"抱歉,开个玩笑,不过这玩笑一点都不好笑。好友去世了,我却连追悼他的空闲都没有,整天为工作所累。我也知道自己最近相当焦躁。"

"在这种时候还来耽误您的宝贵时间,实在万分抱歉。"

"不,我也挺关心你们的调查情况的,最近可有新进展?"

"案情逐渐明朗起来了,比如已经查明了凶手下毒的方法。"

"有点意思。"

"真柴先生生前非常注重健康、从不饮用自来水这一点,您知道吗?"

听了草薙的提问,猪饲歪着头说道:"他那算是注重健康吗?这一点我也一样,最近几年都没有喝过生水了。"

看他说得如此轻巧,草薙大失所望。这事对有钱人来说,似乎是理所当然的。"是吗?"

"究竟是从什么时候起变成这样子的,连我都觉得不可思议。倒也不是觉得自来水有多难喝,或许只是受了瓶装水厂商的怂恿。嗯,也可以说是习惯吧。"猪饲像是意识到了什么,抬起了下巴,"莫非水里有毒?"

"目前还不确定,只能说有这种可能性。在家庭派对上,您喝过瓶装矿泉水吧?"

"当然喝过，而且还喝得不少……嗯……水。"

"有消息说，真柴先生在做咖啡的时候用的也是瓶装水，您知道这事吗？"

"这事我倒也听说过。"猪饲点头说道，"原来是这样，你们已经从咖啡里检测出有毒物质来了啊。"

"问题的关键是凶手下毒的时间，请问您是否知道有什么人在休息日里曾经偷偷去过真柴先生家吗？"

猪饲直勾勾地盯着草薙。看他的表情，似乎已经嗅到了言辞之中的微妙之处。

"您是说'秘密地'？"

"是的。目前我们还无法推断造访者的身份，但那个人在真柴先生的协助下是可以秘密地进去的。"

"比方说，在真柴太太不在家的时候，带女人回家之类的？"

"倒也不排除这种可能性。"

猪饲放下二郎腿，身体稍稍向前倾了倾。"您能打开天窗说亮话吗？虽然在调查过程中一些信息需要保密，可我不是外行，不会传出去的。相应地，我也会对您开诚布公地说实话。"

见草薙没听明白，又不置可否，猪饲再次靠向沙发。"你们警方不是已经查明真柴有情妇了吗？"

草薙不知如何应对，他没想到猪饲会主动跟他提起。"您都知道些什么情况呢？"他小心地打探道。

"一个月之前，真柴曾经跟我说起过，大概的意思就是说他想换个人了。"猪饲翻着白眼说道，"你们警方不可能连这么点事都查不出来，正是因为查到了些什么才特意过来找我的，难道不是吗？"

草薙挠了挠眉毛，苦笑道："正如您所言，真柴先生的确有个关系特殊的女人。"

"我也不问那人是谁了，我心里大致有数。"

"其实您已经察觉到了？"

"用排除法就行了。真柴他这人是不会对女招待下手的，对公司员工和与工作相关的女人也是一样。如此一来，他身边就只剩一个人了。"说着，猪饲叹了口气，"话说回来，没想到果真如此啊。这事可不能让我妻子知道。"

"我们已经从那位女士本人的供述里得到证实，周六周日她曾经去过真柴先生家。我们想知道的是，除了她之外，是否还有其他人与真柴先生有着同样的关系呢？"

"趁太太不在家，把两个情妇都带到家里去？这可是够豪气的啊。"猪饲晃动着身体说道，"但却是不可能的。真柴那家伙虽然是个老烟枪，但嘴里从不会同时叼两支香烟。"

"您这话是什么意思？"

"就是说，那家伙虽然整天换女人，却不会同时和两个女人来往。估计自打他有了新欢之后，和他太太就没有夫妻生活了吧。因为他曾说过，单纯为了满足欲望而做爱的话，还是等年纪再大些再说吧。"

"也就是说，他的目的是生孩子？"

"从某种意义上来说，确实如此。"猪饲咧嘴道。

草薙想起若山宏美怀孕一事。"照您刚才所说，真柴先生和他太太结婚的最大目的也是为了生孩子？"

听草薙这么一说，猪饲身体大幅度后仰，往沙发上重重地一靠，说道："不是最大目的，而是唯一目的。真柴还是单身贵族的时候，就时常嚷着想早点要个孩子，他也曾经为此而热情高涨地寻找合适的对象，与许多女人交往过。或许在世人眼中他就是个花花公子，但其实他只是在执着地寻觅一个合适的女人，一个适合成为自己孩子母亲的女人。"

"也就是说，他其实根本就不在乎这个女人是否适合做妻子？"

猪饲耸了耸肩，说道："真柴根本就不想要什么太太，刚才我不是说过，他曾跟我说想换个人了吗？当时他还说，他想要的是个能给他生孩子的女人，而不是保姆或高档摆设。"

草薙不由得睁大了眼睛。"这话要是让全世界的女人听到，要引起公愤的。说保姆也还罢了，摆设可就有点……"

"接下来的话可以算是我个人对绫音无私奉献的赞美之辞吧！她辞去外边的所有工作，整日专心于家务，作为一名家庭主妇可谓完美。真柴在家的时候，她也总是整日坐在起居室的沙发上，一边缝制拼布，一边随时等着伺候丈夫。然而真柴却不以为然，在他看来，一个不会生孩子的女人就算坐在沙发上，也不过是一件摆设，碍手碍脚的。"

"……这话说得真是够过分的。他为什么就这么想要孩子呢？"

"这个嘛……虽然我自己也想要孩子，但还没到他那种地步。不过等孩子真的出生之后，就会觉得孩子真是可爱啊。"刚刚做了父亲的猪饲说话间露出一副溺爱子女的笑容。收起笑容之后，他继续说道："不过，这事肯定受了他个人成长经历的影响。"

"您的意思是……"

"估计你们警方也已经查到真柴没有其他亲戚和家人了吧？"

"听说是这样。"

猪饲点点头。"听说真柴的父母在他还小的时候就离婚了。当时他跟着父亲一起生活，但父亲是个工作狂，几乎不回家，所以只好让爷爷奶奶抚养他。可后来爷爷奶奶相继去世，而父亲也在他才二十几岁的时候，因为蛛网膜下腔出血而突然去世，于是他早早地就孑然一身了。虽然依靠他爷爷奶奶和父亲留下来的那些钱，生活上无忧无虑，甚至还能创建一番事业，但他从此与亲情无缘了。"

"所以他才对孩子如此执着……"

"我想他是希望能够有人来延续他的血脉吧。不论彼此之间再怎么相爱，恋人和妻子在这一点上毕竟还是外人。"猪饲的语气淡漠了，或许他心中也有类似的想法，这让他的推断有了些说服力。

"前些天听您说起过，真柴先生和他太太相遇的时候您也在场，是在一个派对上……"

"没错，那个派对名义上是汇集社会各行各业的社交派对，实际上却是顶着各种头衔的人寻找门当户对对象的相亲会。我当时已经结婚了，是受真柴之邀陪他一起去的。当时他说是为了还客户的人情而迫不得已参加的，结果，却和在那里认识的女士结婚了，人生真是难以捉摸呀。嗯，这就叫机缘巧合吧。"

"您说的机缘是……"

听草薙这么一问，猪饲的表情里透出一丝不快，看起来像是在后悔说了不该说的话。

"在和绫音开始交往之前，他曾有一个女朋友，而正巧和那女子分手之后，就召开了刚才说到的派对。估计当时真柴因为无法和前女友顺利相处下去，心里有些着急了吧。"猪饲把食指放在嘴唇上说道，"这事还请不要对绫音说起，真柴生前曾经叮嘱过我。"

"那他当时又是因为什么和那女子分手的呢？"

猪饲歪着头说道:"这我就不清楚了,在这类事情上互不干涉是我们彼此默认的游戏规则。据我猜测,估计是因为生不出孩子吧!"

"他们当时不是还没结婚吗?"

"我说过多少次了,对他而言,有孩子才是最重要的。或许现在流行的'奉子成婚',才是他心目中最理想的婚姻。"

所以他才会选择若山宏美?

这世上的男人形形色色、各种各样,草薙原本以为自己早已见惯不怪了,却仍难以理解真柴义孝的这种观点。即便没有孩子,但只要能和绫音这样的女子生活一辈子,难道不也是一种幸福吗?

"真柴先生之前的女朋友是怎样的人呢?"

猪饲回忆道:"我也不太清楚,只是听真柴说起过有这样一个人,但他没介绍给我认识。他这人有时神秘兮兮的,或许在订婚之前没打算公开他们之间的关系。"

"当时他和那女子是和平分手的吗?"

"我想应该是吧,有关这件事,他没有跟我多说。"说完,猪饲像意识到了什么似的盯着草薙说,"你们不会是觉得那女子可能与此案有关联吧?"

"倒也没有,我们只是希望尽可能地多了解一些被害人的情况。"

猪饲苦笑着摆手道:"如果你们是在猜测真柴曾经叫那女子去过家里,可就大错特错了。那家伙绝对不会做出这种事情。"

"因为……真柴先生他嘴里是不会同时叼两支烟的,是吗?"

"没错。"猪饲点头道。

"明白了,我会参考的。"草薙看了看表,站起身来,"您在百忙之中还协助了我们,实在是万分感谢。"

草薙刚一转身向出口走去,猪饲便赶到他身旁,替他打开了门。

"这可……真是不敢当。"

"草薙先生,"猪饲向他投来认真的目光,"我无意干涉你们的调查,但只有一个请求。"

"什么请求?"

"真柴他算不上正人君子,只要一调查,估计就能查出许多以前的事来,但我个人觉得他的过去和这案子之间没有联系。如今公司正处于非常时期,还望你们尽量别再旧事重提了。"

看来猪饲是担心公司的声誉。

"就算我们查到些什么,也不会泄露给媒体,请您放心。"说罢,草薙走出了房间。

草薙的心中还残留着不快,当然,是针对真柴义孝这个人的。他对真柴义孝认为女性不过是生育工具这一点感到愤怒不已,想来真柴那样的人在其他方面也抱着同样扭曲的人生观吧!比如员工不过就是为了让整个公司运转的零部件,而消费者则不过是他榨取钱财的对象。

不难想象,他的这种观点之前一定令许多人受过伤害。既然如此,有那么一两个人对他恨得咬牙切齿、欲除之而后快也不足为奇。

若山宏美的嫌疑也并不能完全被排除,虽然内海薰认为她不会杀害腹中胎儿的亲生父亲,但听猪饲这么一说,草薙觉得如此断定为时过早了。真柴义孝似乎打算和绫音分手之后就和宏美结合,但只是因为宏美怀上了他的骨肉,而并非真心爱她。也完全有可能是真柴义孝当时对宏美提出了什么自私自利的要求,使得宏美怀恨在心。

话虽如此,面对内海薰的观点——即宏美是第一发现者却不把有毒物质的残留痕迹抹掉这一点很不合逻辑——草薙却不知如何反驳。

一不留神忘了？这种想法有些说不过去。

草薙心想，总而言之，还是先把真柴义孝在和绫音相遇之前交往过的那名女子找出来吧。他一边想着找人的顺序，一边走出了真柴的公司。

真柴绫音像是猝不及防，睁大了眼睛。草薙发现她的黑眼珠在微微地晃动，这话果然令她感到不知所措。"您是问……我丈夫以前的恋人吗？"

"向您提出如此不愉快的问题，实在是万分抱歉。"草薙坐着，低头致歉。

此刻他们二人正坐在绫音暂住的酒店会客区里。草薙打电话说有事相询，约她见一面。

"这事和案件有什么联系？"

听到她的询问，草薙摇了摇头。"现在一切都还不好说，但既然您丈夫很有可能是被人杀害的，我们就必须把所有有杀人动机的人都找出来，所以想查一下过去的情况。"

绫音微微翘起嘴角，两眼看着草薙，惆怅地微笑。"你们觉得他那人其实是根本不会和对方好说好散的，就像和我分手一样，是吧？"

"不……"草薙很想表明自己并非这样想的，但还是打住了。他再次看着绫音说道，"我们得到消息说，您丈夫曾经四处寻找能为他生孩子的女人。心存这种想法的男人一旦做得过火了就会令对方受到伤害，所以当时受了伤害的女人也很有可能对他心怀怨恨。"

"就像我一样吗？"

"不，您……"

"没关系的。"她点头道,"那位警官是姓内海吧?估计您已经听她说过了,宏美最终完成了真柴的心愿,因此他选择了宏美,抛弃了我,要说我心里对他没有一点怨恨那是假话。"

"您不可能行凶。"

"是吗?"

"就目前的情况而言,我们还没在塑料瓶里检测出任何有毒物质,最为稳妥的见解依然认为毒下在水壶里,而您无法做到这一点。"草薙歇了口气之后再次开口说道,"现在我们只能认为有人在周日造访了真柴家,下了毒。估计那人擅闯的可能性很小,所以是您丈夫主动邀请过去的,然而从工作关系上看,我们找不出这个人,而从他极为私人的关系上来看,他会趁着您不在家悄悄邀请到家里的人,自然就很有限了。"

"也就是说,要么是情妇,要么是前女友,是吗?"她说着拢了拢刘海,"可我也帮不了你们啊。这种事,真柴没跟我提过半句。"

"再怎么琐碎的事都没关系。他之前有没有和您交谈的时候偶然提到过呢?"

她歪着头说道:"这……他几乎从不提起过去,从这层意义上来说,他倒可以算是个小心谨慎的人。他似乎也不会再去那些和已经分手的人去过的餐厅或酒吧。"

"是吗?"草薙失望了,原本他还打算到真柴之前约会时常去的店里去碰碰运气。

或许真柴义孝生前的确是个小心谨慎的人,在他家和办公室里的私人物品之中,找不到任何蛛丝马迹能表明他除若山宏美之外另有情妇。保存在他手机上的电话号码,除去跟工作有关的女性外,剩下的就全都是男性的号码了。其实，就连若山宏美的号码都没保存。

"真是抱歉，没能帮上你们的忙。"

"不，您没必要道歉。"

就在绫音准备再次致歉的时候，身旁的包里传出了铃声。她赶忙把手机掏出来，问了句"可以接听吗"。

草薙回答："当然可以。"

"是，我是真柴。"

绫音刚接起电话时的表情还很平静，但顷刻之间，睫毛便颤动起来，她有些紧张地望着草薙。"嗯，这倒也没什么，还有什么事吗？……啊，是这么回事啊？好的，我知道了。那就拜托了。"挂断电话之后，她捂着嘴像是说了句"糟了"。"或许刚才该告诉她，草薙先生您在这儿的。"

"请问是谁来的电话？"

"内海小姐。"

"是那家伙？她都说了些什么？"

"说是她想现在再调查一次我家的厨房，问我可不可以，还说也不是什么大问题。"

"再调查……那家伙到底想干什么？"草薙摸着下巴尖，两眼望着前方的地面说道。

"大概是想再调查一下毒是怎么下的吧。"

"或许吧。"草薙看了看表，拿起桌上的账单，"我也过去看看吧，您看行吗？"

"当然可以。"绫音点了点头，然后像是忽然想起了什么似的说，"那个……我有个请求。"

"什么请求？"

"我也觉得请您帮忙做这种事,真的很失礼……"

"什么事?您就尽管说吧。"

"其实,"她抬起头来说道,"我想请您帮忙浇一下花。之前还以为只用在酒店住一两天的……"

草薙"嗯"了一声,点头说道:"给您带来不便,我们也挺过意不去的。不过现在调查取证的工作已经结束,您应该可以回家去住了。等内海的那什么'再调查'一结束,我就会通知您。"

"不,我没关系,我是自愿决定在这里再住上一段时间的。而且,要独自一人住在那么大的家里,想一想就心痛。"

"说来也是。"

"我也知道自己不能总这样逃避下去,但我想在丈夫的葬礼日程定下来之前,暂时就先在这里住着好了。"

"我估计过不了多久,就能把真柴先生的遗体送还给您了。"

"是吗?那我得准备准备了……"说着,绫音眨了眨眼,"我原本打算明天回家拿行李的时候顺便给花浇浇水,但其实我也想尽早给它们浇水,一直挺担心的。"

草薙听明白了她的言下之意,拍着胸膛说道:"我知道了,这事就交给我来办好了,是庭院里和阳台上的那些花吧?"

"真的可以吗?连我都觉得自己的请求有些过分了。"

"您这么配合调查工作,我们当然也愿意帮点小忙。反正那边也有无事可做的人,您就放心交给我去办吧。"

草薙一站起来,绫音也跟着站了起来,直视着草薙的脸说道:"我不想让家里的花草枯萎。"她的语气中充满了恳切。

"您似乎很爱惜它们啊。"草薙回想起绫音刚从札幌回来的那天也给花浇过水。

"阳台上的那些花从我还单身的时候就开始种起了,每一株都有很多回忆,所以我不希望因为这次的事,连它们也失去。"

有一瞬间,绫音的双眸盯着远方,但紧接着便回到了草薙身上。她的双眸中放射出勾魂摄魄的光芒,令他无法正视。

"我一定会帮您浇那些花,您就放心吧。"说完,草薙走向了收银台。

草薙在酒店门前打了辆车,前往真柴家。绫音最后流露出的那副表情深深烙在了他脑海里,挥之不去。他怔怔地望着车窗外,目光停留在一块日用百货超市的招牌上。他忽然想到了一件事。

"不好意思,我就在这里下车。"草薙连忙对司机说道。

在日用百货超市里匆匆买了东西之后,他再次拦了辆车。因为顺利买到了想买的东西,他有些飘飘然起来。

来到真柴家附近,只见门前停放着几辆巡逻车。草薙心想,还挺煞有介事的,这样下去,这户人家还得继续遭受世人好奇的目光一段时间。

大门旁站着的身穿制服的警察,正是上次案发后在门口站岗的那位。对方似乎也还记得草薙,看到他走过来,默默地点了点头。

刚走进屋里,草薙就看到换鞋的地方放着三双鞋:其中一双运动鞋他曾见内海薰穿过,另外两双是男鞋,一双是皮革已经松软破旧的便宜货,另一双不仅崭新锃亮,上边还有"ARMANI"的字样。

草薙沿着走廊向起居室走去。门开着,里面却没有半个人影。没过多久,厨房里便传出了男人的说话声。

"的确没有手碰过的痕迹啊。"

"对吧？鉴定科也认为，这东西有一年多都没被人碰过。"这是内海薰的声音。

草薙探头望了望厨房，内海薰和一个男人正蹲在水槽旁，水槽下边的门开着，挡住了男人的脸，岸谷则站在两人身旁。

岸谷注意到有人来了。"啊，前辈。"

内海薰闻声转过头来，脸上浮出狼狈的神色。

"你们在干什么？"草薙问道。

她眨了眨眼，说道："您怎么会来这儿……"

"先回答我的问题，我问你们在这儿干什么？"

"你又何必跟专心工作的后辈这样说话呢？"又是只闻其声。伸头查看水槽下方的男人说完后露出脸来。

草薙一惊，一时间感到手足无措，因为对方是他非常熟悉的人。"汤川，你怎么会在这儿……"问完之后，他把目光转移到了内海薰身上，"你瞒着我去找这家伙给你出主意了，是吧？"

内海薰咬着嘴唇一言不发。

"你这话可真是奇怪。内海她想去见谁，还非得一一向你请示不可吗？"汤川站起身来，冲着草薙微微一笑，"好久不见啦。看你气色不错，那就比什么都强。"

"你不是再也不想协助警方办案了吗？"

"从根本上来说，我的这种想法并没有改变，只不过有时也会有些例外。比方说，眼前出现了令科学家感兴趣的谜团的时候。嗯，就这起案子来说，还有别的原因，可我没有必要向你汇报吧？"汤川向内海薰投去一种耐人寻味的目光。

草薙也转头看着她说："你说的'再调查'，指的就是这件事？"

内海薰吃了一惊,半天没合上嘴。"您是听真柴太太说的吗?"

"当时我正在和真柴太太谈事,她接到了你的电话。对了,差点就把一件重要的事给忘了——岸谷,你现在没什么事吧?"

突然被叫到,草薙的后辈岸谷一下子挺直了脊背。"我现在正奉命旁听汤川老师的现场查证,内海一个人听或许会听漏某些信息。"

"我来替你听好了,你去把院子里的花浇一下。"

岸谷连连眨眼。"您是说……浇花吗?"

"真柴太太为了方便我们工作,把家都让出来了,替她浇一下水又不会怎么样。你只用浇院子里的那些就行了,二楼阳台上的花我来浇。"

岸谷极不情愿地皱起眉头,说了句"明白",走出了厨房。

"不好意思,谁给我从头说一下这番'再调查'是怎么回事?"草薙把提在手上的袋子往地上一放,说道。

"那是什么东西?"内海薰问道。

"跟你的'再调查'无关,你就不用管了。好了,你来说说吧!"草薙望着汤川,双手环抱胸前。

汤川戴着手套,双手插在想来也是"阿玛尼"的西裤口袋里,靠在水槽旁。"你手下的年轻女刑警来找我,问了这样的问题:远距离在某个人的饮料里投毒,是否有可能?而且之前设的陷阱还不能留下痕迹。哎呀,这样的难题,即便在物理学的世界中也很难遇到。"他说着耸了耸肩。

"远距离……"草薙瞪了内海薰一眼,"你还在怀疑真柴太太吗?你一口咬定她就是凶手,才把汤川找来问到底用什么魔法才能下毒,对吧?"

"我怀疑的并非只有真柴太太,只是想确认在周六周日有不在场证明的人是否真的就不可能行凶。"

"有什么区别？你不就是冲着真柴太太来的吗？"草薙把目光转回到汤川身上，"为什么要查看水槽下边？"

"我听内海说，你们在三个地方发现了有毒物质。"汤川竖起戴着手套的三根手指说道，"首先是被害人喝过的咖啡里，其次是冲泡咖啡时用过的咖啡粉和滤纸上，最后是用来烧水的水壶，但之后的事情你们就弄不清楚了。有两种可能：一是直接在水壶里下毒，二是在水里下毒。如果是水，下在什么水里？也有两种可能：不是瓶装水，就是自来水。"

"自来水？你是说，在自来水管里下毒吗？"草薙哼了一声。

汤川面不改色地接着说道："在有多种可能性的时候用排除法是最合理的。听说鉴定科已经认定水管和净水器没有异常，但我这人的性格是不亲眼看看就不肯罢休，所以就调查了一下水槽下边。要在水管上动手脚，就只有在这里下手了。"

"结果如何呢？"

汤川缓缓摇头道："水管、净水器的分流管和过滤器上全都没有被人动过手脚的痕迹。虽然也可以把它们全都取下拿去调查，但估计不会有任何结果。这样一来，假设毒是下在水里，就可以断定水是瓶装水。"

"塑料瓶里可没检测出有毒物质。"

"科搜研的报告还没有出来。"内海薰说道。

"不会有的，我们的鉴定科也不是废物。"草薙放开抱在胸前的双手，叉腰望着汤川说道，"这就是你得出的结论吗？特意跑来插一手，结果不也没什么新意吗？"

"有关水的结论就是刚才我说的那些了，但有关水壶的查证接下来才刚开始。刚才我不是说过吗，毒也有可能是直接下在水壶里。"

"这可是我主张的观点。不过先声明，周日早晨水壶里还什么毒都没有，只不过前提是若山宏美所言非虚。"

汤川并没有搭腔，而是拿起了放在水槽旁的一把水壶。

"那是什么？"草薙问道。

"这把水壶和本案中曾使用过的水壶一模一样，是内海准备的。"汤川拧开水龙头，往水壶里接温水，紧接着又把水倒进水槽流走。"这水壶并没有动过任何手脚，就是一把普普通通的水壶。"之后他又重新在壶里接满水，放到一旁的煤气灶上，打开了火。

"你这么做到底有什么意义？"

"好了，你就等着瞧吧。"汤川再次把身子靠在水槽边，"你认为凶手是周日来到这户人家，往水壶里下的毒吗？"

"不是只剩下这种可能了吗？"

"果真如此的话，凶手选择了一个极其冒险的方法。难道凶手就没想过，真柴先生可能和别人说起过凶手要到家里一事吗？还是说，你们觉得凶手是趁着真柴先生外出的间隙悄悄潜入家中的？"

"我认为潜入的可能性不大。据我推断，凶手应该是一个令真柴先生无法在其他人面前提起的人。"

"这样啊，你认为凶手是个被害人不希望让别人知道的人啊。"汤川点了点头，转身对内海薰说道："看来你的前辈还没有完全丧失理智，我放心了。"

"你什么意思？"草薙的目光在两人的脸上转来转去。

"没什么太深的意思。我只想说，既然你们俩都还保持着理智，那么意见有分歧绝对不是坏事。"

见汤川说话的语调依旧有些看不起人，草薙瞪了他一眼，但汤川对他的目光毫不在意，仍旧是一脸微笑。

不一会儿，水壶里的水煮沸了，汤川关了火，揭开盖子往里边看。"看来结果不错。"说着，他把水壶里的水倒进水槽。

看到壶嘴里流出的液体，草薙吓了一跳，因为之前汤川装进去的明明是普通自来水，但此时却变成了鲜红色。

"水是怎么一回事？"

汤川把水壶往水槽里一放，冲草薙笑道："刚才说水壶没动过手脚是骗你的，其实我在水壶内壁涂了层红色粉末，用明胶把粉末覆盖住了。水一沸腾，明胶就会渐渐溶解，最后粉末就会溶到水里。"说完，他又换回一副严肃的表情，对内海薰点头道："本案中，被害人在死亡之前，至少用过两次水壶，是吧？"

"是的。周六晚上和周日早晨曾经用过。"内海薰答道。

"根据所用明胶的质和量的不同，也存在有毒物质不会在第二次使用时溶出、而在第三次才溶出的可能。你们去找鉴定科确认一下如何？同时还要考虑毒药会敷在水壶的哪个位置，如有必要，还得查证一下明胶以外的材料。"

内海薰回答了句"好的"，把汤川的指示写到了记事本上。

"怎么了，草薙？为什么一脸沮丧的样子？"汤川用揶揄的语气说道。

"我可没沮丧。话说回来，这么特殊的毒杀手法，一般人想得到吗？"

"你说方法特殊？根本不。对一个平日用惯了明胶的人来说，这根本就算不上什么难事，比方说擅长做菜的太太们。"

汤川的话令草薙不由得咬住了牙。这位物理学家显然已经把真柴太太认作是凶手了,恐怕是内海薰给他灌输的这种想法吧。

就在这时,内海薰的手机响了。她接起电话说了两三句之后,望着草薙说道:"科搜研那边的报告出来了,没有在塑料瓶里检测出任何有毒物质。"

13

"请各位为死者默哀。"

听到主持人的指示,若山宏美闭上了双眼。场内随即响起音乐,宏美听到后不由得吃了一惊。音乐是披头士的 *The Long and Winding Road*,大意是"坎坷崎岖的漫漫长路"。真柴义孝喜欢披头士,开车的时候也常放他们的CD,而其中他最为喜欢的就是这首了。悠扬舒缓的旋律,回荡着忧伤与悲切。选择播放这首曲子的是绫音,宏美对她萌生了恨意。乐曲中的那种气氛实在是太适合这个场合了,令她不由得回想起了和义孝在一起的点点滴滴。她感觉心头一热,自以为早已流干的泪水,眼看就要再次从紧闭的眼睑缝里渗出来。

宏美当然清楚她是不能当场哭出来的,如果她这样一个与已故之人并无直接关系的女子号啕大哭,周围的人必定会起疑心。更重要的是,她无论如何也不想再让绫音看到她伤心痛哭的样子了。

默哀完毕,献花仪式开始,前来参加葬礼的人依次向祭坛献花。义孝生前不信任何宗教,这样的仪式看来也是绫音定的,她本人此刻正站在祭坛下方,逐个向献花的人点头致意。

义孝的遗体由警察局运到殡仪馆是在昨天,随后猪饲达彦安排了今天的献花仪式。预定今晚会通宵守灵,明天举办一场更加盛大的公司葬礼。

轮到宏美献花。她从一名女工作人员手中接过鲜花,放到了祭坛上。她抬头望着遗像,双手合十。照片上的义孝皮肤黝黑,一脸笑容。

她叮嘱自己千万要忍住泪水,可就在这时,她感觉到一阵恶心,是孕吐。她不由得连忙用合十的双手捂住了嘴。

她强忍着恶心离开了祭坛。再一抬头,吓了一跳,绫音就站在她跟前。绫音一脸强忍悲痛的表情,两眼直盯着宏美。

宏美向她点头致意,准备从她身旁走过去。

"宏美,"绫音出声叫住了她,"你没事吧?"

"嗯,我没事。"

绫音点点头,说了句"是吗",把脸转回了祭坛。

宏美离开了会场,她恨不得马上离开这里。

就在她快步走向出口的时候,有人从身后拍了拍她的肩膀。回头一看,猪饲由希子站在身后。"啊……您好。"她赶忙打招呼。

"真是辛苦你了,估计被警察问了不少问题吧?"由希子的脸上充满了同情,目光之中却显露着好奇。

"嗯,还行吧。"

"真不知道那些警察到底都在搞什么,居然到现在还没查出凶手的一点眉目来。"

"是啊。"

"我们家那口子也说,如果再不尽快解决可是会影响到公司的。真柴太太也说真相大白之前她不会回家,这也难怪,总让人感觉心里发毛。"

"是啊。"宏美只得不置可否地点头。

有人叫了声"喂",转头一看,只见猪饲达彦正朝着这边走过来。

"你们在做什么呢?来通知说,旁边的屋里已经准备好食物和饮料了。"

"是吗?那宏美也一起去吧。"

"不好意思,我还是不去了。"

"为什么?你在等真柴太太吧。来了那么多人,估计一时半会儿还不会结束的。"

"不,今天我还是先告辞了。"

"是吗……你就稍微再陪我一会儿嘛!"

猪饲"喂"了一声,皱着眉头说道:"别老缠着别人不放,人家可是还有其他事要办。"

宏美听了不由得心头一紧,抬头去看猪饲,只见他立刻就把冷峻的目光移开了。

"不好意思,等改天再好好聊吧……我先告辞了。"

宏美朝他们夫妇点了下头,低着头走开了。

猪饲达彦肯定已经知道义孝和自己的关系了,估计不会是绫音告诉他的,说不定是警方说的。看样子他还没告诉由希子,但他也不可能对自己有什么好印象。

自己今后究竟会怎么样?一想到这些,一阵不安便再次袭上宏美的心头。估计自己和义孝之间的关系今后还会被身边越来越多的人知晓,这样一来,她也就无法再在绫音身边待下去了。

同时,宏美自己也觉得今后最好还是不要再接近真柴家了,她怎么也无法相信绫音会真心原谅她。

她尤其记得绫音刚才的眼神，她后悔自己在献花时做出了捂嘴的动作。绫音肯定知道她犯了孕吐，正因如此，才问她身体是否要紧。

假如只是已故丈夫的情妇，或许绫音还会大人大量，不予计较，但她如今还怀上了孩子……

绫音之前好像的确已经察觉宏美怀孕一事，但单纯的察觉和事实摆在眼前终究完全不同。

绫音在几天前告诉了那个姓内海的女刑警宏美怀孕的事，后来就再也没对宏美提过，而她当然也无法主动提起，所以现在一点也不了解绫音对此事的看法。

该怎么办才好？一想到这里，宏美就觉得眼前一片黑暗。

宏美也知道应该把孩子打掉，因为即便生下来，她也没信心让孩子幸福地长大。孩子的父亲已经死了，不仅如此，她自己也将面临失业的危机。不，如果她把孩子生下来，就不能再做绫音交给她的那些工作了。

想来想去，她都是没有别的选择了，却迟迟无法下定决心。就连她自己也不清楚，如此迷茫究竟是因为心中还残留着对义孝的爱，令她不愿眼睁睁地放弃他留给她的唯一"遗产"，还是出于女人希望生个孩子的本能。

但不管怎么说，留给她的时间不多了，她告诉自己必须在两个星期之内做决定。

就在她走出殡仪馆准备打车的时候，听到有人在叫她的名字。

看到对方后，宏美的心情变得更加抑郁了——那个姓草薙的刑警正朝她走来。

"我正到处找您呢,您要回去了吗?"

"嗯,我感觉有点累。"

这个刑警应该已经知道她怀有身孕的事,既然如此,她觉得有必要表明自己身体不适,不希望再被打扰了。

"很抱歉,在您劳累的时候还来打扰您,能请您回答我几个问题吗?不会耽误您太长时间。"

宏美不再去努力压抑心中的不快,说道:"现在吗?"

"不好意思,麻烦您了。"

"非得去警察局不可吗?"

"不,就找个能好好谈谈的地方说吧。"草薙没等宏美答应,就伸手拦下了一辆出租车,让司机把车开到宏美所住的公寓附近。看来果真短时间内就能结束,宏美这才放下了悬着的一颗心。

他们在一家家庭餐厅门口下了车。店里没多少人,两人来到最靠里的餐桌,面对面坐下。

宏美要了一杯牛奶,因为她看到红茶和咖啡被归在了菜单的自助餐饮一栏里,估计草薙也是出于同样原因才点的可可。

"这种地方一般都是禁烟的,对您来说,这样的环境还算可以接受吧?"草薙满脸堆笑地说道。

或许草薙是为了表明他已经知道宏美怀有身孕了,但在正为无法下定决心打掉孩子而苦恼的宏美听来,这话极其讽刺。

"请问……您找我有什么事?"她低着头问道。

"抱歉,想必您已经很累了吧,那无谓的话我也就不再多说了。"草薙探出身子说道,"我想向您请教的也不是别的事,就是有关真柴义孝先生生前与女性的关系。"

宏美不由自主地抬起了头。"您这话什么意思？"

"您按字面理解就行了。我的意思是，真柴先生生前除了您之外，是否还跟其他女性交往过？"

宏美挺直脊背，眨了眨眼。这问题实在太出乎她的意料，令她一时间感到有些不知所措。

"您为什么要问这件事？"

"您的意思是……"

"你们查明他还有别的女人吗？"她的声音不由自主地尖厉起来。

草薙满脸苦笑，轻轻摆一摆手道："还没有根据，只不过是考虑到有这种可能才来找您打听的。"

"我不清楚。你们怎么会想起来问这事？"

草薙听后恢复了严肃，双手交叉放在桌子上。"如您所知，真柴先生是中毒身亡的。从当时的状况来看，只有当天去过真柴家的人才有可能下毒，因此您最先被怀疑上了。"

"我已经说了我什么都没干……"

"您的心情我们理解。如果您不是凶手，又有谁去过他家呢？目前我们还没有从他的工作圈和私人圈里发现可疑人员，于是我们开始怀疑那个人是真柴先生不愿让别人知道他们关系的神秘人。"

宏美终于明白了草薙想说什么，但她并不认同这种荒谬的想法。"您似乎误会他了，虽然他说话做事的确任性妄为，而且还和我这样的人来往，也难怪你们会这样想，但他绝不是个花花公子，而且对我也并非逢场作戏。"

她觉得自己的语气已经足够强硬，但草薙看上去依旧不为所动。

"也就是说，您觉得他应该没有别的女人，是吗？"

"是的。"

"那有关他以前的女友,您是否知道些什么呢?"

"您是问他以前曾经交往过的女人吗?我知道他好像有过几个,但没有听他详细说过。"

"您是否记得些什么,比如职业或他们相识的地点等等,再琐碎都无妨。"

宏美无奈之下只好在记忆里努力搜寻,她想起义孝确实跟她提过几句以前交往过的女人,有几句话宏美还有点印象。"我听他提过,说是曾经和一个与出版有关的人交往过。"

"与出版有关?编辑之类的吗?"

"不,不是,我记得是写书的人。"

"那么,是小说家吗?"

宏美歪着头说道:"这我就不清楚了,只记得曾听他说过对方每次出书都要逼着他谈谈读后感,麻烦死了。我当时问过是什么书,但被他搪塞过去了,因为他讨厌别人问他以前的恋情,我也就没再继续追问。"

"除此之外还有吗?"

"他说他对陪酒女和艺人之类的女人毫无兴趣,去参加相亲派对的时候,也会因为主办方找来太多模特而觉得扫兴。"

"可他和真柴太太不就是在相亲派对上认识的吗?"

"似乎是的。"说着,她双目低垂。

"那真柴先生生前是否还和他昔日的恋人保持着联系呢?"

"就我所知应该没有吧。"宏美翻起眼睛看了看草薙,"这些女人有可能是凶手?"

"我们认为非常有可能，所以才希望您尽量回想一下，毕竟男人在恋爱这方面没有女人心思缜密，有时会在不经意间提起过去的交往对象。"

"就算您这么说，我也……"宏美伸手把牛奶杯拿到自己眼前，才喝了一口就后悔了，还是该要红茶的，喝这东西还得担心可能会把嘴角弄脏。不经意间，她想起了一件事，忽然抬起头来。

草薙连忙问她："怎么了？"

"他虽然挚爱咖啡，但对红茶也知之甚详。这一点我问过他，他说是受前女友影响。听说那女人非常喜欢喝红茶，甚至连买红茶的店都是固定的。记得他说的是一家日本桥那边的红茶专卖店。"

草薙边准备记录边问道："请问那家店的店名叫什么？"

"抱歉，这我就记不得了，也许当时我根本就没问。"

"红茶专卖店啊。"草薙合上记事本，撇了撇嘴。

"我记得的就只有这么多了，抱歉，没能帮上你们的忙。"

"不，您告诉我这么多，真是我的一大收获。其实我们也问过真柴太太同样的问题，但她从没听真柴先生提起过这些事。说不定真柴先生心里爱您比爱他太太还更多一些呢。"

眼前刑警说的这番话令宏美有些焦躁，虽然她并不清楚对方是想安慰她还是为了缓和气氛，但如果他觉得这样的话能令她心情好一点点，那可就大错特错了。"请问，您的问题问完了吗？我有点想回去了。"

"在您身体疲惫时还协助了我们，真是非常感谢。如果您又想起什么了，还请及时联系我们。"

"好的，到时候我会打电话给你们。"

"我送您回去吧。"

"不必了,没两步路就到了。"宏美说着站了起来,没去理会桌上的账单,也没心思说一句"承蒙款待"。

14

壶嘴里喷出了水蒸气,汤川一言不发地提起水壶,把热水倒进了水槽。随后他又打开壶盖,摘掉眼镜往壶里看。戴着眼镜的话,蒸汽会把镜片弄花。

"怎么样?"薰问。

汤川把水壶往炉上一放,缓缓地摇了摇头。"还是不行,跟刚才一样。"

"果然明胶还是……"

"嗯,还是会有残留。"

汤川拉过身旁的钢管椅坐下,双手交叉在脑后,抬头望着天花板。他并没有穿白大褂,只穿了件黑色的短袖衫,身材瘦高,上臂的肌肉相当结实。

薰听说汤川今天要动手验证一下前两天猜想的在水壶里下毒的行凶手法,就连忙赶到了他的研究室。

结果看来不尽如人意。如果要让这种行凶手法成立,就必须使明胶在水壶使用两次后还不能完全溶解,以免包裹在其内部的有毒物质混入水中。也就是说,明胶层需要有相当的厚度,而如果明胶涂得过厚,就不能完全溶解,会残留在水壶里。不用说,鉴定科送来的报告显示,水壶里并未残留类似物质。

"用明胶果然行不通啊。"汤川双手抓了抓头。

"鉴定科也持相同意见。"薰说道,"他们认为,即便明胶完全溶解了,应该仍会在水壶内壁留下些许残留。还有,刚才我也说过了,用过的咖啡粉中也没有发现明胶。您提出的想法挺有意思,所以鉴定科也是干劲十足,据说已经试过许多其他材料了。"

"糯米纸应该也已经试过了吧?"

"是的。听说如果用糯米纸,淀粉会残留在咖啡粉里。"

"看来这猜测不对啊。"汤川拍一拍膝头,站起身来说道,"很遗憾,果然还是放弃这想法比较好啊。"

"当时我也觉得您这想法挺不错的。"

"结果也只是让草薙'小'吃一惊。"汤川说着披上了搭在椅背上的白大褂,"他现在在忙些什么?"

"似乎正在调查真柴先生的情感经历。"

"哦,他也正在用自己的方式坚守着信念啊!既然如今已经证实了在壶里下毒的手法是行不通的,试试其他的想法也好。"

"您的意思是说,或许是前女友下手杀害了真柴先生?"

"不清楚是不是他前女友,我只知道,凶手在周日早晨若山宏美离开之后,以某种办法潜入真柴家,在水壶里下了毒——这种想法听起来最合理。"

"您打算放弃了吗?"

"不能说是放弃,只是在遵循排除法。虽然听你说草薙对真柴太太抱有特殊的感情，但他的着眼点绝对不离谱。我倒是觉得他的侦查方向其实挺稳妥的。"汤川再次坐到椅子上，跷起二郎腿，"有毒物质是砒霜吧，难道就不能从其来源上锁定凶手吗？"

"很难，使用砒霜的农药大约在五十年前就停止制造和销售了，但还是会被用在某些意想不到的地方。"

"比方说？"

内海薰翻开随身带着的记事本说道："木材防腐剂、驱虫剂、牙科治疗药物、半导体材料……比如说这些地方。"

"用途挺多的嘛，没想到牙医也会用到。"

"听说是用来杀死牙神经的，只不过这种药是糊状的，不但很难溶于水，而且砒霜含量也只有百分之四十，估计用于本案中的可能性很低。"

"那毒性较大的呢？"

"还是驱虫剂行业，听说主要是用来驱除白蚁的。购买时需要登记姓名住址，我们正在查记录。不过，因为购买记录只保存五年，如果是在五年前买的就没辙了，假如是从非正规渠道购买的也无从追查。"

"估计本案的凶手是不会在这种地方露出破绽来的。"汤川摇头道，"站在警方的角度来看，或许草薙那边的成果还更值得期待些。"

"我总觉得凶手不可能是直接在水壶里下毒。"

"为什么？就因为死者的太太无法用这种办法吗？虽然怀疑真柴太太是你个人的自由，但以此为前提展开推理的做法不能算合理。"

"我并没有以这个想法为前提，只是觉得那天无论如何都不可能会有别的人造访过真柴家，至今没有任何痕迹表明此人曾经出现过。假设确如草薙前辈所设想的那样，真柴先生的前女友去过他家，那么他至少也会端一杯咖啡出来待客吧？"

"也有人不这么讲礼数。如果对方还是个不速之客，那就更有可能了。"

"那么这样的人又是如何在水壶里下毒的呢？那可是在真柴先生的眼皮底下啊！"

"真柴先生总要上厕所吧？见缝插针的事并不难。"

"果真如此的话，那凶手制订的这个计划可是含有非常不确定的因素啊，如果当时真柴先生并未起身去厕所，又该怎么办呢？"

"或许另有安排，也可能见没有机会下手就此死心放弃，即便真没杀成，凶手也不会有事。"

"老师您……"薰把下巴一缩，望着眼前的物理学家说道，"究竟站在哪一边啊？"

"你这话可说得奇了，我哪边都不站，只不过是分析信息，偶尔动手做做实验，希望能够找出最合理的答案罢了。而就现在看来，你这边的情况倒也好不到哪里去。"

薰咬了咬嘴唇。"修正一下我刚才的话，老实说，我确实是在怀疑真柴太太，至少我坚信她与真柴先生的死有关，尽管其他人可能认为我固执得可以。"

"生气了？这可不像你。"汤川不解地耸了耸肩，"我记得你怀疑他太太的根据，就是那几个香槟酒杯，对吧？说是你觉得她没把酒杯放回橱柜很可疑。"

"除此之外还有其他疑点，真柴太太得知事件发生是在当天夜里，说是因为接到了警察打过去的录音电话。我去找当时打电话的警官确认过，录音电话的大致内容是：'我们警方有紧急通知，事关您先生，希望您尽快与警方联系。'半夜十二点左右真柴太太回电话了,那位警官就把事情的大致情况告诉了她,当然,并没提过存在他杀的可能性。"

"嗯,然后呢?"

"案发第二天,真柴太太就乘坐早上第一班飞机赶回东京来了,当时我和前辈去接她。她在车上还给若山宏美打了个电话,说了句'宏美,真是辛苦你了'。我的脑海中不断浮现出当时的情景,听到这句话的一瞬间,就感觉不对劲了。"

"她说'真是辛苦你了'?"汤川用指尖频频敲打着膝头,"从这句话来看,从被警察告知事件发生到第二天早晨这段时间,真柴太太应该都没有和若山宏美说过话啊。"

"您可真是厉害,我想说的就是这一点。"确信汤川心中也抱有与自己相同的疑问之后,薰忍不住笑了,"真柴太太把家里钥匙交给若山宏美代为保管,而在此之前,她早已察觉到若山宏美与真柴先生的关系了。在正常情况下,一旦得知丈夫离奇死亡,她应该立刻就给若山宏美打电话才对,不光如此,真柴夫妇还有一对好友猪饲夫妇,可是她也没跟他们联系。这一点,实在是令人百思不得其解。"

"内海警官的推理是怎样的?"

"我认为真柴太太之所以既没给若山宏美也没给猪饲夫妇打电话,是因为她觉得没有这个必要。如果她早已明白丈夫离奇死亡的真相,也就不必向任何人打听具体细节了。"

汤川笑了笑,用手指摩擦着鼻子下边说道:"跟人说起过你这番推理吗?"

"我曾经跟间宫组长说过。"

"就是说,你还没跟草薙提过。"

"就算跟他说了，他也只会嗤之以鼻说我多疑。"

汤川皱着眉头站起身来，走到水槽旁。"你持这种偏见是毫无意义的。虽然这话由我说来感觉有些奇怪，但老实说，草薙是一名相当优秀的刑警，即使他对嫌疑人抱有一些特殊的感情，也不至于因此丧失理智。的确，就算他听了你刚才的那番话，估计也不会立刻就改变想法，反而还会先驳斥一通。但是，这家伙也并不是一个从不听取别人意见的人，他对待这个问题肯定有自己的见解和方法。即使最终得出的结论并非他所希望看到的结果，他也不会逃避。"

"您还是挺信任他的嘛。"

"不然我也就不会协助他那么多次了。"汤川露出一口洁白的牙齿，开始给咖啡机装咖啡粉。

"那老师您又是怎样认为的呢？您也觉得我的想法不合理吗？"

"不，我认为很符合逻辑。听说丈夫猝死，一般是会千方百计收集信息的，而真柴太太却没跟任何人联系，这一行为确实不寻常。"

"那就好。"

"但我毕竟是搞科学研究的，如果问我是相信心理上的不自然之说，还是相信物理上的不可能之说，尽管多少有些不情愿，但我还是会选择心理上的不自然之说。在水壶里装定时下毒装置是我从未设想过的，那就另当别论了。"汤川说着往咖啡机里注入自来水，"听说被害人只用矿泉水做咖啡，真不知道味道能有多大差别。"

"问题的关键并不在于味道，听说他是为了健康着想。据说就连真柴太太也会趁丈夫不注意的时候用自来水做咖啡给他喝。或许之前我已经告诉过您了，据若山宏美说，她在周日早上做咖啡的时候用的也是自来水。"

"那么,实际上会用矿泉水做咖啡的,就只有被害人本人了?"

"正因如此,在瓶装水里下毒的观点才会如此具有说服力。"

"现在不是连科搜研都没检测出有毒物质来吗?这种说法只能放弃了。"

"但也不能因为没有检测出来,就说在瓶装水里下毒的可能性等于零。这世上也有人会在丢弃塑料瓶之前先把里面洗干净。科搜研认为,这种情况下也有可能检测不出来。"

"要洗的一般是装乌龙茶或者果汁的瓶子吧?会有人洗装水的瓶子吗?"

"人的习惯千奇百怪。"

"说是这么说,要真是这样,凶手倒也挺幸运的。谁能想到会因为被害人的一种习惯,而遮蔽了毒药混入的途径呢?"

"前提是我把死者的太太假定为凶手。"说着,薰看了看汤川的表情,"您不喜欢我的这种推理方式吗?"

汤川苦笑道:"倒也没关系,我们也经常需要假设,但大部分情况下都会马上推翻。你假定真柴太太是凶手,有什么好处呢?"

"说起来,最先指出真柴先生只用瓶装水做咖啡的人就是真柴太太。虽然前辈说过,如果是真柴太太在水里下的毒,她是不会主动告诉我们这一点的。但我认为恰恰相反,她是觉得警方迟早会从塑料瓶中检测出有毒物质来,那还不如干脆抢先一步告知警方此事,以此减轻哪怕一点点的嫌疑。可是,事实上并没有检测出任何有毒物质,老实说,我已经不知所措了。如果凶手就是她,是她用了某种方法在水壶里下了毒,那么她没有理由非得特意把丈夫生前只喝瓶装水的事告诉警方不可。所以我觉得,或许警方没能从塑料瓶里检测出有毒物质这件事,对她而言也始料未及。"

听着薰的讲述,汤川的表情越来越严肃。他盯着从咖啡机里冒出的水蒸气,说道:"你是说,真柴太太没料到丈夫会把塑料瓶洗了?"

"换了我是真柴太太也想不到,反而认为警方会立刻在现场发现有毒塑料瓶。然而真柴先生却在做咖啡的时候用完了毒水,之后又在等待水沸的时候把塑料瓶给洗了。正因为他太太没料到这一点,所以为了抢占先机,才故意把凶手可能在瓶装水里下毒的事告诉了警方——这样一联想,所有的一切就变得合情合理了。"

汤川点点头,用指尖把眼镜往上扶了扶。"从逻辑上来说,这种假设可以成立。"

"虽然我也知道有许多不合理的地方,但还是有这个可能性。"

"的确如此,但你有办法证明你的假设吗?"

"很遗憾,我没有。"

汤川从咖啡机上取下咖啡壶,将咖啡分别倒进两个杯子里,拿起一个递给了薰。

薰向他道声谢,接过了杯子。

"你们不会是在合伙引我上钩吧?"汤川说道。

"啊?"

"我问你,你不会是和草薙串通好了,打算来引我上钩的吧?"

"引老师您上钩?为什么啊?"

"我本已决定不再协助警方,但你成功地勾起了我的求知欲,而且还在诱饵上撒了草薙陷入爱河这一散发着危险香气的香料。"汤川翘起一侧的嘴角笑了笑,一脸享受地啜了一口咖啡。

15

红茶专卖店"Couse"位于日本桥大传马町，在写字楼的一层，眼前就是银行林立的水天宫大道。可想而知，每天午休时间，这里必定挤满了白领丽人。

草薙推开玻璃门，首先看到的是茶叶卖场。他事先调查过，这里经营着五十种以上的红茶。

卖场的后面是一间茶室，虽然下午四点感觉不早不晚的，但屋里依然三三两两地散坐着女客。有几位身穿公司制服的客人在翻阅杂志，没有看到男客的身影。

一位身穿白衣、身材娇小的女服务员走到他身旁。

"欢迎光临。就您一位吗？"她的笑容明显有些生涩。也许草薙看起来不像是那种会独自一人到红茶专卖店坐坐的人。

草薙应了一句"就我一位"。女服务员脸上保持着微笑，把草薙带到了座位前。座位靠墙。

茶水单上印满了草薙昨天之前都还一窍不通的各种红茶的名目，但如今他不但已经认识了其中的一部分，还亲口尝过。这已经是他走访的第四家红茶专卖店了。

他招手把那名女服务员叫到身旁,要了一杯奶茶。他在上一家店里听说过,这是一种在阿萨姆红茶里掺入牛奶煮成的茶饮。他挺喜欢,就想不妨再喝一杯。

"另外,我其实是干这行的。"他把名片给女服务员看了看,"能麻烦你把店长叫过来吗?我有点事想请教一下。"

刚看清楚名片上写的内容,女服务员脸上的笑容便消失了。

草薙连忙摆手道:"不必担心,没有什么大事情,只是想打听打听客人的情况。"

"是,那我先去问问。"

草薙说了句"有劳",他原本还想问一句可否吸烟,但还是忍住了,因为他已经看到墙上贴着的"所有席位全部禁烟"的标识。

他再次环视了一下店内。这里环境清幽,令人心情平静,桌椅摆放得很有讲究,即使有情侣结伴而来,也无须在意身旁的其他客人。即便真柴义孝真的来过也不足为奇。

但草薙没抱太大的期望,因为之前走访过的三家店也给他留下了类似的印象。

没一会儿,一个身穿白衬衫配黑马甲的女人毕恭毕敬地站在了草薙面前,她看起来三十五六岁,妆化得很淡,头发扎在脑后。

"请问有何贵干?"

"您是这里的店长吗?"

"是的,我姓滨田。"

"在您工作的时候前来打搅,实在是抱歉。坐下谈吧。"让她坐到对面之后,草薙从衣服口袋里掏出一张照片,照片上的人正是真柴义孝。

"我们目前正在对某件案子进行调查,请问照片上的人来过这里吗?我问的时间是距离现在大约两年前。"

滨田店长伸手接过照片,仔细看了一会儿,歪着头说道:"感觉似乎见过,不过我不敢确定。毕竟这里每天都会有许多客人光顾,总盯着客人的脸看也很失礼。"

她的回答,和之前的三家店给的答复大致相同。

"是吗?我想他当时应该是和女友结伴而来的。"草薙为了保险起见,加了这么一句。

店长依旧歪着头微笑道:"平时也有许多情侣光顾本店。"说完,她把照片放到了桌子上。

草薙点点头,朝她笑了笑。这是他预料中的反应,所以也谈不上失望,但心中的徒劳感有增无减。

"您要问的就是这些吗?"

"嗯,谢谢您的配合。"

店长听到草薙的话起身离开,随后刚才的那名女服务员端着红茶过来了。她正准备把茶杯放到桌上,看到上面有张照片,就停住了。

"啊,抱歉。"草薙连忙收起了桌上的照片。

女服务员依然没把茶杯放下,而是望着草薙连连眨眼。

"怎么了?"草薙问道。

"照片上的客人遇上什么事了吗?"女服务员小心翼翼地问道。

草薙睁大了眼睛,把照片递到她眼前问道:"你认识这个人?"

"算是认识吧……曾经是这里的客人。"

滨田店长似乎也听到了她的话,转身走了回来。

"你说的是真的?"

"是的，我想应该不会有错，这位客人来过店里很多次。"虽然语气带有不确定，但女服务员对自己的记忆似乎充满自信。

"我可以耽误她一会儿时间吗？"草薙向滨田店长问道。

"啊，好的。"这时店里正好又来了客人，滨田店长便转身招呼去了。

草薙让女服务员在对面坐下来，开始问她："你是什么时候见到这位客人的？"

"记得第一次见到他是在三年前，当时我才刚到这里上班，连红茶的名字都还记不清，给他添了不少麻烦，所以印象才如此深刻。"

"他是一个人来的吗？"

"不，总是和他太太一起来的。"

"他太太？是位怎样的人呢？"

"留着长头发，长得挺漂亮的。看起来似乎是个混血儿。"

草薙心想，看来不是真柴绫音，因为绫音是个典型的日本美女。

"年纪呢？"

"大概三十多一点吧，也有可能再稍大一些……"

"他们两人自称是夫妻吗？"

女服务员歪着头想了想，说道："这个嘛……或许是我个人感觉吧。不过他们看起来确实挺像夫妻的，感情很好，有时候感觉好像是购物回家途中到这里来休息一下。"

"有关和他一起来的那个女人，除此之外你还记得什么吗？再怎样琐碎的细节都行。"

女服务员眼中浮现出困惑，草薙心想，她可能后悔不小心说出认识照片上的人了。

"这也许只是我一厢情愿的猜测，"女服务员结结巴巴地说道，"我想那个女人或许是画画的。"

"画画的……画家吗?"

女服务员点了点头,抬眼望着草薙说道:"她有时手上会拿着素描本或者这么大的四四方方的大盒子。"说着用双手比了大约六十厘米的距离,"扁平的盒子。"

"你没看到过里面装的是什么东西吧?"

"没看到过。"她低下头说道。

草薙回想起之前若山宏美说真柴义孝的前女友从事的是和出版有关的工作,而且还出过书。画家出书,应该就是画册了,但据若山宏美所说,真柴义孝很烦对方询问读后感。如果是画册应该没什么太烦的。

"除此之外,你还记得些什么呢?"草薙问道。

女服务员歪着头想了想之后,向他投来了试探的目光。"他们俩莫非并非夫妇?"

"应该不是夫妇,为什么问这个?"

"不,没什么。"她说着把手贴在脸颊上,"我记得当时他们似乎是在谈论孩子的话题,说想早点要个孩子什么的。不过我也不太确定,或许我把他们和其他夫妇弄混了也有可能。"

虽然女服务员的语气依旧不肯定,但草薙坚信这个女孩的记忆力很可靠,根本就没弄混,她所说的无疑正是真柴义孝和当时女友的情况。

终于找到线索了!草薙有些兴奋起来,他向女服务员道过谢后,伸手拿起装满奶茶的杯子。茶有些凉了,但茶的清香和牛奶的甘甜却绝妙地融合在了一起。

就在他喝了半杯红茶,开始思考怎样追查女画家的身份时,手机响了。一看来电显示,竟然是汤川打来的。草薙看了一眼别的客人,接起电话。"我是草薙。"

"是我,汤川。你现在方便说话吗?"

"方便,只是我现在待的地方不能大声说话。真是稀罕啊,你居然主动联系我。说吧,有何贵干?"

"我有事要跟你说,今天能抽点时间出来吗?"

"如果是重要的事情,倒也不是一点空都抽不出来,到底什么事?"

"至于具体的情况,就等见了面再说,现在只能告诉你与你工作有关。"

草薙叹了口气,说道:"你和内海两个人又在偷偷摸摸地搞什么名堂吧!"

"正因为不想偷偷摸摸,才给你打这个电话,你见还是不见?"

草薙面露苦笑,真不知道那家伙为什么总是一副盛气凌人的模样。"我知道了。上哪儿去找你?"

"地点由你选,不过最好选个禁烟的地方。"汤川毫无顾忌地说道。

最后两人决定到品川站附近的一家咖啡店碰头,那里距绫音住的酒店很近,如果汤川说的事能很快搞定,他打算再去找绫音打听一下女画家的事。

刚进咖啡店,就看到汤川坐在禁烟区最靠里的座位上,正在翻杂志一类的东西。马上就要入冬了,他却只穿着一件短袖衫,身旁的椅子上放着黑色皮夹克。

草薙走到他面前,可他连头都没抬一下。"看什么看得这么起劲啊?"草薙说着拉开了椅子。

汤川脸上没有丝毫惊讶的神色,指着正在看的杂志。"有关恐龙的报道。上面介绍了一种用CT扫描化石的技术。"看来他早已察觉草薙来了。

"科学杂志吗？用CT扫描恐龙的骨头有什么用？"

"不是骨头，是用CT扫描来鉴定化石。"汤川终于抬起了头，用指尖往上推了推眼镜。

"一样的吧，那些恐龙化石不就是些骨头吗？"

汤川眯起眼睛笑了起来。"你这个人，还真是从不辜负我的期待，总能说出我预想中的答案来！"

"又拿我开玩笑？"

服务生走到两人身旁，草薙点了杯番茄汁。

"以前从没见你点过这东西啊。怎么，关注起健康来了？"

"别管它了，我只是不想喝红茶和咖啡。对了，到底有什么事？开门见山快说吧！"

"我还想再和你探讨探讨化石呢，算了。"汤川端起了咖啡杯，"你听鉴定科谈论过下毒手法吗？"

"听过。你设想的那种手法肯定会留下痕迹，被用在本案的可能性为零。没想到神探伽利略也会犯错啊！"

"'肯定'和'可能性为零'这种说法并不科学。顺便说一句，如果光凭我提出了正确答案以外的假设就断定我犯错，那你就大错特错了。不过看在你不是科学家的分上，我就不和你计较了。"

"如果你想强词夺理，麻烦换种更直接的说法好吗？"

"我可是一点都不认为我已经输了。推翻假设本身就是一种收获，因为这样一来，剩下的可能性就会越来越少，往咖啡里下毒的途径又少了一条。"

番茄汁端上来了,草薙没用吸管,咕嘟喝了一口。之前他一直在喝红茶,番茄汁给他的舌头带来了一种新的刺激。

"投毒途径只有一条,"草薙说道,"就是有人在水壶里下了毒。这个人要么是若山宏美,要么是真柴义孝周日邀请到家里去的人。"

"这么说,你否定在水里下毒的可能性?"

听了汤川的话,草薙撇了撇嘴,说道:"我相信鉴定科和科搜研。他们没有从塑料瓶里检测出有毒物质来,就说明当时水里并没有毒。"

"内海认为那些塑料瓶或许曾经被人清洗过。"

"我知道,她说是被害人自己洗的是吧?我敢打赌,这世上没人会去清洗装水用的空瓶。"

"但不等于可能性为零。"

草薙哼了一声,说道:"你是打算把赌注押在这种很小的可能性上吗?那随你的便,我可是要走我的平坦大道。"

"我承认你现在所走的确实是最稳妥的道路,但凡事都有万一,而追查这种万一的可能性,也是科学世界所需要的。"汤川用严肃而认真的目光看着他说道,"我有件事想拜托你。"

"什么事?"

"我想再去真柴家看看,你能让我进去吗?我知道你现在随身带着他们家的钥匙。"

草薙看了一眼这个怪人物理学家。"你还想看什么?前两天你不是已经让内海带你看过了吗?"

"我现在的着眼点已经和当时有所不同了。"

"什么着眼点?"

"我现在的想法非常单纯,我可能失误了,因此想去确认一下。"

草薙用指尖敲着桌面。"到底怎么回事?把话说清楚。"

"等去了那边,确认失误之后再告诉你。这样做也是为你好。"

草薙靠着椅背,叹了口气。"你到底有什么企图?你和内海究竟做了什么交易?"

"交易?此话怎讲?"汤川笑道,"别疑神疑鬼的。我之前不是已经跟你说过了吗,身为科学家,我对谜团产生了兴趣,因此想试着去破解它,一旦失去兴趣后就会马上收手。现在我也是为了作出最后的判断,才拜托你让我再去一趟。"

草薙紧紧盯着眼前这个老朋友的眼睛,而汤川则回以一副毫不在意的表情。

草薙实在搞不明白汤川心里究竟在想什么,但这也是常有的事,他以前就曾在不明就里的情况下相信了汤川并且多次得到了帮助。"我给真柴太太打个电话,你等我一下。"草薙一边掏手机一边站了起来。

他走远了些,拨通了电话。绫音接起电话后,他捂着嘴,问现在可否再去她家一趟。"实在很抱歉,有个地方我们无论如何都得去查证一下。"

他听到绫音轻轻吐出一口气说道,"您不必总是这么客气,搜查是理所应当的,有劳了。"

"抱歉。我会顺便帮您浇一下花的。"

"谢谢,那就再好不过了。"

打完电话,草薙回到座位上,发现汤川正抬着头打量他。

"你有话要说?"

"不就是打个电话吗,为什么要走开呢?难道有些话是不想让我听到的?"

"怎么可能？我请她同意让我们去她家，仅此而已。"

"嗯——"

"搞什么，你又怎么啦？"

"没什么，我只是在想，你刚才打电话的样子真像一个在和客户沟通的销售人员。对方有必要让你这么小心翼翼吗？"

"我们可是要在主人不在家的时候上别人家去，当然得客气点。"草薙说着拿起了桌上的账单，"走吧，不早了。"

两人在车站前打了辆车，汤川一上车就翻开了刚才的那本科学杂志。

"你刚才说恐龙化石就是骨头，这种想法中就潜藏着重大的缺漏，正因如此，才会有许多古生物学家浪费了大量的宝贵资料。"

草薙虽不愿再提起这事，但还是决定陪汤川聊聊。"可是博物馆里见到的恐龙化石真的全都是骨头啊！"

"对，人们以前只知道留下骨头，而把其他东西全扔了。"

"这话是什么意思？"

"挖掘的时候挖出恐龙骨，学者们欢喜雀跃地开始拼命挖掘，把沾在骨头上的泥土清除得干干净净，然后搭起一副巨大的恐龙骨架。原来霸王龙的下颚是这样的啊！它的前肢原来这么短啊……就这样，他们展开了考察，却不知已经犯下了严重的错误。二〇〇〇年，某个研究小组没有清除挖掘出的化石上面的泥土，直接拿去做了CT扫描，尝试着将其内部构造还原为三维图像，结果一颗恐龙心脏展现在了他们眼前。也就是说，之前人们清除掉的那些骨骼内部的泥土，恰恰完整地保留了其活着时的脏器组织的形状。如今，用CT来扫描恐龙化石已经成了古生物学界的标准技术。"

草薙的反应有些迟钝，他"嗯"了一声，说道："确实挺有意思，但这和本案之间有什么关联吗？还是说，你不过是随便说说？"

"在刚得知这事的时候，我就想这是几千万年的时间所设下的一个巧妙圈套。我们无法责难那些发现恐龙遗骨后把内部泥土清除掉的学者，因为认为仅剩骨头的想法是符合常理的，而且身为研究者，让那些骨头重见天日，将其制作成完美的标本也是理所应当的。然而他们却没有想到，他们认为毫无用处而丢弃的泥土，才具有更重要的意义。"汤川合上杂志，说道，"我不是常把排除法挂在嘴边吗？通过把可能的假设一一推翻，最后就能找到唯一的真相。然而假如设定假设的方法本身存在根本性的错误，就会招致极为危险的后果。也就是说，有时也会出现一心只顾获得恐龙骨，反而把最重要的东西给排除掉的情况。"

草薙总算明白了，汤川说的话并非与案件毫无关系。"你的意思是说，我们对下毒途径的设想存在什么误区吗？"

"现在我正准备去确认这一点，或许凶手还是个有能力的科学家呢！"汤川像在自言自语。

真柴家空无一人，草薙从口袋里掏出钥匙。家里钥匙有两把，原本已经该还给绫音了，草薙也一度把钥匙送到酒店，可绫音说今后或许警方还会用到，而且她暂时也没有回家住的打算，就把其中一把交给草薙暂时代为保管。

"葬礼不是已经结束了吗？真柴太太不回家供奉灵位吗？"汤川一边脱鞋一边问道。

"我没跟你说吗，真柴义孝生前不信任何宗教，所以就搞了个献花仪式代替葬礼。举行了火葬，但似乎不打算做头七。"

"原来如此，这么说倒也合理。等我死的时候也这么办吧。"

"想法倒是不错,我来给你主持葬礼好了。"

一进屋,汤川便径直去了走廊。草薙看他走开后上了楼梯,进了真柴夫妇的卧室。他推开阳台的玻璃门,拿起手边的大洒水壶,这是前两天绫音委托他浇花时,他从日用百货店买回来的。

他拿着壶下到一楼,走进起居室,伸头望了望厨房,只见汤川正探头查看水槽下方。

"那地方你之前不是看过了吗?"他在汤川身后问。

"你们刑警这行里,不是有句话叫'现场百回'吗?"汤川用自己带过来的笔式手电筒照了照里面,"果然没有触碰过的痕迹啊!"

"你到底在调查什么?"

"重新回到原点。就算发现了恐龙化石,这次也不能稀里糊涂地把泥土清除掉了。"汤川转头看了看草薙,目露诧异,"你拿的是什么?"

"一看不就知道了吗,洒水壶啊。"

"说起来,你上次也叫岸谷浇过水,不会是上边下达了让你们同时搞好服务的命令吧?"

"随你怎么说好了。"草薙推开汤川,拧开水龙头,把喷薄而出的水接到洒水壶中。

"这壶可真够大的,院子里没有软管吗?"

"这水要拿去浇二楼阳台上的花,那里阳台上放着好多盆呢。"

"那可真是辛苦你了。"

草薙不去理会汤川的讽刺,转身走出房间,上二楼给阳台上的花浇水。虽然他连一种花的名字都叫不出,但一眼就能看出每盆花都无精打采的。看来今后最好每隔两天就来浇一次,他回想起绫音曾说不想让阳台上的花也跟着枯萎掉。

浇过水后，草薙关上玻璃门，立刻离开卧室。虽说已经得到了主人的许可，但在他人的卧室长时间逗留，心中多少还是会有些抵触。

回到一楼，只见汤川双手抱胸，仍旧站在厨房里，瞪着水槽。

"你倒是说说你这葫芦里到底卖的什么药！要是不说，下次我可不再带你来了。"

"带我来？"汤川挑起一侧的眉毛说道，"这话可说得奇了，要不是你的后辈跑去找我，我才不愿卷到这起麻烦事里来！"

草薙两手叉腰，回望着老朋友说道："内海跑去跟你说了些什么我不清楚，也跟我无关。今天也是，如果你想调查，直接去找她不就行了，为什么来找我？"

"所谓讨论，只有在持相反意见的人中间进行，才有意义啊。"

"你反对我的做法？刚才你不是还说我做得很稳妥吗？"

"我并不反对你寻求稳当的大道，但无法认可你对不稳当道路不闻不问的做法。只要还有一丁点的可能性，就不该轻易抹杀掉。我不是说过很多次吗，只顾盯着恐龙的骨头而抛弃泥土的行为是很危险的。"

草薙气不打一处来，连连摇头道："你所说的泥土到底指的是什么？"

"就是水。"汤川答道，"毒是下在水里的，我仍旧这么认为。"

"你是想说被害人洗过塑料瓶？"草薙耸肩道。

"与塑料瓶无关，其他地方也有水。"汤川指着水槽说道，"拧开水龙头，要多少有多少。"

草薙歪着头，盯着汤川冷峻的双眼说道："你没发疯吧？"

"那种可能性是存在的。"

"鉴定科已经确认过，自来水并没有异常。"

"鉴定科确实分析过自来水的成分,但目的是判断水壶里残留的究竟是自来水还是矿泉水。很遗憾,据说无法判定。而且听说因为常年使用,水壶内壁附着了自来水的成分。"

"但如果自来水中混有毒药,他们当时就应该能查出来啊。"

"即使有毒物质藏在自来水管的某个地方,也很可能在鉴定科展开调查时就已经被水冲干净了。"

草薙终于明白汤川频频查看水槽下方,是为了确认水管里是否能够藏毒。"被害人生前做咖啡只用瓶装水。"

"听说是这样。"汤川说道,"但这事又是谁告诉你的?"

"是真柴太太。"说完,草薙咬着嘴唇盯着汤川,"连你也怀疑她吗?你不是都还没见过她吗?内海到底给你灌输了什么东西!"

"她确实有自己的见解,但我只是以客观事实为依据提出的假设。"

"那么照你的假设来看,凶手就是死者的太太喽!"

"我想过她为什么要主动把瓶装水的事告诉你,此处要分两种情况考虑:被害人生前只喝瓶装水——这里分属实和不属实两种情况。属实,就没问题,真柴太太此举不过是在协助调查。虽然在这种情况下,内海仍会怀疑真柴太太,但我思考问题不会那么偏激;更大的问题在于如果不属实呢?既然已经撒了这样一个谎,那么真柴太太必然与这场命案有关联,我们需要去思考她撒谎的好处所在。所以我设想了一下,警方会根据瓶装水的证词展开怎样的调查。"汤川舔了舔嘴唇,接着说道,"首先,警方查验了塑料瓶,结果并未检测出有毒物质,而另一方面,却从水壶里检测出来了。于是,警方断定凶手在水壶里下毒的可能性很高。这样一来,真柴太太就有了铜墙铁壁般的不在场证明。"

草薙把头摇得跟拨浪鼓似的。"你这话可不对。就算没有真柴太太的证词，鉴定科也会调查自来水和瓶装水，而且正因为这番证词，真柴太太的不在场证明反而不成立了，实际上，内海至今还没有放弃凶手是在瓶装水里下毒的这种想法。"

"问题就在于此。持内海那种想法的人绝不在少数，有关瓶装水的证词，恐怕正是等着他们这些人往里跳的陷阱。"

"陷阱？"

"对真柴太太心存怀疑的人，是无法抛弃瓶装水里有毒这种想法的，因为他们觉得除此之外没有其他办法，可如果凶手当时用的本来就是'其他办法'，那么他们这些执着于瓶装水的人就永远都无法查明真相了。这不是陷阱是什么？所以我在想，如果真柴先生当时用的并不是瓶装水——"话说到一半，汤川突然顿住了，只见他吃惊地睁大了眼睛望着草薙身后。

草薙转头一看，也如汤川一般呆住了。

绫音此刻就站在起居室门口。

16

草薙心想毕竟还是得说点什么，就开口道："您好……实在是打扰了。"刚说完，他就为自己刚才轻率的言辞感到后悔了。"您来看看情况吗？"

"不，我是来拿换洗衣服的……请问这位是谁？"绫音问道。

"我是汤川，在帝都大学教物理学。"汤川自我介绍道。

"大学老师？"

"他是我朋友，有时我会请他来协助做些科学调查方面的工作，这次也是请他来帮忙的。"

"啊……是这样啊。"

听过草薙的解释，绫音流露出困惑的表情，但她并未继续追问有关汤川的事，只问是否可以动屋里的东西。

"可以，请您随意使用吧。一直以来多有打扰了，非常抱歉。"

绫音回了句"没什么"，转身快步走向走廊。没走出两步，她就停下来再次转向草薙他们问道："或许我不该问这种事，可我想知道你们两位现在在调查些什么呢？"

"这个嘛，"草薙舔了舔嘴唇，"目前依然没有查明下毒途径，所以我们仍在继续查证。总这么麻烦您，实在是抱歉。"

"没事，我没有抱怨的意思，您别往心里去。我在楼上，有事叫我一声好了。"

"好的，谢谢您。"

草薙刚低下头向绫音致意，就听到汤川在旁边说："可以问您点事情吗？"

"什么事？"绫音略显惊诧地问道。

"我看到您家的水管上接有净水器，估计得定期更换过滤器吧。请问您最近一次更换是在什么时候呢？"

"这个啊——"绫音再次走向两人，瞟了一眼水槽，有些难为情地说道，"还从来都没换过呢。"

"是吗？一次也没换过吗？"汤川显得很意外。

"我也在想差不多该请人来换一下了。现在装的过滤器是我刚来这个家后没多久换上的，差不多快一年了吧，记得当时净水器公司说一年左右就得更换一个。"

"一年前换的……是吗？"

"请问有什么问题吗？"

汤川连连摆手。"没有，只是随便问问。既然如此，我想您干脆趁此机会换掉吧。有数据表明，旧过滤器反而有害健康。"

"好啊，不过换之前我想先打扫一下水槽下边，里面挺脏的吧？"

"不管哪户人家都一样，我们研究室的水槽底下都已经成了蟑螂窝了。啊，抱歉，把您家和我们研究室混为一谈了。话说回来，"汤川瞟了一眼草薙，接着说道，"如果您能告诉我们净水器公司的联系方式，就干脆让草薙立刻安排一下吧,这事越早办越好。"

草薙吃了一惊,转头盯着汤川,可这位物理学家似乎并不打算理会朋友的目光,而是望着绫音问道:"不知您意下如何?"

"您是说现在吗?"

"嗯,老实说,或许那东西还会对调查有些帮助呢,所以越快越好。"

"既然如此,那就这么办吧!"

汤川微微一笑,看着草薙说道:"听到没?"

草薙瞪了汤川一眼,但过去的经验告诉他,眼前这位学者并非只是一时兴起才这么说的,他一定有自己的考虑。

草薙也相信这会有助于调查工作,于是转头对绫音说道:"那就请您把净水器公司的联系方式告诉我吧。"

"好的,请稍等一下。"绫音走出了房间。

目送绫音出去后,草薙再次瞪着汤川。"你别总是不打招呼就说出这种奇怪的话来行不行?"

"没办法,没空和你事先说明白。你先别抱怨了,还有事要做。"

"什么事?"

"把鉴定科的人叫来。你也不想让净水器公司的人把证据毁掉吧?最好还是让鉴定科动手把旧的过滤器取下来。"

"你的意思是,让鉴定科的人把过滤器带回去?"

"还有软管。"

压低嗓门说话的汤川眼中,闪动着科学家应有的冷静和深邃。就在草薙被他的目光震慑得不知该说些什么时,绫音回来了。

大约一个小时后,鉴定科来人取下了净水器的过滤器和软管。草薙和汤川站在一旁观看了整个过程。

过滤器和软管上积满了灰尘，鉴定科的人小心翼翼地把它们装进了丙烯酸盒里。"那我把这些东西带回去了。"鉴定科的人对草薙说道。

　　"有劳了。"

　　净水器公司的员工也已经到了。看到他开始动手安装新的过滤器和软管，草薙向沙发走来。绫音无精打采地坐在沙发上，身旁的包里装着刚从卧室拿出来的换洗衣服，看来她最近一段时间不准备搬回来住了。

　　"实在是抱歉，把事情搞得这么夸张。"草薙向她道歉。

　　"不，没事的，能换过滤器挺好。"

　　"有关费用的事，我会和上司商量。"

　　"这倒不必，毕竟是我家要用的东西。"绫音笑了笑，但立刻恢复了严肃，"请问，过滤器被动过手脚吗？"

　　"不清楚，存在这个可能，所以拿回去调查一下。"

　　"如果过滤器真有问题，那么凶手又是怎样下的毒呢？"

　　"这个嘛……"草薙语塞了，望着汤川求助，而汤川此刻正站在厨房门口，看着公司的人更换过滤器。

　　草薙叫了他一声。

　　身穿黑色短袖衫的背影动了动，汤川转过头来问绫音："您丈夫生前真的就只喝瓶装水吗？"

　　草薙望着绫音，心里在埋怨汤川不该突然问这件事。

　　绫音点点头。"真的，所以冰箱里的瓶装水从来没断过。"

　　"听说他生前还嘱咐过您，让您用瓶装水做咖啡？"

　　"是的。"

　　"但据说实际上您并没有照办，对吧？我是这么听说的。"

汤川的话令草薙吃惊不已，这些机密信息一定是内海薰告诉汤川的，他脑海中浮现出内海薰那张略显得意的脸。

"这样做挺不划算的，不是吗？"她微笑道，"我并不觉得自来水就像他说的那样有害健康，而且用温水沸得也会更快些。我想他或许根本就没觉察到。"

"在这一点上，我也有同感。不管用自来水还是矿泉水，做出来的咖啡在味道上并没有多大的差别。"

草薙用揶揄的目光瞟了一眼说得一本正经的汤川，讽刺汤川前不久还只喝速溶咖啡。不知汤川根本就没注意到草薙的目光，还是故意不去理会，他继续面不改色地说道："那位在周日做过咖啡的女士叫什么来着？记得好像是您的助手……"

"是若山小姐。"草薙补充道。

"对，就是若山小姐。她也模仿您用自来水做了咖啡，而当时并没有发生任何事，所以警方就怀疑凶手或许是在瓶装水里下的毒。但其实水还有另外一种，那就是净水器的水。或许您丈夫出于某种原因，比如他想省着用瓶装水，可能就在做咖啡的时候用了净水器的水。如果真是这样，我们就需要怀疑了。"

"这我倒能理解，可是真的有人能在净水器里下毒吗？"

"我觉得并非完全没有可能，不过这个问题还得由鉴定科来给出答案。"

"假如果真如此，凶手又是在什么时候下毒的呢？"绫音用真挚的目光望着草薙，"就像我之前多次说的，周五晚上我们还开过家庭派对，当时净水器并没有异常。"

"没错。"汤川说道，"也就是说，要下毒，也只能是在那之后。此外，如果凶手的目的只是杀害您丈夫，那么应该是算准了您丈夫独自在家的时候下手。"

"就是说在我离开家之后——如果凶手不是我的话？"

"正是如此。"汤川干脆爽快地答道。

"现在还不能肯定毒一定是下在净水器里，所以我认为还不必考虑这些问题。"草薙出面调解，之后说声"失陪"，站起身来朝汤川使了个眼色，走出了起居室。

汤川紧跟着草薙来到玄关。

"你到底想怎么样？"草薙问道，语气有些尖锐。

"什么怎么样？"

"少装蒜，你说那种话，不就等于说在怀疑真柴太太吗？就算当时是内海去求你帮忙，你也犯不着替那家伙强出头吧？"

汤川一脸诧异地皱眉道："你这就叫胡搅蛮缠。我什么时候替内海出头了？我不过是从逻辑上带她分析罢了，你还是先冷静一下吧，真柴太太可比你冷静多了。"

草薙咬咬嘴唇，正准备出言反驳时，门吱的一声开了。净水器公司的员工从起居室走了出来，绫音跟在他身后。

"说是过滤器已经换好了。"她说道。

"啊，辛苦了。"草薙对净水器公司的员工说道，"至于费用……"

"我付好了，您就不必操心了。"

听了绫音的话，草薙小声地说了句"这样啊"。

见净水器公司的员工走了，汤川也开始穿鞋。"我也告辞了，你怎么办？"

"我还有事向真柴太太请教，过会儿再走。"

"是吗？那多有打扰了。"汤川扭头向绫音致意。

绫音向着他的背影道了声"辛苦"。

目送汤川离开后，草薙重重地叹了口气。"很抱歉让您不愉快了，汤川这人不坏，只不过不懂礼数，总让人为难，是怪人一个。"

绫音一脸惊讶地说道："哎呀，您为什么道歉？我没有什么不愉快啊。"

"那就好。"

"他说自己是帝都大学的老师吧？我想象中的学者应该是比较安静、沉稳的人，现实真是跟想象完全不一样呢。"

"学者也有各种各样的，那家伙格外不一样。"

"那家伙……"

"啊，忘了告诉你，我和他是大学同学，不过我们学的专业完全不同。"

草薙和绫音一起走向起居室，同时把上学时和汤川同在羽毛球社、在汤川的协助下曾破获多起案件、两人至今仍有往来的事告诉了绫音。

"是这么回事啊。真是不错，您现在还能通过工作和年少时结交的朋友相聚。"

"我们是一对冤家。"

"没有的事，很令人羡慕呢。"

"您回娘家的时候不也同样有可以相约去温泉的老朋友吗？"

绫音"嗯"了一声，点头表示赞同。"听我母亲说，草薙先生之前还去了趟她家。"

"啊，这个嘛，只是警察的例行公事，凡事都要验证一下，并没有其他意思。"

见草薙急于出言掩饰，绫音冲他微笑道："我知道，毕竟当时我是否真的回了娘家这一点很重要，要去确认也是应该的。刚才的话请您别介意。"

"有您这句话我就放心了。"

"我母亲和我说，去的是位很和善的警官，我回答她说'可不是吗，所以我也很放心啊'。"

"哪里。"草薙摸着耳根说道，感觉脖颈有些发烫。

"当时你们还去见了元冈太太吧？"绫音问道。元冈佐贵子正是和她一起去泡温泉的朋友。

"是内海去找的元冈太太。听她说，元冈太太在得知事件发生之前就有些担心您，说感觉您不像结婚之前那样活力十足了。"

绫音像是想到了些什么，脸上浮现出寂寥的笑容，呼了口气。"她果然那么说了？我还以为当时已经演得够好了，没想到还是瞒不过老朋友的眼睛啊。"

"您当时没想过和元冈太太说起您丈夫提出离婚的事吗？"

她摇了摇头。"没想过，当时我一心只想着要好好换个心情……而且我也觉得这事没什么好跟人商量的，因为结婚之前两个人就已经约好，生不出孩子就离婚。当然，这事我也没告诉过我父母。"

"我们也听猪饲先生说过，您丈夫生前非常想要个孩子，就连结婚也只是要孩子的一种手段。我觉得挺不可思议，这世上竟然会有这样的男人……"

"因为我自己也想生个孩子，也觉得应该过不了多久就会怀上，所以对于这个约定也就没太在意。没有想到快一年了还是没怀上……上帝可真是够残酷的。"绫音垂下眼睛，随即又抬起头来，"草薙先生您有孩子了吗?"

草薙淡淡一笑,回望绫音。"我还是单身。"

"啊!"绫音半张着嘴,"实在是抱歉。"

"没关系。虽然周围人也都在催我,可总碰不上合适的。刚才那个汤川也还是单身。"

"他给人的感觉确实如此,不像是个有家室的人。"

"那家伙和您丈夫刚好相反,很讨厌小孩,整天净说些什么'行动有悖逻辑,所以倍感压力'之类莫名其妙的话。"

"真是个有意思的人。"

"我会把您的话转告给他。对了,我想向您请教一件有关您丈夫的事。"

"什么事?"

"在您丈夫生前认识的人当中,有没有一位以绘画为业的人呢?"

"绘画……您是说画家吗?"

"是的。即使不是最近的事也没关系,您丈夫以前有没有提起过认识这样的一个人呢?"

绫音歪着脑袋沉思了一会儿,接着像是想起了什么似的望着草薙说道:"这人难道和案件有什么关系吗?"

"不,这一点目前还不清楚。前几天我也告诉过您,最近我正在调查您丈夫之前交往过的对象的情况。现在已经查明,他之前似乎和一位女画家交往过。"

"是这样啊?不过真是不好意思,我没有印象。请问是什么时候的事呢?"

"准确的时间还不敢确定,估计是两三年前的事了吧。"

绫音点点头，稍稍侧过头说道："抱歉，我没听丈夫提起过这件事。"

"是吗？那就没办法了。"草薙看了看表，站起身来说道，"打扰您这么久，实在是抱歉，我就此告辞了。"

"我也准备回酒店了。"绫音说着也抱着包站了起来。

两人走出真柴家，绫音锁上了大门。

"我帮您拿行李，然后送您到拦得到车的地方吧。"草薙伸出右手说道。

绫音道了声谢，把包递给草薙，之后又回头望了望，喃喃自语道："真不知道我这辈子还能不能再搬回这个家住啊。"

草薙不知道该接什么话才好，只能默默地和她并肩离开。

17

从去向告示牌上看,此刻只有汤川一人在研究室。当然这并非偶然,而是薰瞄准了这一时间。

薰敲了敲门,听到门内传来一声爱搭不理的"请进"后,她把门推开,只见汤川正忙着做咖啡,而且用的还是滴滤式咖啡壶加滤纸的方法。

"你来得正好。"汤川往两个杯子里倒入咖啡。

"真是少见啊,您不用咖啡机吗?"

"我不过是想体会一下穷讲究派的心情。水用的是矿泉水。"汤川说着把其中一杯递给她。

薰说句"那我就不客气了",啜了一口,感觉他用的还是跟平时一样的咖啡粉。

"怎么样?"汤川问道。

"味道还不错。"

"和往常比呢?"

薰犹豫了片刻,问道:"您想听我说实话吗?"

汤川露出不耐烦的神情,端着杯子坐到椅子上。"你也不必回答了,看来你的感觉和我一样。"他看了看杯里的咖啡,"其实我刚才已经用自来水做过一次了,老实说,味道完全一样,至少我是感觉不到有什么不同。"

"我想一般是感觉不出来的。"

"不过厨师们公认味道确实会有所不同。"汤川拿起一份文件说道,"水是存在硬度的,用每升水里所含的钙离子和镁离子换算成碳酸钙的含量即可得出数值。按照含量由低到高的顺序可以把水分为软水、中硬水和硬水三种。"

"我也听说过。"

"对普通的饭菜而言,适合用软水。关键在于钙的含量,如果煮饭时用了含钙量较高的水,大米中的植物纤维就会与钙结合,煮出来的饭就会干巴巴的。"

薰皱起眉头。"这样的饭可不好吃啊。"

"另一方面,在煮牛肉汤的时候,听说又要用硬水,因为肌肉和骨头里所含的血液会和硬水中的钙结合,使碱易于析出,这对做清汤而言倒是个不错的办法。"

"您也动手做菜吗?"

"偶尔吧。"汤川把文件放回桌上说道。

薰想象着他站在厨房里、皱着眉头调节水量和火候时的样子,看起来肯定还是像在做什么科学实验。

"对了,上次那事怎么样了?"

"鉴定科的分析结果出来了,我今天就是来向您汇报的。"说着,薰从挎包里拿出一份文件。

"说来听听。"说完,汤川喝了口咖啡。

"过滤器和软管上并没有检测到有毒物质。不过即使下过毒,也会因自来水的多次冲刷,导致检测结果有误。更大的问题还在后面。"歇了口气,薰再次看着文件说道,"过滤器和软管表面附着有灰尘和长年积累下来的污垢,从这一点来看,最近被人触碰过的可能性极低。也就是说,如果有人曾经取下来过,就必然会留下痕迹。另外还有些补充材料,案发后不久,鉴定科就为了寻找有毒物质而调查过水槽下方,当时他们曾经动过放在过滤器前面的旧的洗涤剂和容器一类的东西,据说地板上就只有放置那些东西的地方没有灰尘。"

"简而言之,在最近一段时间里,不仅过滤器,就连整个水槽下方甚至都没被人碰过,是这样吗?"

"鉴定科是这样认为的。"

"这也在我的意料之中,当时看到他家水槽下方时就有同样印象。我让你确认的应该还有另一件事吧?"

"是的,您提出是否有可能从水龙头往净水器里注入毒药,是吧?"

"这一点极为重要。答案呢?"

"说是从理论上或许可行,但在现实中却并不可行。"

汤川喝了口咖啡,或许因为太苦,他撇了撇嘴。

"老师您的观点是凶手或许是用类似胃镜检查时的细长吸管状装置穿过水龙头,通到净水器的软管里,然后将有毒物质注入吸管中。但实际上不管怎么弄都无法成功,因为通向净水器一侧的部位几乎呈直角,无法让吸管顺利通过。如果能做成一个头部可移动的特殊工具,或许还有些可能……"

"够了,我知道了。"汤川挠了挠头,"本案的凶手是不会如此大费周折的,看来净水器一说也得就此放弃了。原本还以为这会是一个不错的设想,看来必须再次转换思路了。肯定是哪个地方还存在着盲点。"

汤川把咖啡壶中剩余的咖啡全部倒进自己的杯子里,或许是手有些抖,洒了一些出来。

薰听到了他咂舌的声音,心想:原来他也会感到焦躁不安啊,或许他正在为连毒到底下在哪里这么简单的问题都无法解开而感到恼火吧!

"名刑警在做什么呢?"汤川问道。

"到真柴先生的公司去了,据说是去打听情况。"

"嗯?"

"前辈他怎么了?"

汤川摇摇头,啜了口咖啡。"没什么,前两天我和草薙在一起的时候见过真柴太太了。"

"我听说了。"

"当时我和她聊了几句,确实是一位美女,而且韵味十足。"

"老师您不会也对美女没有免疫力吧?"

"我只是给出了客观评价。话说回来,我倒是有点担心草薙。"

"发生什么事了吗?"

"上学的时候,草薙曾经捡过猫,是两只刚出生的猫崽,当时它们已经相当虚弱了,谁都能看出它们活不了多久,可草薙还是把它们带回了社团活动室,不惜逃课也要照顾。他找来一个眼药水瓶,千方百计地给小猫喂牛奶。不久有个朋友劝他说,再怎么照料它们都无济于事,而草薙的回答是'那又怎样'。"汤川眨了眨眼,把视线投向了半空中,"那天草薙盯着死者太太的眼神就和他照顾猫时的眼神一样,他已经从死者的太太身上察觉到了一些什么,而与此同时,我猜他心里同样在想'那又怎样'。"

18

在公司前台处的沙发上坐下后,草薙注视着墙上的一幅画:鲜红的玫瑰浮现在一片黑暗之上。他总觉得这幅画似曾相识,应该是在什么洋酒的标签上看到过。

"您看什么看得这么认真?"坐在对面的岸谷问道,"这幅画和案件没什么关系,您仔细看看吧,左下角不是还有个签名吗,可是个外国人的名字。"

"我当然知道。"草薙把目光从画上移开了,其实他根本就没注意到那签名。

岸谷不解地问道:"您说,真的会有人收藏昔日恋人画的画吗?换了是我,早就扔掉了。"

"那是你吧?真柴义孝可未必如此。"

"就算没法放在家里,也不至于会拿到公司的社长室来吧?挂这样一幅画,会让人静不下心来的。"

"未必要挂墙上。"

"不挂墙上还要拿到公司来?这就更奇怪了,如果让员工看到了,解释起来也很麻烦。"

"就说是别人送的就行了。"

"如果这么说，反而更让人起疑。既然有人送画，就应该挂起来才合礼数嘛，因为送画的客人不知道什么时候就会来访。"

"你怎么这么烦？真柴义孝可不是这种人。"

就在草薙提高声调时，一位身穿白色西服的女士出现在前台旁的出入口处，她留着短发，戴着一副细框眼镜。

"让两位久等了，请问哪位是草薙先生？"

"是我。"草薙连忙站起身来说道，"百忙之中还来打扰您，实在是万分抱歉。"

"不，辛苦你们二位了。"

她递来的名片上写着"山本惠子"，头衔则是宣传室长。

"听说二位想看一下前社长的私人物品，是吧？"

"是的，能麻烦您帮个忙吗？"

"好的，请到这边来吧。"山本惠子把两人带进一间牌子上写着"小会议室"的房间。

"不去社长室了吗？"草薙问道。

"如今新社长已经上任了，只是今天他有事外出，无法接待两位，还望见谅。"

"也就是说，社长室已经不是以前的样子了？"

"在前社长的葬礼结束后，我们就已经整理过了。与工作有关的物品都保留了下来，私人物品就全搬到这里来了，计划找个合适的时间送回他家去。我们并没有随意处理或丢弃过任何东西，对所有物品都一一请示过顾问律师猪饲先生后才进行稳妥处理的。"山本惠子面无表情地说道,语调生硬,带着戒心。

在草薙听来,字句之间似乎隐含着"真柴之死与公司无关,怀疑我们消灭证据简直是件不可思议的事"的意思。

小会议室里放着大大小小十来个纸箱,除此之外,还堆放着高尔夫球杆、奖杯、足底按摩器等等。一眼看去,并没有发现绘画之类的东西。

"可以让我们检查一下吗?"草薙问。

"当然可以,二位请自便。我去拿饮料过来,不知二位想喝点什么?"

"不,不必了,您的好意我们心领了。"

"是吗?那好吧。"山本惠子说完,一脸冷峻地走出了房间。

岸谷等她咣的一声关上门后,耸了耸肩,说道:"看来不大欢迎咱们啊。"

"这世上哪有人会欢迎干咱们这行的人啊?能答应我们的要求就算不错了。"

"就算如此,案件如果能尽快侦破,对他们公司不也有好处吗?她就不能别绷着张扑克脸,稍稍带点笑容吗?"

"就公司而言,只要案件本身被人们淡忘了,不管最后有没有破案都无关紧要。相比之下,还是我们这些刑警进进出出更令他们头痛。如今刚换了新社长,公司上下风气一新,可偏偏这时刑警又找上门来,他们哪里还笑得出来啊?好了,你就别再废话了,快点干活吧!"草薙说着戴上了手套。

今天来这里,不为别的,正是为了查明真柴义孝前女友的情况。现在只知道对方是一位画家,至于画过什么样的画却并不了解。

"虽说手上拿过素描本,可未必就一定是画家啊!兴许她是个设计师或漫画家之类的。"岸谷一边查看纸箱一边说道。

"有这种可能。"草薙爽快地认同,"所以你在找的时候也留意一下那些方面的东西。搞建筑和家具方面的人也会用素描本,多多留心吧。"

岸谷叹了口气,回了声"明白"。

"你小子似乎没多大干劲啊?"

听到这话,后辈岸谷停下手中做的事,一脸郁闷地开口道:"倒也不是没干劲,只是想不通。我们不是查明案发当日除了若山宏美之外,没有其他人进出过真柴家吗?"

"这我知道。不过我要问你,你能断定当天就再没有谁进出过吗?"

"这个嘛……"

"如果真的没有别人进出过,那么凶手又是怎样在水壶里下的毒呢?你说来听听。"草薙瞪着默不作声的岸谷,继续说道,"回答不上来了吧?这也不能怪你,就连那个汤川也没辙。其实答案简单明了,根本就不存在什么手法,凶手当时直接进入真柴家,在水壶里下了毒后就离开了,就是这样。那为什么我们不管怎样都查不到凶手的蛛丝马迹呢?这个问题我跟你解释过了吧?"

"因为真柴本人不想让人知道他曾和对方见过面……"

"你这不是挺明白的嘛,男人想要隐瞒其人际关系的时候,就去查他与女人之间的来往,这是调查的基本要领。难道我说错了吗?"

岸谷摇了摇头,说了句"没错"。

"如果认同就接着干吧,我们的时间可不多。"

岸谷一声不吭地点点头,再次开始检查纸箱。

草薙看着他的背影,轻轻叹了口气。他问自己,发什么火呢?不过是给后辈解答疑问,为什么要着急呢?但与此同时,他也察觉到了自己如此焦躁的原因。

这次侦查究竟有没有意义，草薙自己也半信半疑。他脑海里有一种挥之不去的不安，担心即使调查了真柴义孝婚前的情感经历，也只是白忙活一场。

当然，侦查本来就是这样的，如果总怕徒劳无功，也就干不了刑警这行了。

但他此刻心中的不安又有所不同，如果这次还找不到什么线索，恐怕怀疑的矛头就真的要指向真柴绫音了。

草薙有预感，再这样下去，不只是内海薰他们，总有一天就连自己都会对绫音起疑。

草薙每次见到绫音，都会有一种感觉，一种自己把尖刀架在喉咙上的紧迫感。这种感觉令他疲于奔命，令他为之震慑，又令他心驰神往。

而每当他开始思索这种紧迫感的根源时，脑海中便会浮现出一幅想象中的图景，令他惴惴不安，喘不过气。

草薙以前也接触过几个人性中有着光辉亮点但又迫不得已下手杀人的嫌疑人。草薙可以感觉到，他们身上有一种共通的甚至可以称为灵气的东西，令他们看起来有一种看破红尘的达观。但这种灵气与癫狂只隔着一层纸，甚至可说是一个禁区。

草薙从绫音身上也感受到了这种气息，虽然他极力想要否认，但身为刑警的灵敏嗅觉时刻都在提醒着他。

也就是说，他其实是为了消除内心的疑虑才调查的。但是，调查时是不允许掺杂丝毫私人感情的，他就是太明白这一点了，才对自己恼火不已。

大约一个小时后，依然未能找到画家或其他工作中会用到素描本的人的物品，纸箱里几乎全是礼物和纪念品之类的东西。

"前辈，您觉得这是什么？"岸谷拿着一个小人偶模样的东西问道。布偶从形状上看似乎是棵蔬菜，上面还缝着一片绿色的叶子。

"像是蔬菜吧。"

"是有点像，不过它其实是个外星人。"

"外星人？"

"您看这样如何？"说着岸谷翻转了一下布偶上的叶片，把它放到桌上。

的确，白色的头部上画有一张脸，要是把叶片当脚，看起来倒也挺像漫画里时常出现的水母形外星人。

"也是啊。"

"看说明，这家伙是个来自蔬菜星、名叫蔬菜小子的人偶，似乎是这家公司制作的。"

"我知道了，那又怎样？"

"前辈，估计设计这家伙的人平日也会用到素描本吧？"

草薙眨眨眼，凝视着布偶说道："确实有这种可能。"

"我去叫山本女士来。"岸谷站起身说道。

山本惠子走进小会议室，看到布偶后点点头。"确实是我们公司制作的网络动漫角色。"

"网络动漫？"草薙歪着头说道。

"三年前还曾经上过公司的主页，您要看看吗？"

草薙说句"有劳了"，站起身来。

来到办公室，山本惠子在电脑上操作了一会儿，屏幕上显示出"蔬菜小子"的画面。一点击"播放"两个字，一段约一分钟的动漫便开始播放了，与布偶一样的角色在动漫中登场，动了起来。故事本身感觉倒也天真可爱。

"现在主页上已经没有了吗？"岸谷问道。

"曾经风靡一时，于是我公司便制作了刚才你们看到的布偶衍生产品，但实际销量并不理想，最后也就取消了这个计划。"

"这个动漫形象是贵公司员工设计的吗？"草薙问山本惠子。

"不,不是的。它的设计者最初在自己的博客上发表了一些名为'蔬菜小子'的插图，后来因为在网络上很受欢迎，我们就找设计者签订了合约，由我们负责将其制作成动漫。"

"也就是说，这东西并非专业画家设计的？"

"不是，是一位学校的老师，但也不是美术老师。"

"是吗？"

这样一来就有可能了，草薙心想。据猪饲达彦说，真柴义孝是不会和公司职员或与工作有关联的人谈恋爱的，但如果对方并非专业人士，或许就要另当别论了。

"啊,还是不对啊,前辈。"一直看着电脑的岸谷说道,"不是这个人。"

"怎么不对了？"

"原作者留了个人档案，性别为男，是个老师。"

"你说什么？"草薙也盯着页面，个人档案上确实是这么写的。

"之前先问问就好了。看它设计得这么可爱，我还以为作者百分百是个女人呢。"

"我也一样，是我们疏忽了。"草薙皱着眉搔了搔头。

"请问，"山本惠子在一旁问道,"作者是男人有什么不利影响吗？"

"没有，我们正在寻找有助于案件侦破的关键人物，是位女士。"

"你们说的案件……是指真柴社长遇害那案子吗？"

"没错。"

"那件案子和网络动漫有什么关联吗？"

"详细情况还不好说，但如果作者是位女士，或许就可能与案件有关了。"

草薙叹了口气，看着岸谷说道："今天就暂且收队吧。"

"好吧。"岸谷耷拉着肩膀说道。

山本惠子把两人送到公司门口，草薙向她点头致意。"打扰您的正常工作，实在是抱歉。今后我们或许还会为了调查时来叨扰，还请多多关照。"

"嗯，随时欢迎二位……"她的表情有一丝不安，和刚开始时不苟言笑的表情明显不同。

告辞后，两人转身欲走，山本惠子突然说了句"请稍等"。

草薙转头问道："怎么了？"

她快步走到两人身旁，压低嗓门说道："能请二位先到这栋大楼一楼的会客区等我一下吗？我有事想和你们说。"

"是和案件有关的事吗？"

"和案件有没有关系我不知道，但是和那个动漫形象及其设计者有关。"

草薙和岸谷对望了一眼，朝山本惠子点头道："好的。"

山本惠子说了句"稍后见"之后，转身走回了公司。

一楼的会客区是公共空间，草薙恨恨地看了一眼禁烟标识，喝着咖啡。

"她到底想和我们说些什么呢？"岸谷问道。

"嗯……如果是关于那个业余男画家的事,可对咱们没什么帮助啊。"

没过多久,山本惠子拿着一个 A4 大小的信封来了,看她那样子,像是很怕引起周围人的注意。

"让你们久等了。"说着,她在两人对面坐了下来。

服务员随即走了过来,山本惠子却摆摆手拒绝了,看来并没有久坐长谈的意思。

"有什么事就请说吧。"草薙催促道。

山本惠子环视了一下周围,身子稍稍前倾,说道:"请不要公开此事,即便要公开,也绝对别说是我告诉你们的,否则我就麻烦了。"

"嗯?"草薙抬眼望着山本惠子。他原本打算说"这得视情况而定",但如果真的这么说,或许就会错失重要情报。对刑警而言,出尔反尔的厚脸皮有时也是需要的。他点点头。"好吧,我答应您。"

山本惠子舔了舔嘴唇,说道:"刚才二位提到的那个动漫形象的设计者其实是位女士。"

"什么?"草薙睁大了眼睛,"此话当真?"

"是真的。刚才不太方便,我才故意那样说的。"

岸谷一边准备做笔录,一边点头说道:"许多网民不光名字,甚至年龄和性别也都是假的。"

"老师这一身份也是假的吗?"草薙问。

"不,博客上写的那个男老师真实存在,写博客的人也确实是他,但创作那个形象的是别人,而且还是一个和他扯不上半点关系的女人。"

草薙皱起眉头,把双肘放到了桌上。"到底是怎么回事?"

山本惠子警惕地看了看周围,开口道:"其实这一切从一开始就是计划好的。"

"计划好的？"

"刚才我跟二位说因为那男老师在博客上发表的动漫形象深受好评，我们公司才找他商谈制作动漫的事，而事实恰恰相反，利用那个形象制作网络动漫的计划从一开始就有了。我们首先让那个形象出现在个人博客上，其次，为了让那个博客广受瞩目，我们还在网络上做了一番努力，后来当那个形象在现实中有了些人气的时候，我们公司便签订了制作网络动漫的合约。这些都是营销策略，整个过程就是这样。"

草薙双手抱胸，沉吟道："那件事的执行过程还是挺麻烦复杂的。"

"当时社长认为那样做才能让网虫们感觉亲近，愿意声援我们。"

岸谷转头望着草薙，点了点头。"确实有这种可能。网虫们很喜欢看到某个不知名的人发布的东西得到广泛传播。"

"这么说，当初设计那个动漫形象的人，其实还是贵公司的员工？"草薙问山本惠子。

"不，当时我们从一些默默无闻的漫画家、插画家中挑选出合适的人选，让他们提出方案供我们筛选。我们最后选中了那个蔬菜小子，并且和作者签订了创作保密约定，除此之外，还让她画了用于上传到男老师博客上的插图。不过那个作者并没有画到最后，中途便由其他设计者接手了。话说到这个份上，两位也应该明白了吧，那个男老师也是在得到我们的出资和授意下写的博客。"

草薙的惊讶溢于言表。"的确是计划好的啊！"

"想让一个全新形象在市场上推广开来，就必须使用各种各样的营销策略。"山本惠子苦笑道，"可惜结果不尽如人意。"

"那么，那个作者是怎样的一个人呢？"

"她原本是位绘本作家，曾出过几本书。"山本惠子把夹在腋下的信封放到膝上，从里面抽出一本绘本。

草薙说了句"借我看看"，伸手接过了绘本《明天快下雨吧》。他匆匆翻了一遍，大致是讲扫晴娘的故事，作者是"蝴蝶花"。

"此人如今还与贵公司有联系吗？"

"没有了。有关那个形象的所有版权都归我们公司所有，所以自从请她画了初期的插图之后就再也没有联系了。"

"那您是否见过这位女士呢？"

"没有，我没见过。刚才也和二位说过，她的存在必须保密，见过她的人只有以社长为首的极少数人，听说当初合约也是社长亲自找她签的。"

"真柴社长亲自出马？"

"听说当时最喜欢那个蔬菜形象的人就是社长本人。"说完，山本惠子便一直盯着草薙。

草薙点点头，把目光落到绘本上。虽然印有作者简介，却没提到作者的真名和出生年月等信息。

但如果是绘本作家，便与"从事绘画工作""出过书"这些条件匹配上了。

"这绘本能借我们用一下吗？"草薙拿起绘本问道。

山本惠子说了句"请便"，看了看表。"能说的已经全部告诉二位了，我也差不多该回去了，希望能对调查有所帮助。"

"帮助很大，谢谢您。"草薙点头道谢。

山本惠子离开后，草薙把绘本递给了岸谷。"你去这家出版社打听一下。"

"会有结果吗？"

"可能性很大，至少这个绘本作家和真柴义孝之间肯定有某种关系。"

"您好像挺有自信的嘛。"

"看到山本惠子刚才的那副神情，我就确信了，能看出她早就开始怀疑真柴和绘本作家的关系了。"

"既然如此，她为什么要一直隐瞒到现在呢？之前来打听情况的刑警应该也问过有关真柴先生情感经历的问题。"

"估计她是觉得没有确凿证据的情况下最好不要乱说话吧，她对我们也没说太多。看到我们对动漫形象的设计者表现出了兴趣，她才想把那个设计者其实并非男性而是女性这一信息告诉我们，因为她很清楚那个绘本作家对真柴先生而言非同寻常，所以无法袖手旁观。"

"原来是这样，之前背地里说她是扑克脸，还真有些对不住她呢。"

"如果不想枉费她的好意，就快点打电话去出版社问问吧！"

岸谷掏出手机，拿着绘本走开了。草薙一边看着他打电话的身影，一边喝着早已冷掉的咖啡。岸谷打完电话走了回来，脸色看起来却不大好。

"没找到负责人吗？"

"不，找到了，而且还向他请教了这位名叫'蝴蝶花'的作者的情况。"

"那为什么还一脸沮丧？"

岸谷并没有回答他的问题，而是翻开记事本说道："此人真名叫作津久井润子，津久井湖的'津久井'，润泽的'润'。据说绘本是在四年前出版的，如今已经绝版了。"

"查到对方的联系方式了吗？"

"没有,其实……"岸谷从本子上抬起头说,"她已经过世了。"
"什么?她什么时候死的?"
"据说是在两年前,在自己家中自杀了。"

19

薰还在目黑警察局的会议室里写报告的时候,草薙和岸谷两人一脸郁闷地回来了。

"老头子回来了没?"草薙粗暴地问道。

"组长应该在刑警室。"

草薙一声不响地离开了房间,岸谷冲她做了个没辙的手势。

"看起来他的心情不大好啊。"薰试探道。

"因为终于找到真柴义孝以前的女人了。"

"是吗?既然找到了,怎么还那副样子?"

"没想到后续出人意料啊。"岸谷说着在钢管椅上坐了下来。

听完岸谷的叙述后,薰也大吃一惊。

"我们到出版社借来了那女人的照片,之后去了她和真柴义孝生前常去约会的那家红茶专卖店,给那个女服务员确认。女服务员看了照片后说确定是她,故事到此尘埃落定,前辈提出的前女友行凶说彻底破灭。"

"所以他才心情不好啊。"

"我也一样大失所望,陪他跑了一整天,最后查到的却是这样一个结果。啊,好累啊!"

就在岸谷大伸懒腰的时候,薰的手机响了。一看,是汤川打来的。她中午才刚见过他。

"您好,刚才多谢了。"

"你现在在哪儿?"汤川劈头就问。

"在目黑警察局。"

"后来我想了很多,现在想让你去办点事,能见一面吗?"

"嗯……我倒是没问题。您要我去办什么事啊?"

"等见了面再告诉你,你指定个会面地点吧!"汤川的语气里有少有的兴奋。

"不,还是我去学校找您吧……"

"我已经离开学校朝目黑警察局过去了,你快定个地方。"

薰把见面地点定在附近的一家家庭餐厅,汤川说了句"我知道了"就挂了电话,薰把写了一半的报告塞进包里,拿起上衣。

"汤川老师打来的?"岸谷问她。

"是的,说是有话要和我说。"

"不错啊,如果他能把下毒手法之谜解开那可就帮了大忙了。你可要留心听他说,那老师的解释挺复杂的,别忘了做笔记。"

"我知道了。"薰说着走出了会议室。

她来到约好的地点,刚坐下喝了口红茶,汤川就进来了。他在薰对面坐下,向服务员要了杯可可。

"您不喝咖啡了吗?"

"喝腻了,之前和你在一起的时候就已经喝了两杯了。"汤川撇撇嘴,

"不好意思,突然把你叫出来。"

"没关系,您不是有话要和我说吗?"

汤川"嗯"了一声,垂下眼,之后又望着薰说道:"我先问你一句,你心里对真柴太太依旧持怀疑态度吗?"

"这个嘛……是的,我依旧在怀疑她。"

"这样啊。"汤川把手伸进上衣口袋,掏出一张折好的纸放到桌上,"你看看吧。"

薰拿在手里展开,看了看上边写的字,皱着眉头问道:"这是什么?"

"是我想劳烦你去调查的内容,调查结果不能粗略,必须精确。"

"只要把上面写的东西调查清楚就能解开谜团了吗?"

汤川眨了眨眼,吐出一口气。"不,大概是解不开了,请你去调查就是为了确认这一点。用你们的话说,可称之为验证侦查①吧。"

"怎么回事?"

"今天你回去后,我想了很多。假设真是真柴太太下的毒,那她用的是什么方法呢?我实在想不出,最后得出的结论是:这个方程无解,只有一种情况除外。"

"只有一种情况?这不是说明还是有解吗?"

"有是有,但是个虚数解。"

"虚数解?"

"意思就是说,从理论上讲可行,但在现实中不可能做到。远在北海道的妻子要让身在东京的丈夫喝下毒药,只有一个方法,但这个方法被付诸行动的可能性无限接近于零。听明白了吗?有这种犯罪手法,

---

①为确定嫌疑人供述内容的真实性进行的调查活动。

但不可能被实施。"

薰摇了摇头。"我不太明白您的意思,照您所说,到头来不还是不可能吗?您为了证明这种不可能,而让我去调查?"

"证明没有答案也是很重要的。"

"我要找到答案,理论什么的对我而言无所谓,我一定要把案件的真相查个水落石出,这是我们的工作。"

汤川缄口不语。就在这时,服务员送来了可可。汤川慢慢端起杯子喝了一口,低声说道:"是啊,确实如你所说。"

"老师……"

汤川伸手拿起放在桌上的纸。"搞科学的人都有一种习性,即便是个虚数解,也会因为有这么一个答案而探究到底,但你们不是科学家,不能为了证明这种答案是否存在而浪费宝贵时间。"他把纸叠好放回口袋,笑了笑,"把这件事忘了吧!"

"老师,请您把下毒手法告诉我,让我听过之后再作出判断吧。如果我觉得确实值得,就去调查刚才那些内容。"

"不行。"

"为什么?"

"一旦得知下毒手法,你心中就会存有偏见,而偏见会令你无法客观地展开调查。相反,如果你不愿去调查,也就没必要知道手法了。不管怎么说,现在我不能告诉你。"

汤川伸手去拿账单,但被薰抢先一步拿到了手中。"我来吧。"

"这可不行,我已经让你白跑一趟了。"

薰朝他伸出另一只手。"请把刚才的便条给我,我去调查。"

"这可是虚数解啊。"

"就算如此,我也想知道老师您想找的究竟是什么。"

汤川叹了口气,重新拿出便条。

薰接过来,又确认了一次上边写的东西后,把它放进了包里。"如果下毒手法并非老师所说的虚数解,谜团也就随之解开了吧!"

汤川没有回答,用指尖往上推了推眼镜,低声应道:"怎么说呢……"

"难道不是吗?"

"如果并非虚数解,"他的双眸中蕴藏着犀利的光芒,"你们恐怕会输,而我也无法获胜。说明这是一场完美犯罪。"

20

若山宏美望着墙上的挂毯。

藏青和灰色碎片连在一起,形成了一条带子。带子很长,中途曲折扭转、交叉缠绕,并最终与起点交汇。也就是说,带子形成了一个圈。虽然构图相当复杂,但远远望去,又如一个简单的几何图形。真柴义孝嫌它"就像 DNA 螺旋似的",但宏美很喜欢这幅作品。绫音在银座开个展的时候,这幅作品就挂在入口处,入场者最先就能看到它。所以对绫音而言,这应该是一幅自信之作。设计者确实是绫音,而实际动手制作的却是宏美。在艺术世界中,作家个展上发布的作品实际出于弟子之手这类事,倒也算不得多稀奇。更何况拼布,如果是大幅作品,得花上好几个月的时间,如不分头动手,光凭一个人是无法完成足够件数去举办个展的。相对而言,绫音还算喜欢亲自动手的,当时个展上的作品有八成出自绫音本人之手。尽管如此,绫音还是决定将这幅由宏美动手制作的作品挂到入口处,这令宏美心怀感激,为老师能够认同自己的技艺而欣喜不已。

当时,她希望自己能够一辈子都跟着绫音做事。

啪的一声响起，绫音把马克杯放到了工作台上，此刻她们两人正面对面坐在拼布教室杏黄小屋里。原本这时应该已经开始授课，几名学员也应正拿着布头剪剪接接了，但此刻屋里只有她们两人。教室已经连续休课很长时间了。

绫音双手环捧着马克杯，说道："这样啊，既然宏美你已经决定了，那也就没办法了。"

"实在是抱歉，我总是这样自作主张。"宏美低头道歉。

"没必要道歉的，我已经想到今后可能会有些难做了，或许也只能这样了。"

"这一切都怪我，我真的不知道该说些什么才好。"

"够了，我已经不想再看到你向我道歉了。"

"啊，是，对不起……"宏美耷拉着脑袋，眼泪差点夺眶而出，但还是拼命忍住了，她觉得一哭出来只会让绫音更加难过。

这次是宏美主动给绫音打的电话，说是有话要对她说，希望能够见一面。绫音当时没有细问，只让宏美到杏黄小屋来见她。宏美心想，绫音特意约到教室见面，或许早已预料到自己想对她说的是什么事。

绫音沏好红茶后，宏美道明来意，说想辞去教室的工作——自然意味着要辞去绫音助手一职。

"不过，宏美，你不要紧吧？"绫音问道。见宏美抬起头，她又接着解释，"我是指你今后的日子，你的生活费怎么办？工作不怎么好找吧。还是说，你家里能支援你？"

"我还什么都没决定，虽然不想给家里添麻烦，但估计不得不麻烦他们了。不过我多少还是有点积蓄的，就尽可能多撑一段时间吧。"

"这话听了可真让人担心。你这个样子能撑多久啊？"绫音不停地把耳边的头发拢到耳后，这是她心烦意乱时的习惯动作，"不过，或许我有些多管闲事了。"

"谢谢您这么担心我，我都这么对不起您了……"

"我说，你就别再说这些客气话了。"

绫音严肃的口吻令宏美全身不由得僵硬起来，她再次深深地低下了头。

绫音小声地说道："抱歉，我刚才的话说得有点重了，不过，宏美你别再以这种态度对我了，虽然今后没有办法再与你共事，但我还是希望你能够幸福起来，这是我的真心话。"

宏美内心有股冲动，想要说些什么，于是战战兢兢地抬起了头，只见绫音正冲着她微笑，笑容虽然有些寂寥，却并不像是装出来的。宏美轻轻地唤了一声"老师"。

"而且，那个令我们如此痛苦的人也已经不在人世了，不是吗？所以我们就别再回首往事了，好吗？"

听着绫音这番柔声软语，宏美只有点头，但心中觉得这是不可能的。她与真柴义孝之间的恋情、失去他的悲痛、背叛绫音的自责，这种种情感都已深深地铭刻在了她的心里。

"宏美，你跟了我几年了？"绫音朗声向她问道。

"三年多了。"

"是吗，都已经三年了啊。换了是念初中高中的话，都已经毕业了呢。那么，宏美你也当是从我这里毕业了吧！"

宏美并没有点头，她心想，这种云淡风轻的话已经打动不了她。

"宏美，你手上还有这房间的钥匙吧？"

"啊，是的，我这就还给您。"宏美伸手拿起了身旁的包。

"没事,你就拿着吧。"

"可是……"

"这屋里不是还有许多你的东西吗?要整理行李还得花一些时间吧。如果你还有什么想要的东西,不必客气,尽管都拿去好了。你大概挺想要那幅挂毯吧?"绫音说着把视线移到了刚才宏美一直看着的那幅挂毯上。

"这……可以吗?"

"当然可以,它不是你亲手制作的吗?这幅挂毯在个展上也大受好评呢,我就是打算把它送给你,才一直留着没卖。"

宏美也还记得当时的情形——几乎所有作品都被贴上了价签,唯有这幅挂毯享受非卖品待遇。

"收拾行李大概用多久呢?"绫音问道。

"估计今明两天就能收拾完了。"

"这样啊,那等你收拾好了就给我打个电话吧,至于钥匙嘛……放到门口的邮箱里就好了。可千万别漏拿了什么,我打算等你一收拾完就找人彻底整理一下这间屋子。"

看到宏美不明其意地眨了眨眼,绫音微微笑了笑。"我也不能总在酒店住下去吧,第一不方便,第二不划算。所以我打算在找到新住处之前,先搬到这里来生活。"

"您不打算搬回家去住了吗?"

绫音闻言呼出一口气,垂下肩膀说道:"我也考虑过搬回去,可还是不行。以前那些快乐的回忆,如今全都变得让人心酸了。而且最重要的是,那个家我一个人住实在太大了。我有时还会想,亏他以前一个人还能住那么多年。"

"您打算把它卖掉吗？"

"不知道是否会有人愿买发生过命案的宅子啊！这事我打算找猪饲先生商量一下，或许他能有些门路。"

宏美不知道该说些什么，只能怔怔地望着工作台上的马克杯。之前绫音往杯里倒的红茶，估计早已凉了。

"那我就先走了。"绫音拿起已经喝空的马克杯，站起身来说道。

"您就放着吧，我会洗的。"

"是吗？那就麻烦你了。"绫音把杯子放回工作台上，盯着杯子说道，"我记得这杯子好像是你带过来的吧？你说是朋友的婚礼上送的，对吧？"

"是的，当时送了我一对。"

平日这两个杯子都放在工作台上，两人商谈工作时常常会用到。

"既然如此，那你也得把它们带走了。"

宏美小声应了句"好的"。其实她根本就没想过要带走马克杯，但一想到这些东西的存在本身或许会令绫音感到不快，她就更加沮丧了。

绫音挎上挎包，朝玄关走去，宏美跟了上去。她穿上鞋，转身对宏美说道："感觉真是有点怪呢，辞职离开教室的明明是你，现在要走出房间的人却是我。"

"我会尽快收拾完的，或许今天一天就行了。"

"不必着急，我不是这个意思。"绫音直视着宏美说道，"多多保重！"

"老师您也是。"

绫音点点头，打开了房门。走到门外，她冲宏美微微一笑，关上了门。

宏美当场瘫坐在地，深深地叹了口气。辞去拼布教室的工作令她心酸，没有了收入来源让她感到不安，但她只能这么做。向绫音坦白了自己和义孝的关系后还希望能像以前那样过下去，这一想法本身就很愚蠢。虽然绫音没有开口提解雇的事，但宏美不认为这就代表着绫音原谅了她。

而且……宏美把手贴到腹部。

肚子里还怀着孩子。宏美一直担心绫音会问自己作何打算，因为连她自己都还没有下定决心。

绫音之所以没有问孩子的事，大概是认定了宏美会去堕胎，她肯定没有想过宏美或许也有把孩子生下来的想法。

然而宏美还在犹豫，不，如果再往她内心深处探究，就会发现她的心底只有一个想法——那就是把孩子生下来。她自己也察觉到了这一点。

但就算把孩子生下来，今后等待这孩子的又会是怎样的人生呢？她已下定决心不把孩子寄养到老家，虽然父母仍健在，但他们的生活也并不宽裕，而且老两口都是安分守己的普通人，如果知道女儿不但做了第三者，还做了未婚妈妈，必定会方寸大乱、不知所措。

看来只能打掉了！每次想到这个问题，宏美都会得出同样的结论。为了逃避这个结论，她搜肠刮肚地想找出解决办法。自从义孝死后，她就一直处于这种迷茫中。

就在她轻轻摇头之时，手机响了起来。她缓缓站起身，走回工作台边，从放在椅子上的包里掏出了手机。来电显示的号码她有印象，她也想过不去接，但还是按下了通话键，因为对方是个即便不予理会也不会就此放弃的人。

她应了声"喂"，声音显得有些低沉，尽管她并非有意如此。

"喂，我是警视厅的内海。现在方便和您谈谈吗？"

"请讲。"

"实在是抱歉,又有几个问题想问您,可以约个地方见面谈吗?"

"什么时候?"

"越快越好,不好意思。"

宏美重重地叹了口气,就算对方听到也无所谓了。"那这样吧,你们过来找我吧,现在我在拼布教室。"

"是代官山吧?请问真柴太太是否也在那边呢?"

"不在,她今天应该不会来了,现在这里就我一个人。"

"我知道了,这就出发去拜访您。"说完,那边挂断了电话。

宏美心想,看来就算辞掉拼布教室的工作也解决不了任何问题,在案件侦破之前,警方恐怕是不会放过她的。本想悄悄地把孩子生下来,到底还是不行。

她啜了口马克杯里剩下的红茶,不出所料,茶早已变温了。

宏美的脑海中浮现出在这里工作三年间的点点滴滴。没想到原本不过是弄着玩玩的拼布,短短的三个月里技术竟突飞猛进,令她自己也惊讶不已。当绫音问她是否愿意留下来当助手时,她立刻就答应了,她早已厌倦被劳务派遣公司从这里派到那里,机械地做着毫无意义之事的日子了。

宏美扭头看了看房间角落里的电脑,在她和绫音共同设计作品的日子里,电脑里的绘画软件曾帮过她们大忙。有时光是为了配色都会花上一整夜的时间,但她从未感到过辛苦。设计方案一旦敲定,两人就会一起出门采购布料。经多次讨论才定下的配色方案,也可能会因为两人在店里同时看中某块布料的颜色而当场改变设计方案。每当遇上这种时候,两人便会相视苦笑。

这样的生活多么充实！为何如今却走到了这一步？

宏美轻轻摇了摇头，个中缘由她再清楚不过。她认为所有的错都在自己，因为她抢走了别的女人的丈夫，而且这个女人还是自己的恩人。

宏美还清楚地记得她和真柴义孝第一次见面时的情景。当时她正在这间教室里准备授课，绫音打电话来说有个男人要来找自己，让宏美先接待一下，当时绫音并没有把他们之间的关系告诉宏美。

不久，那个男人就来了。宏美请他进屋，沏了杯日本茶招待他。那人一边饶有兴致地环视屋内，一边问这问那。他身上既有成熟男士才有的沉稳，又保留着无法压抑好奇心的少年性情。稍稍交谈几句后，宏美便感觉这个人有着超越常人的睿智头脑。

随后绫音出现了，为他们两人作了介绍。听绫音说她和那个男人是在派对上认识的，宏美感到很意外，很难想象绫音竟然会出席那种场合。

回首往事，宏美发觉自己在那个时候就已经对义孝抱有好感了，她依旧清楚地记得听到绫音说他们是恋人时，自己心中萌生的近乎嫉妒的感觉。

如果当初他们两人并非那样相遇，义孝从一开始就和绫音一同现身的话，或许自己的想法就会有所不同，但正因为不知道对方的身份，稀里糊涂地共处了一段时间，才令她心中萌发了特殊的感情。

心中一旦产生爱慕，不管这感觉多么淡薄也绝不会轻易消失。绫音和义孝结婚后，宏美开始出入真柴家，越发感觉义孝近在咫尺，自然，有时也会有和义孝独处的机会。

不过宏美从来没有想过向义孝表白，因为她觉得那样只会给义孝徒增烦恼，更何况她也没有奢望过要和他发生什么特殊的关系，只要他能像对待亲人般对待自己就足够了。

尽管宏美刻意隐藏,义孝还是察觉到了她的思慕之情,对她的态度渐渐发生了变化,看妹妹般的温柔目光里开始掺杂进某种微妙的色彩。宏美察觉到这一点后春心萌动也是事实。

三个多月前的某天夜里,当她还在这间屋子里工作时,义孝打来了电话。"听绫音说,最近你时常会熬到很晚,教室那边的工作似乎挺忙的?"寒暄几句后便约她一起去吃拉面,说是自己也加班到很晚,有家拉面馆早就想去尝尝了。

宏美正好也饿了,立刻答应下来。没过多久,义孝便开着车来接她了。或许是与义孝独处的缘故,那碗拉面并没有给她留下太深的印象。义孝每次动筷子,手肘都会碰到她的身体,那种触感深深地烙印在记忆里。

之后,义孝开车送她回了家。他把车停在公寓门前,冲她微笑道:"以后还能这样偶尔约你一起吃个拉面什么的吗?"

"可以啊,随时都行。"宏美回答。

"谢谢。和你在一起,感觉心灵都会得到抚慰。"

"是吗?"

"我的这里和这里都已经疲惫不堪了。"他依次指了指自己的胸口和脑袋,之后一脸认真地望着宏美,"谢谢你,今晚我很开心。"

"我也一样。"

宏美话音刚落,义孝的手便伸过来揽住了她的肩头。宏美顺从地被他一把搂在怀中,两人极为自然地接吻了。

之后,他对她道了声"晚安",她也回了一句"晚安"。

那天夜里,宏美的心一直怦怦直跳,辗转难眠。但她并未意识到自己犯下了大错,只是觉得拥有了一个唯有他们俩才知道的小秘密。

没过多久,宏美就察觉到自己犯下了无法弥补的过错。义孝的身影在她心中迅速膨胀起来,不管做什么,他的样子都会萦绕在脑际挥之不去。

即便如此,只要两人不再见面,或许这种如同热病一样的状态就不会持续多久。但是义孝此后更为频繁地邀约宏美,宏美为了等电话而无故逗留在教室的次数也多了起来。

宏美的心就如同断了线的气球一样,再也无法驾驭,往高空飘去。当他们终于跨越了男女之间的最后一道防线时,她才感觉到事态的严重性。但那天夜里,义孝对她说了能够吹散她心中不安的魔力话语。

他说,恐怕过不了多久,他就会离开绫音了。

"我说过和她结婚的目的就是生孩子,彼此约好一年以内怀不上孩子就离婚。现在还剩三个月的时间,估计她是怀不上了,这一点我很清楚。"

他说得冷酷无情,但在当时的宏美听来,却是那么可靠,大概当时的她已经变得相当自私了。

回忆起往昔的点点滴滴,宏美再次体会到他们对绫音的背叛是何等残忍,不管绫音再怎样记恨都不足为过。

或许——

或许下手杀义孝的人就是绫音。而她如今对我这么温柔,其实不过是为了掩盖杀人动机的伪装。

但她有不在场证明。从警方未对她起疑这一点来看,或许当时无法行凶这一事实是无法改变的。

可是除了绫音之外,这世上还有其他人有杀义孝的动机吗?一想到这个问题,另一种忧郁便袭上心头。虽然很想把孩子生下来,但自己对孩子的父亲几乎一无所知……

身着黑色西服的内海薰到了。在半个小时前绫音刚坐过的椅子上坐下后,她再次为自己的打扰向宏美低头道歉。

"我想就算您来我这儿一万次,案件也无法侦破,因为我真的不是很了解真柴先生。"

"您不了解他,却和他发生了那样的关系?"女刑警的这句话令宏美紧紧地抿起了双唇。

"我想我对他的性情还是了解的,但对调查没什么用,不是吗?我已经说过,我不清楚他的过去和工作上的麻烦。"

"调查时也必须了解被害人的性情,但今天我来找您不是要逼您回答不清楚的事情,而是想请问您几个更日常性的问题。"

"什么日常性的问题?"

"真柴夫妇的日常生活。有关这一点,我想您应该最清楚不过了。"

"这种事情直接去问老师不是更好吗?"

内海薰歪一歪头,冲她笑了笑。"因为我觉得从本人口中很难听到客观真实的情况。"

"……您想问什么?"

"听说若山小姐您在真柴夫妇结婚后不久就开始出入他们家了,对吧?请问频率是多久一次呢?"

"不固定,平均来说每个月一到两次吧。"

"那您是固定在周几去的吗?"

"不一定,但周日去得多一些,因为周日教室休息。"

"您周日去的时候,真柴义孝先生也在家吧?"

"是的。"

"所以你们三人就会在一起聊聊天之类的,是吗?"

"这种事也有过,但真柴先生一般会待在书房里,他似乎连休息日也要在家工作。而且我去他们府上打扰也是因为有事要和老师商量,闲聊并不是我的目的。"宏美的语气中带着抗议,她不想被人误会成是为了见义孝才去真柴家。

"您一般和绫音女士在哪个房间商量呢?"

"在起居室。"

"每次都是吗?"

"是的,有什么问题吗?"

"你们商量的时候是否会喝点红茶或者咖啡呢?"

"会的。"

"您有没有自己冲泡过呢?"

"偶尔会,比如老师忙着做菜、腾不出手的时候。"

"我记得您以前说过,做咖啡的步骤是绫音女士教您的,对吧?所以案发当日的早晨,您也是按照同样的步骤做的?"

"是的。您怎么义提咖啡的事?之前我不是已经说过很多次了吗?"宏美撇了撇嘴。

或许已经习惯了被问话人表现出不满,内海薰面不改色。"那么,在猪饲夫妇去真柴家开家庭派对的那天晚上,您是否打开过真柴家的冰箱呢?"

"冰箱?"

"冰箱里应该放着瓶装矿泉水,我想知道您当时是否看到过那些瓶子。"

"瓶子……我看到过,因为那天我曾经开过冰箱拿水。"

"当时冰箱里还剩几瓶水?"

"具体数目我记不清了,只记得的确并排放着好几瓶。"

"是一两瓶吗?"

"不是说我记不清了吗?当时里面整整齐齐放了一排,应该有四五瓶吧!"宏美的声音越来越大。

内海薰面无表情地点了点头。"我知道了。您说案发前真柴先生曾叫您去他家,请问这样的事之前有过吗?"

"没有,那天是第一次。"

"那真柴先生为何偏偏在那天叫您去他家呢?"

"……因为那天老师回娘家去了。"

"也就是说,以前都没有这种机会?"

"我猜另一个原因是他想尽快把老师答应离婚的事告诉我。"

内海薰点点头。"这样啊。那您是否知道他们俩都有些什么爱好呢?"

"爱好?"宏美皱起了眉头。

"真柴夫妇的爱好,比如运动啦、旅行啦,或者开车兜风什么的。"

宏美歪着头想了想。"真柴先生平常喜欢打网球和高尔夫球,而老师似乎没什么特别的爱好,估计也就是拼布、做菜之类的吧。"

"那么,平常他们俩都是怎样一起度过休息日的呢?"

"这我就不清楚了。"

"您就大致说说您知道的情况吧。"

"据说老师一般是在做拼布,而真柴先生看碟片的时候居多。"

"绫音女士一般会在家里的哪个房间做拼布呢？"

"我想应该是在起居室吧。"宏美答道。她对女刑警问这些问题的目的何在感到困惑不已。

"他们俩以前是否一起出去旅行过呢？"

"好像刚结婚后一起去过巴黎和伦敦，后来就没怎么像样地旅行过了。真柴先生倒是时常因工作东奔西跑的。"

"那购物呢？若山小姐和绫音女士是否曾经一起上街买过东西？"

"我们一起去买过拼布用的布料。"

"也是周日去吗？"

"不，通常在教室开门授课之前，所以是在工作日去的。因为购买的布量比较大，买下后一般会直接搬到这里来。"

内海薰点点头，在记事本上写了几笔。"我的问题问完了，您百忙之中还协助调查，实在是非常感谢。"

"请问，刚才的问题究竟有什么意义？我实在是想不明白。"

"您指的是哪个问题？"

"所有问题，又是爱好又是购物的，我不认为这些事与案件有什么关联。"

内海薰脸上闪过丝犹豫的表情，但立刻冲着宏美微笑道："您不必知道这些，我们警方自然有自己的考虑。"

"可以告诉我吗？"

"很抱歉，我们的规定不允许。"内海薰敏捷地站起身来，低头说了句"多有打扰"，便快步走向玄关。

21

"她问我提问的意图时我都不知道该怎么回答,因为连我自己都不明白。虽说询问的时候一定要搞清楚提问目的再开口……"薰端起咖啡杯,此刻她在汤川的研究室里,带来了前两天汤川要求的调查结果。

"话是没错,但也得分时间和场合。"坐在对面的汤川从报告中抬起头来,"我这样做,是为了确认是否真的有人犯下了史无前例、极为特殊的罪行。去确认是否有这种可能的人是很厉害的,但有时也会被先入为主的偏见左右。一位名叫布朗德洛特的物理学家……啊,你不可能知道他。"

"听都没听说过。"

"他是一位在十九世纪后半叶作出过巨大贡献的法国学者。刚进入二十世纪不久,布朗德洛特便宣布他发现了一种新的射线,据说这种被命名为N的射线具有增强电火花光亮的效果。他的这一发现在当时的物理学界轰动一时,被视为划时代的大发现。但到了最后,N射线的存在却遭到了否定,因为其他国家的学者不管试验多少次,都无法增强电火花的光芒。"

"所以说布朗德洛特在故弄玄虚？"

"那不叫故弄玄虚，因为他本人是相信 N 射线存在的。"

"怎么说呢？"

"因为原本就只有布朗德洛特一人看到了电火花的光亮，这就是错误的根源所在。最后人们证明，用 N 射线照射电火花就会令光亮增强这种说法，只不过是他的愿望产生的一种错觉。"

"咦，就连伟大的物理学家也会犯这种低级错误吗？"

"所谓先入为主的偏见，就是这么危险的东西，这就是之前我一句都不肯多说的原因。多亏了这一点，我们现在才获得了这些极为客观的信息。"汤川的目光重新回到薰给他提供的报告上。

"那么结论如何？果然是个虚数解吗？"

汤川并没有立即回答，只是紧皱双眉，依旧注视着报告。"当时冰箱里果然还剩有好几瓶水啊！"他低声自语道。

"这一点我也觉得很奇怪。绫音女士说过，他们家从来没断过瓶装水，可是在她回娘家的第二天，就只剩一瓶了。这究竟是怎么一回事呢？"

汤川双手抱胸，闭上了眼睛。

"老师。"

"这不可能。"

"什么？"

"这种事是绝不可能发生的，但是——"汤川摘掉眼镜，用指尖按住双眼眼睑，之后便一动不动。

22

从饭田桥站沿神乐坂向上,经过毗沙门天王①后不久向左转,再爬上一道陡坡,右手边就是要去的那栋大楼。

草薙从正门走进大楼,左侧的墙壁上排列着刻有各个办公室名称的牌子,"栎出版"在二楼。

大楼里装有电梯,但草薙还是走了楼梯。楼梯上堆满了纸箱,寸步难行,这种行为有违消防法,但他今天懒得追究了。

事务所的门大开着。探头一望,几名员工正在埋头工作,离草薙最近的一名女员工看到他后起身走了过来。"请问您有什么事吗?"

"请问笹冈先生在吗?我刚才给他打过电话。"

这时,身旁有人说了句"啊,您好",一位稍稍发福的男子从书柜后露出脸来,似乎之前一直是蹲着的。

"您就是笹冈先生吗?"

"是的。呃……"他拉开身旁的抽屉,拿出一张名片来,"您好,

---

①佛教中的多闻天王。在东京都新宿区神乐坂善国寺中供奉有毗沙门天王像。

辛苦了。"

　　草薙也掏出名片交给对方。对方递来的名片上写着"栎出版董事长笹冈邦夫"。

　　"这还是我第一次接到刑警递来的名片呢，可以拿来留作纪念。"笹冈把手中的名片翻了过来，"哟，还写着'致笹冈先生'和今天的日期啊，是为了防止他人冒名盗用吗？"

　　"还请您别介意，不过是我的一个习惯。"

　　"不会的，小心一些总是好的。呃，您是打算在这里谈还是找家咖啡馆呢？"

　　"在这里就行了。"

　　"好的。"笹冈带着草薙来到设在事务所角落的简陋接待处。

　　"抱歉，在您百忙之中前来打搅。"草薙坐到黑色的人造革沙发上说道。

　　"没事，我们这儿和那些大型出版社不同，工作还算比较清闲。"笹冈说着咧开大嘴一笑，看样子不像是个坏人。

　　"我在电话里也和您说过了，这次来是想请教有关津久井润子女士的情况。"

　　笑容从笹冈的脸上消失了。"她的作品当时是由我直接负责的，她才华出众，实在是可惜了。"

　　"您曾经和津久井女士合作过很长一段时间吗？"

　　"两年多一点，不清楚时间算不算长。我们这里出版过她的两部作品。"笹冈站起来，从自己的座位上拿了两本绘本过来，"就是这两本。"

　　"请借我看看。"草薙说着伸手拿过绘本，一本是《雪人摔倒了》，另一本是《狮子狗太郎的冒险》。

221

"她生前很喜欢把雪人和狮子狗这类早就有的形象拿来当主人公，记得她还有一部作品用了扫晴娘的形象。"

"那部作品我知道，是《明天快下雨吧》，对吗？"

真柴义孝就是看了那部作品后，才选定津久井润子设计网络动漫形象的。

笹冈点了点头，耷拉下了眉毛。"经过津久井女士之手，那些司空见惯的形象也会大放异彩，变得鲜活起来。她的早逝实在令人惋惜。"

"您是否还记得津久井女士过世时的情形呢？"

"当然记得，毕竟她还留了一封信给我。"

"是吗？听她的家人说，她临死前曾经给几个人分别留下了遗言。"

津久井润子的老家在广岛，草薙之前打电话联系了她的母亲。听她母亲说，津久井润子当时是在家中服安眠药自杀的，现场留有三封遗书，全都是写给与她工作有关的人，其中一封就是给笹冈的。

"她在信里说，'突然以这种形式丢下工作不管，实在是万分抱歉'。因为当时我还拜托了她创作下一部作品，或许她心里有些过意不去吧！"笹冈回想起当时的情形，皱起了眉头，一脸心酸。

"她的遗书上没有提到自杀动机吗？"

"没有，就只写了些万分抱歉这样的道歉话。"

津久井润子当时所写的遗书内容其实并非只有这些。自杀前，她曾经给母亲写过一封信。她母亲看到信后大吃一惊，连忙给她打电话，却没打通，所以立刻就报了警。当地警察接到通报后赶到公寓，随即发现了她的尸体。

她在写给母亲的信中也没提到自杀动机，而是写满了对母亲生她养她的恩情的谢意，和她如此糟践自己宝贵生命的歉意。

与草薙通话时,她母亲在电话那头失声痛哭,至今仍不明白为什么会发生那种事,一直到两年后的今天,时间依旧未能冲淡她痛失爱女的悲伤。

"笹冈先生,您对津久井女士自杀一事是否有什么头绪呢?"

笹冈听了草薙的问题后,撇撇嘴,继而摇了摇头。"当时警方也曾经问过我这个问题,但我确实一无所知。我曾在她自杀前两周见过她一面,当时丝毫感觉不到她有自杀倾向,或许是我这个人太迟钝了吧。"

草薙不认为是笹冈迟钝,另外两个收到遗书的人同样没有察觉到这一点。

"津久井女士生前曾经与男性交往过吗?"草薙换了一个问题。

"倒是听说过,不过不清楚对方是谁。如今这年头,冒冒失失地乱问这些问题,会被人告性骚扰的。"笹冈一脸严肃地说道。

"那么除了男朋友之外,您是否认识一些与她往来较为密切的人呢?女性朋友也行。"

笹冈把粗短的双臂抱在胸前,开始回忆。"当时警方也曾问过我同样的问题,但我实在想不到。我觉得她比较偏爱孤独,是那种只要能让她待在屋里静静作画就感到很幸福的人。她不大喜欢与人交往,所以听说她有了男朋友,我还大吃了一惊呢。"

草薙心想,在这一点上她倒与绫音一样。虽然绫音身边有若山宏美这样的助手,回娘家也有可以同去泡温泉的从小就认识的好友,但基本上是孤独地生活着,她的生活就是一整天坐在起居室的沙发上缝制拼布。

那么,或许真柴义孝比较喜欢这种类型的女性。

不对——

还是稍微有点区别,草薙否定了自己的推论。

他回想起了猪饲达彦说的话。"然而真柴却不以为然,在他看来,一个不会生孩子的女人就算坐在沙发上,也不过是一件摆设,碍手碍脚的。"

真柴义孝之所以会选择这种性情孤僻的女性,因为他只把对方当成生孩子的工具,或许他认为工具这种东西不需要附带复杂的人际关系。

"请问……为什么现在又来调查她自杀这事呢?虽然动机不明,但因为没有涉及什么案件的可能,警方当时好像都没怎么调查啊。"笹冈疑惑不解。

"并不是因为自杀中有疑点,而是我们在调查别的案件时牵涉到了津久井女士,所以才来找您。"

"哦,是这么一回事啊。"

看样子笹冈还想知道究竟在调查什么案件,草薙连忙打断了话题。"很抱歉,打扰您工作了,我就此告辞了。"

"您问完了吗?哎呀,我连茶都忘了给您上了。"

"不必了。谢谢您。对了,能把这两本书借我用一下吗?"他拿起了桌上的两本绘本。

"请便,送给您好了。"

"可以吗?"

"嗯,反正这两本就算留在我这里也迟早都会被处理掉。"

"是吗?那我就不客气了。"草薙站起身来向门口走去,笹冈也跟了过去。

"话说回来,当时我还真是吓了一跳呢。听说她过世时,我根本就没想到是自杀。后来我和同事们猜测过原因，也有人怀疑她其实是被人杀死的……这话说起来有些不负责任，但毕竟她是喝了那种东西死的啊！"

草薙停下了脚步，望着笹冈的圆脸。"那种东西？"

"对，毒药。"

"不是安眠药吗？"

笹冈嘟起嘴唇，摆了摆手。"不是。咦，您难道不知道吗？是砷啊。"

"砷？"草薙大吃一惊。

"据说是和歌山毒咖喱案里凶手使用的东西。"

"砒霜吗？"

"啊，好像是叫这个名字。"

草薙的心脏重重地跳动了一下，他说了句"告辞"，便冲下了楼梯。

他用手机给岸谷打了个电话，命令岸谷立刻到辖区警察局把有关津久井润子自杀的资料调出来。

"究竟是怎么回事？草薙前辈，您还在跟进那个绘本作家的事吗？"

"已经征得组长同意了，废话少说，快点去给我调出来！"他挂断电话，坐上一辆正巧路过的出租车，告诉司机去目黑警察局。

距离案件发生已经过去好几天了，调查却一直没有进展。无法查明下毒途径这一点的影响自然很大，但怎么都找不出有杀真柴义孝动机的人也是原因之一。要说唯一有杀人动机的就是绫音了，可她却有无懈可击的不在场证明。

草薙对间宫强调案发当日肯定有人到过真柴家，同时还提出准许自己对津久井润子这个真柴义孝的前女友展开调查的请求。

"可她不是已经死了吗？"间宫问道。

"正因如此我才觉得蹊跷。"草薙答道,"如果她是因真柴义孝自杀的,那么她身边就很可能会有人对真柴怀恨在心。"

"你是说有人替她报仇?可她自杀是在两年前,之前凶手为何一直没有下手呢?"

"这一点我不清楚,或许是凶手觉得如果不等一段时间再复仇,警方立刻就会把这件事和津久井润子自杀一事联系到一起吧。"

"假设这番推理成立,那么凶手就应该是一个相当固执的人了,两年都没能淡忘心中的仇恨。"

间宫脸上浮现出将信将疑的表情,但还是批准了调查津久井润子的请求。

因此,草薙从昨天起就开始四处搜集详细情报,给津久井润子老家打电话,拜访当时收到遗书的人。而她老家的联系方式,是从《明天快下雨吧》的责任编辑那里打听到的。

但之前草薙拜访过的人里,没有一个人提到过她的自杀或许与真柴义孝有关,非但如此,甚至连她曾与真柴义孝交往过这件事都没人知道。

据她母亲说,当时并没有发现津久井润子的住处有男子出入过的迹象,所以她至今不认为女儿的自杀原因会是什么失恋。

那个红茶专卖店的女服务员是在三年前第一次看到真柴和津久井润子的,一年后润子就自杀了,如果当时她已经和真柴分手,事情就说得通了。

即便她真的是因为与真柴分手而自杀,但如果没有人知道,也就不会有人对真柴怀恨在心。难得间宫批准了调查请求,没想到似乎很快就要撞上暗礁了。

可就在这时，草薙听人提到了毒药。

如果他提前把津久井润子自杀一案的资料从辖区警察局调出来，就能更早察觉到这一点了。但因为他先给润子老家打的电话，从润子母亲那里打听到似是而非的情况，结果反而搅乱了调查的基本顺序。当时他心里瞧不起辖区警察局，认为既然他们已经把案子定性为自杀，想来从他们那里也查不到什么有用的东西。

没想到那毒药竟然还是砒霜——

当然也有可能纯属偶然，自从发生和歌山毒咖喱案之后，越来越多的人认识到砒霜是一种剧毒，当然了，想到用它来自杀或谋杀的人也随之增多了。

可如果真柴也是死于前女友润子自杀时用的那种毒药，事情也就太凑巧了。或许还是认为有人刻意安排了这一切更为妥当些？

就在草薙想到这里的时候，手机响了，是汤川打来的。

"怎么，你什么时候变得跟个女高中生似的喜欢打电话啦？"

"我有事要跟你说，纯属被逼无奈。今天能找个地方见见吗？"

"见倒是能见，先说你究竟有什么事吧，你不会已经查明下毒杀人的手法了吧？"

"说'查明'并不贴切，虽然未经证实，不过'找到了一种可行的方法'这种表述方法还是可以成立的。"

草薙紧紧握住了电话，心想，这家伙说话永远都是这么拐弯抹角的。汤川说出这种话来的时候，表明已经大致找到正确答案了。

"你跟内海说过了吗？"

"还没有，顺便说一句，目前我也还不打算告诉你，所以如果你认为我是要跟你讲明白才叫你过来的话，就要失望了。"

"你搞什么名堂？那我问你，你到底想跟我说什么？"

"给你们今后的调查提点建议，因为我想弄清楚手法实施的条件是否完全具备。"

"就是说，你非但不告诉我手法，还想从我这里获取情报？你应该清楚，警方可是明令禁止将调查中获得的情报告知无关人员的。"

沉默了数秒之后，汤川回答道："没想到事到如今你竟然给我搬出这一套来，也罢，我不告诉你凶手的行凶手法是有原因的，等见了面之后再跟你解释。"

"你这不是故意卖关子吗？我现在要先去一趟目黑警察局再去学校，估计到了就八点了。"

"那等你到了给我电话吧，到时候我不一定在研究室。"

"知道了。"挂断电话之后，草薙察觉到自己开始紧张起来。汤川想到的下毒手法究竟是什么？当然，草薙并不认为自己现在能够推测出来，他是在担心下毒手法一旦真相大白后，绫音的处境会变得如何。

如果汤川设想的毒杀手法真的能够推翻她无懈可击的不在场证明——

那就无路可逃了。草薙心想，不是绫音的，而是他自己的退路要被截断了。到时候他也终将被迫用怀疑的目光去看待绫音了。

汤川究竟会从何说起？之前草薙一直满心期待这一刻的到来，但今天不同，他感到有一种无形的压力在向他步步逼近。

目黑警察局的会议室里，岸谷已经拿着传真纸在等草薙了，据说有关津久井润子自杀的报告已经从辖区警察局传过来了，而间宫也在岸谷身旁。

"我明白您要我这么做的意图了，是因为毒药吧？"岸谷说着把手里的纸递给了他。

草薙飞快地浏览了一遍报告,根据报告记载,津久井润子当时死在自家的床上,身旁的桌子上放着一个装有半杯水的玻璃杯和一个装过白色粉末的塑料袋,而那些白色粉末正是三氧化二砷,俗称砒霜。

"报告上没写她当时是怎么弄到那东西的啊,莫非是无法查明?"草薙低声问道。

"估计是他们没去调查吧。"间宫说道,"这案子不管怎么看都是自杀,辖区警察局还没清闲到会去调查随手可得的砒霜来路的地步。"

"不过话说回来,前女友服砒霜自杀这一点让人感觉蹊跷。前辈,您这回可要立大功了。"岸谷的语气有些兴奋。

"不知道辖区警察局是不是还保留着当时的那些砒霜……"草薙说道。

"确认过了,很遗憾,没有了。毕竟是两年前的案子了。"间宫一脸遗憾地说道。

如果还留着,就能拿来和本案中所用的砒霜做个比对,确认是否相同了。

"对了,警方似乎并没有和家属说清楚是哪种毒药啊。"草薙感觉挺蹊跷。

"这话什么意思?"

"当时他们跟津久井润子的母亲说,她女儿是服安眠药自杀的,我在想他们为什么要这么说,也许纯属误会?"

"倒也不是没这种可能。"

但草薙又开始怀疑一位母亲会把女儿是服什么毒自杀的这一问题给弄错。

"而且内海又说了那样的话……事到如今,才感觉调查开始一步步向前推进了啊。"

草薙听到岸谷的话，抬起头来。"内海说了什么？"

"伽利略老师似乎给她出了点什么主意。"间宫回答道，"说是要彻查装在真柴家水管上的那个净水器。对了，那个设备叫什么来着……"

"SPring-8。"岸谷说。

"对，就是它，汤川老师似乎让她无论如何都要请人用那个设备彻查一下。估计内海现在正在本部里四处奔走，忙着办各种手续吧。"

所谓SPring-8，是兵库县所拥有的全球最大的放射线研究设备，因其能够分析出极微量物质的成分，故从二〇〇〇年秋天起，开始被应用于犯罪调查领域，在毒咖喱一案中也曾被用于鉴定，有效性受到了世人的瞩目。

"那么，汤川觉得凶手是在净水器里下的毒吗？"

"听内海说是这样的。"

"可那家伙应该还没找到下毒的方法啊……"话说了一半，他忽然愣了一下。

"怎么？"

"没什么，我已经和那家伙约好待会儿见面了，他说已经揭开手法之谜了，所以我就想，他说的那手法恐怕就是在净水器里下毒吧……"

间宫点了点头。"之前内海说过类似的话，说是老师好像已经把谜团解开了，但似乎并没有告诉她最重要的内容。那老师聪明有余，脾气太倔，实在是叫人头痛。"

"他似乎也不打算告诉我。"

间宫脸上浮现出了苦笑。"算了，他毕竟是在无偿地协助我们。不管怎么说，他特意叫你过去，估计是想给你些什么有用的建议吧！你去好好听听他究竟要说些什么。"

草薙到达学校的时候已经八点多了,他拨打汤川的手机却没打通,又打了一次,响了好几声后才有人接起了电话:"我是汤川,抱歉刚才没听到电话响。"

"你现在在哪儿?研究室?"

"不,我在体育馆。地方你应该还记得吧?"

"当然记得。"草薙挂断电话,向体育馆走去。走进正门往左拐,就能看到一栋有穹顶的灰色大楼,他上学期间来这里的次数比去教室还要多,和汤川也是在这里认识的。当时他们俩都很瘦,可如今依旧保持着良好体型的只有汤川一个人了。

草薙向着球场走去,一个身穿训练服、手拿羽毛球拍的年轻人正从里边走出来,看到草薙后向他点头致意。

身穿风衣的汤川坐在场地上,球场中央拉着球网,看样子他刚刚练完球。

"我以前就觉得很多大学教授都挺长寿,现在终于明白原因了,因为你们可以把大学里的设施当成自己专用的免费健身房随意使用啊!"

听了草薙的这番讽刺,汤川依旧面不改色。"你说自己专用,这可是误会,我可是按规定预约后才来的;你说大学教授都很长寿这个观点也有问题,想要当上教授,本来就需要花费许多时间和精力,因此如果并非健康到了长寿的地步,是无法当上教授的,你把结果和原因颠倒了。"

草薙干咳了一声,双手抱胸望着汤川。"找我有什么事?"

"何必这么心急呢?先来打上一局如何?"汤川伸手拿起身旁的两

只球拍,递给草薙一只。

"我可不是来陪你打球的。"

"你要是能坚持说你时间宝贵,那算你了不起。不过我一直想说,最近几年你的腰围至少增加了九厘米,看来调查中的四处奔走对保持体型也没多大效果啊。"

"要试试吗?"草薙脱下上衣,伸手握住汤川递来的球拍。

他已经很久没这样和汤川在球场两侧隔网对峙了。二十多年前的感觉复苏了。

然而手持球拍时的控球感已一去不返,不光如此,他还深切地感受到自己体力的衰弱。正如汤川所说,短短十分钟后,他已气喘吁吁,再也迈不开步了。

看到对方狠狠地将球扣向死角,草薙全身无力地瘫坐在球场上。

"看来真的老了,不过要比掰手腕我可不输那些后生。"

"掰手腕主要靠的是爆发力,即便爆发力随年龄的增长而衰退了,只须稍加锻炼就能迅速恢复,耐力这东西却没那么容易恢复到原先的水平,心肺机能也一样。我建议你还是老老实实地多锻炼吧。"

汤川语气淡然地述说着,丝毫感觉不到呼吸的急促和紊乱。可草薙心里还是不大服气。

两人靠墙并排坐了下来。汤川拿出水壶,往盖子里倒上水,递给草薙。草薙喝了一口,才发现是冰凉的运动饮料。

"现在这样子,感觉就像回到了学生时代,只是我的球技退步了不少啊。"

"如果不坚持练习,球技也会像体力一样渐渐衰退。这些年我还在坚持锻炼,而你没有,仅此而已。"

"你这是在安慰我吗？"

"不是，我为什么要安慰你呢？"

看着汤川一脸诧异的表情，草薙不由得苦笑了一下。他把水壶盖还给汤川，正色道："毒药是下在净水器里？"

汤川"嗯"了一声，点点头。"在电话里也跟你说过了，目前尚未得到证实，不过估计不会有错。"

"所以你就让内海把净水器带到 SPring-8 去调查了？"

"我买了四个那样的净水器，在里面灌了砒霜，用水多次冲洗过后，试验了一下是否还能发现其中所含的成分。我们学校能进行的试验，就是运用诱导结合等离子分析法了。"

"诱导结合……什么来着？"

"不懂也没关系，你就把它当成是一种高科技分析法好了。我试了四个净水器，其中能够检测出砷的有两个，另外两个无法得出明确的答案。那种净水器里用了一种极为特殊的成分，就连粒子都难以附着到上面去。我让内海打听了一下，听说鉴定真柴家净水器的时候用的是原子吸收光谱法，这种分析法和我所用的方法比较起来精度要低一些，所以，我就让她送去 SPring-8 进行分析了。"

"既然都把话说到这个份上了，估计你已经胸有成竹了吧？"

"不能说是绝对，但目前就只有这种可能了。"

"那毒又是怎么下的呢？我听内海说，你之前已经放弃在净水器里下毒的推论了。"

听了草薙的问题，汤川一言不发地用双手紧紧握住了毛巾。

"这就是你说的不能告诉我的下毒手法吗？"

"我之前也和内海说过，现在不能让你们心里抱有偏见。"

"我们心中有没有偏见,与下毒手法本身有关系吗?"

"有很大关系。"汤川转头看着草薙,"如果凶手确实用的是我设想的方法,那么就很有可能会在某个地方留下痕迹,我让内海把净水器送去 SPring-8 分析正是为了找出下毒痕迹。不过即便最终没有发现任何痕迹,也不能证明一定没用这种手法,这种手法就是这么特别。"

"那究竟用没用过啊?"

"假设现在我就把具体手法告诉你们了,接着就只需发现痕迹了。但如果没发现又怎么样?到时候你们是否能重置思路呢?你们不还是会拘泥于下毒手法吗?"

"这个嘛……或许你说得也没错,毕竟我们手上并没有凶手没用过那种下毒手法的证据。"

"我对这一点有些抵触。"

"什么意思?"

"就是说,我不希望在毫无证据的情况下把怀疑的目光都聚集到某一特定人物身上,因为在这个世界上,能够使用这种手法的,只有一个人。"

草薙盯着镜片后汤川的眼睛。"是真柴太太吗?"

汤川缓缓地眨了眨眼,看样子答案是肯定的。

草薙重重地吐出一口气。"也罢,我会继续我的正面进攻式调查,而且已经有些眉目了。"

"眉目?"

"我不光已经查到真柴义孝的前女友,还发现了一个与本案的共通点。"

草薙把津久井润子服用砒霜自杀的事告诉了汤川,他坚信汤川不会告诉别人。

"这样啊,两年前竟然还发生过这么一件事……"

汤川抬起头,望着远方。

"你对那种下毒手法的判断似乎颇有自信,不过我也并不觉得自己的调查方向有错,说什么这次的案子是妻子对有外遇的丈夫心怀不满而实施的报复,我认为没这么简单,肯定另有隐情。"

汤川看了看草薙的脸,扑哧一声笑了起来。

"怎么了,怪吓人的,你是觉得我说得不对吗?"

"也不是。我是在想,早知如此,我就不必特意把你叫来了。"

草薙不明其意,皱起了眉头。

汤川点点头,接着说道:"我找你来,想和你说的就是这一点。这案子的根源极深,不光只是案发前后的情况,你们最好多追溯些过去的事,调查所有事情。刚才你说的那件事更是有意思,砒霜竟然在那时候也出现过。"

"搞不懂你了。你不是一直都怀疑真柴太太吗?既然如此,你还会觉得那些过去的事重要吗?"

"重要,极其重要。"汤川拿起球拍和运动包,站起身来,"身上都有些凉了,回去吧。"

两人走出体育馆,来到正门旁,汤川停下了脚步。

"我要回研究室了,你呢?一起去喝杯咖啡?"

"你还有什么要和我说的吗?"

"没有,我没什么要说的了。"

"那就算了吧。我还得赶回警察局去办该办的事呢。"

"那好吧。"汤川转身走开了。

"汤川。"草薙叫住了他,"她曾经用拼布做了件外套送给她父亲,为了防止他踏雪滑倒扭到腰,她还在那件衣服的腰部垫了块软垫。"

汤川转过头来。"所以呢?"

"她并不是那种贸然行事的人,在动手之前,她会先判断一下这么做是否妥当。我觉得她并不是那种会因为丈夫的背叛而杀人的人。"

"这是你身为刑警的直觉吗?"

"我是在讲述我个人对她的印象。你和内海一样,也觉得我对真柴太太抱有特殊的感情吧?"

汤川一度垂下了目光,接着再次望着草薙说道:"就算你对她抱有特殊的好感又怎么样?我相信你不是一个软弱的刑警,不会因为个人感情而扭曲信念。还有一点,"他竖起食指接着说,"或许你说得没错,她这人并不愚蠢。"

"你不是怀疑她吗?"

汤川没再答话,抬起一只手挥了挥,转身走开了。

23

草薙做了个深呼吸,按下了对讲机的门铃。他一边看着写有"杏黄小屋"字样的门牌,一边问自己为何会如此紧张。

对讲机并没有传出询问的声音,大门就直接开了。绫音白皙的脸庞出现在门后,以一种母亲注视儿子般的温柔眼神望着草薙。"真准时啊。"

"啊,是吗?"草薙看了看表,正好下午两点。他之前打过电话,约好这个时候上门拜访。

她说了声"请进",请草薙进屋。

草薙上次来这里,是为了带若山宏美回去协助调查,当时他并没有好好观察过这个房间,但今天觉得和那时相比有些微妙的差别。工作台和家具并没有任何改变,可他感觉少了一种华贵之气。

绫音请他坐下。坐定后,他扭头看了看周围。

绫音见状,提着茶壶面带苦笑地把红茶倒进杯里。"挺煞风景的吧?突然间竟然堆了这么多宏美的东西。"

草薙默默地点了点头。

若山宏美似乎是主动提出了辞职。听到这消息时，草薙也觉得理所当然。对正常女性而言，与真柴义孝之间的特殊关系一旦公开，都会这样做。

据说绫音是在昨天搬出酒店，住进了这里，她似乎并不打算搬回家里去住。草薙理解这种心情。

绫音把茶杯放到草薙面前，他说了声"不敢当"。

"今天早上我去了趟家里。"说着，绫音在草薙对面坐了下来。

"回您自己家吗？"

她把手指放到茶杯上，轻轻点了点头。"我是回家给花浇水的，可它们已经全蔫了。"

草薙皱起眉头。"真是抱歉，您把钥匙交给我保管，我却总抽不出时间去替您浇水……"

绫音连忙摆了摆手。"没有的事，当初也是我厚着脸皮麻烦草薙先生您帮忙的。我这话并不是在责怪您，还请您别往心里去。"

"是我疏忽了，今后我会注意。"

"不，真的不必了，今后我每天都会自己去浇水的。"

"这样啊，没能帮上您的忙真是不好意思。那我最好还是把您家的钥匙还给您，您说呢？"

绫音不解地歪着头想了想，看着草薙的眼睛说道："今后警方的人都不会再到我家去调查了吗？"

"不，还不好说。"

"既然如此，钥匙您还是拿着吧。你们要去家里调查的时候，我也不必专门跑一趟了。"

"好吧，我会负责替您保管好。"草薙拍了拍左侧的胸膛。真柴家的钥匙就装在这一侧的衣服口袋里。

"对了,那个洒水壶不会是草薙先生您买的吧?"

听到绫音的话,正把茶杯端到嘴边的草薙摸着头说道:"我也觉得您在空罐子上打洞的想法挺不错的,但感觉还是洒水壶的效率更高一些……我是不是多管闲事了?"

绫音笑着摇了摇头。"我之前不知道竟然可以买到那么大的洒水壶呢,我试着用了一下,非常方便,还想自己怎么都没想到呢。谢谢您。"

"听您这么说我就放心了,我还担心您喜欢那个空罐子呢。"

"我也没多喜欢用那东西,您把它扔掉了吧?"

"啊……不可以吗?"

"哪儿的话,真是麻烦您了。"

就在绫音低头微笑的时候,放在架子上的电话响了起来。她说了句"失陪一下",起身去拿听筒。"您好,这里是杏黄小屋……啊,大田女士……哎?是的……啊,是吗?"绫音依旧笑容满面,但草薙能看出她的两颊有些僵硬。当她挂断电话后,神色已经十分忧郁了。

绫音说了句"抱歉",回到椅子旁坐了下来。

"发生什么事了吗?"草薙问道。

绫音的眼角流露出落寞的神色。"是拼布教室的学员打来的,说是因为家里有事,今后都来不了了。她都坚持来学了三年了。"

"是吗?家庭主妇出来学习技艺,还真挺不容易的。"

绫音听了微微笑了笑。"从昨天起就不断有学员打电话来说不继续上课了,刚才这位是第五个。"

"是因为案件的缘故吗?"

"或许也有这件事的影响,但我想最大的原因应该还是宏美辞职了,最近这一年一直都是宏美在担任讲师,这些学员实际上都是她的学生。"

"也就是说,老师辞了职,学生也就不愿来了?"

"我想她应该也没那么大的号召力,或许是因为学员自己感觉到这里今后要走下坡路了吧!女人在这方面的感觉是很敏锐的。"

"嗯……"草薙嘴上虽然模棱两可地附和着,心里却有些难以理解。她们不是为了向绫音学艺才来的吗?如今能够接受绫音的直接指导,当学员的不是应该感到高兴才对吗?脑海里浮现出内海薰的面孔,他想,如果换作是那家伙,兴许能理解这种感受吧!

"估计今后还会有人打电话来说退学的事,这种事就像是连锁反应,不是吗?所以我想不如干脆暂时停业算了。"绫音两手托腮说完,猛地挺直了背,"抱歉,净说些和草薙先生您无关的事。"

在她的注视之下,草薙不由得垂下了视线。"现在这个样子,估计您心里也不踏实吧。我们会竭尽全力尽快侦破案件,您这段时间就稍微放松放松怎么样?"

"是啊,来个一人之旅也好,换个心情。"

"这主意不错。"

"已经很久没有像样地旅行过了,想当年我还独自去过海外呢。"

"听说您以前曾到英国留过学?"

"您是听我父母说的吧,都是些陈年旧事了。"绫音低下了头,又立刻抬起来说道,"对了,我有件事想求草薙先生帮忙,不知您是否愿意呢?"

"什么事?"草薙喝了口红茶,把杯子放在桌上。

"您看这面墙是不是乏味了点?"绫音抬头看着身旁的墙说道。

墙上确实没有任何装饰物,只残留着不久前还挂过什么的长方形痕迹。

"之前挂过一幅挂毯,但那是宏美替我做的,所以就送给她了,结果现在变得空荡荡的,所以我想再挂点什么来装饰一下。"

"是吗?那您决定好挂什么了吗?"

"嗯,今天从家里带过来了。"绫音站起身来,把放在角落的一个纸袋拿了过来,纸袋里大概装了些布制品,鼓鼓囊囊的。

"这是什么?"草薙问道。

"是挂在卧室里的那幅挂毯,那边已经用不上了。"

"这样啊。"草薙站起身来,"那就赶快动手把它挂上去吧。"

绫音应了声"好",伸手就要把纸袋里的东西拿出来,却又停住了。"啊,在这之前,我还是先听听草薙先生您的来意吧,您今天不是有事情找我才过来的吗?"

"先帮您挂上再说也没关系。"

绫音一脸严肃地摇了摇头。"这可不行,草薙先生您是为了工作而来的,首先还是把工作的事给办妥吧。"

草薙苦笑着点点头,从怀里掏出记事本,等他再次望向绫音时,嘴角已经不自觉收紧了。"那我就来请教您几个问题,虽然可能会令您感到不愉快,但这么做也是为了调查,还望您谅解。"

"好的。"

"我们已经查明您丈夫在和您相遇前交往过的那位女士的名字,她叫津久井润子。您是否听说过这个名字?"

"津久井……"

"津久井润子,写成汉字就是这样。"草薙让绫音看了一下记事本上写的名字。

绫音直视着草薙回答道:"我第一次听到这名字。"

"那么您以前是否听您丈夫提起过绘本作家呢?但说无妨。"

"绘本作家?"绫音皱起眉头,歪着脑袋思考了起来。

"津久井润子女士以前是画绘本的,所以我们觉得,您丈夫有可能在说往事时提到过这样一位朋友。"

绫音斜望着地面,喝了口红茶。"很抱歉,我不记得丈夫生前曾提到过绘本或者绘本作家之类,如果他提过,我想我应该会有印象,毕竟那是个和他最不搭边的世界。"

"是吗?既然如此也就没办法了。"

"请问……这个人与案件有什么关联吗?"绫音主动问道。

"这一点还不清楚,目前正在调查。"

"是吗?"她垂下了眼帘。每次眨眼,她长长的睫毛都会簌簌而动。

"还有一件事不知可否向您请教,或许这事本不该问您,但毕竟两位当事人都已不在人世了。"

"两位当事人?"绫音抬起了头。

"对,其实那位津久井润子女士也早在两年前去世了。"

绫音"哎"了一声,睁大了双眼。

"看样子您丈夫对身边的人隐瞒了他和津久井润子女士之间的关系,令我们在调查时颇费了一番功夫,请问您觉得这是为什么呢?您丈夫与您刚交往时,是否也曾经这样瞒着别人呢?"

绫音双手捧着茶杯想了一会儿,之后侧着头说道:"当时我丈夫倒没向周围的人隐瞒我和他的关系,因为我和他初次相识的时候,他最要好的朋友猪饲先生也在场。"

"嗯,这倒也是。"

"不过如果当时猪饲先生不在场,或许我丈夫也会尽可能地不让其他人知道我们之间的关系。"

"为什么?"

"如果没人知道,日后即使分手了,也不必顾忌身边的人说三道四,不是吗?"

"也就是说,他时常在打分手的主意吗?"

"倒不如说他对对方不能生孩子有心理准备,他的做法是一到那种时候就赶紧一刀两断。对他而言,最为理想的婚姻模式莫过于世人常说的'奉子成婚'了。"

"也就是说,生孩子就是他结婚的唯一目的?但他和您结合,也并非因为有了孩子啊,不是吗?"

绫音意味深长地微微一笑,目光里透出一种之前不常见的、像是有所企图的光芒。"原因很简单,当时我拒绝如此。我要求过他,在正式结婚之前,希望能够做好避孕措施。"

"那么,在和津久井润子女士交往期间,您丈夫并没有做过任何避孕措施,对吧?"这问题说来有些令人难以启齿,但草薙还是决定豁出去了。

"估计是这样吧,所以那女子最后才会被他抛弃了。"

"抛弃?"

"因为我丈夫他就是这样的人。"她的脸上带着微笑,简直像在谈论什么令人开心的话题一样。

草薙把记事本收了起来。"我知道了,感谢您的合作。"

"您问完了?"

"问完了。很抱歉,向您提了些不愉快的问题。"

"没关系。我和我丈夫相遇之前,也曾经和其他男子交往过。"

"这样啊。"草薙发自内心地说了一句,"我帮您把挂毯挂上吧。"

绫音应了声"好的",把手伸进那个纸袋里,可又像是打消了这念头似的,马上把手抽了出来。"今天还是算了吧。仔细想想,这面墙都还没擦干净呢,还是等擦干净之后我自己来挂吧。"

"这样啊。如果挂到这里一定会很漂亮。需要帮忙的话,您就说一声。"

"谢谢。"绫音点头致意。

离开杏黄小屋之后,草薙在脑中反刍起刚才问的问题来,同时确认一下绫音在回答完问题后,自己的应对是否得当。

"我相信你不是一个软弱的刑警,不会因为个人感情而扭曲信念。"汤川的话在他的脑海中再次回响起来。

24

广播里传来了即将抵达广岛的通知。薰从耳朵上摘下连接着 iPod 的耳机塞进包里,站起身来。

走出站台,她确认了一下记事本上记的住址。津久井润子老家在广岛市东高屋町,距那里最近的车站是西高屋站,今天会到访的事已经告知了对方。或许是因为之前草薙也询问过润子自杀时的情况,润子的母亲——津久井洋子接到电话时似乎有些困惑,她一定是感到惊讶,不明白为何事到如今,警视厅的警官又关心起这件事来。

到广岛站之后,她在一家小商店买了瓶矿泉水,接着换乘山阳本线。距离西高屋站还有九站,大约得花四十分钟。薰再次从包里掏出 iPod,听着福山雅治的歌,喝喝矿泉水。从标签上来看属于软水,但她早已把之前汤川告诉她的适合哪种菜肴的理论忘了个一干二净。

说到水——

汤川似乎确信砒霜是下在净水器里,尽管如此,他还是不肯向薰和草薙说明下毒手法。据草薙说,"因为不可能证明没有使用过那种下毒手法",汤川担心自己的推理造成冤假错案。

汤川设想的究竟是怎样的一种手法呢？薰回忆起他此前说的一些话。

理论上可行，但在现实中不可能做到——这便是他刚想到这种手法时的评价。后来，薰向他汇报根据他的指示调查后得出的结果时，他也曾说过"这种事绝不可能发生"。

光从字面上理解，汤川设想的手法似乎与现实有着相当大的脱节，但与此同时，他又认为这种手法曾被实施的可能性很大。

汤川并没有把具体手法告诉薰，却给了她一些指示：首先重新彻查净水器，确认里面是否有可疑之处，最好再送去用 SPring-8 检测是否有毒，然后调查净水器的序列号。

眼下SPring-8那边的结果还没出来，但其他情况她已经告知了汤川。据鉴定科的分析，真柴家的净水器并无任何疑点。虽然距上一次更换已经过了大约一年时间，但过滤器的污浊程度也大致相当，且并无丝毫动过手脚的痕迹，序列号也真实存在。

听完报告，汤川只答复了一句"我知道了，辛苦你了"，然后不等薰反应过来便挂断了电话。

薰希望汤川至少能给点提示，但对那位物理学家抱这种期待，也只能是白费心机。

薰其实更在意汤川之前对草薙说的那番话。据说汤川建议草薙不要光把目光盯在案发前后一段时间，最好追溯过去、尽可能调查所有情况。他对津久井润子也是服用砒霜自杀这一点表现出了浓厚的兴趣。

他心里究竟在想些什么？他不是也觉得真柴绫音就是凶手吗？假如绫音就是凶手，那么理应只要调查一下案发前后的经过就行了。即便过去的确有过一些纠纷瓜葛，但汤川实在不是一个会对这种东西感兴趣的人。

不知不觉间，iPod 里存的福山雅治专辑已经放完，开始播放其他歌手的曲子了。就在她努力回想曲名时，电车抵达了西高屋站。

津久井家位于距离车站徒步大约五分钟的地方，是一栋两层的西式洋房，建在一道斜坡上，背靠郁郁苍苍的树林。薰心想，这样的宅邸对一个独居女人来说会不会太大了一些呢？之前她在电话里听说津久井润子的父亲已经过世，家里的长子结婚后搬到广岛市内居住了。

她按下门铃，电话中听过的熟悉声音应了门。或许是因为提前得知了到访时间，对方并没有显露丝毫迟疑。

津久井洋子是位年近七旬、身形瘦小的女士。她见薰独自一人前来，脸上浮现出几分放松，或许她以为还会有一名令人望而生畏的男刑警一同来吧。

津久井家外观是西式的，内部却是标准的日式房间，薰跟着女主人来到一间约有十二叠大的房间，中央摆放着一张矮脚饭桌，壁龛旁则放着佛龛。

"远道而来，真是辛苦您了。"洋子一边用茶壶往茶碗里倒水一边说。

"不，是我多有打搅，不好意思。事到如今又来向您请教有关润了女士的事，想必您一定觉得有些奇怪吧？"

"是啊，我一直以为那事已经了结了呢。请用。"洋子把茶碗递到薰面前。

"从当时的记录来看，自杀的原因并无定论，对这一点，您至今也没有什么异议吗？"

听了薰的问题，洋子脸上浮现出淡淡的笑容，歪着头说道："毕竟当时也没什么像样的线索，就连那些和她有往来的人也一点头绪都没有。现在回想起来，到底还是太过寂寞的缘故吧。"

"太寂寞？"

"那孩子生来喜好画画，后来说要做一个绘本作家才去了东京。可她原本是个老实木讷的人，在人生地不熟的大都市里生活，想当个绘本作家也挺不容易的。当时她已经三十四了，估计也开始为自己的将来担忧了。如果身边能有个人帮她出出主意，或许她就不会落到那个地步了。"

看来洋子直到今天都不知道女儿曾经谈过恋爱。

"听说润子女士在去世前还曾回来过一趟？"薰向她确认当时的报告内容。

"是的。当时我看她有些无精打采的，没想到她竟然会想到死……"洋子眨了眨眼，强忍着不让眼泪流出来。

"也就是说，当时她没有跟您说什么反常的话吗？"

"是的。我问她身体还好吗，她应了我一句'还好'。"洋子深深地垂下脑袋。

薰的脑海中浮现出身在老家的母亲的面庞。她心想，如果换作自己，下定赴死的决心后，回家去见母亲最后一面，又会怎样去面对母亲呢？或许会觉得无颜面对，也或许会像润子一样，表现得和往常并无差别。

"请问……"洋子抬起头来说道，"润子自杀一事是不是有什么问题？"

这应该才是她最关心的问题，但目前还不能把调查的具体情况告诉她。

"我们在调查其他案件时牵出了这件案子，不过手上还没有确凿的证据，所以想把您说的情况拿来作为参考。"

就能闻到一股霉灰味。"

"那些砒霜原本放在哪里？"

"记得是那边。"洋子指了指

"我记得装砒霜的塑料袋是放在那

"润子女士拿走的量有多少呢？

"整整一袋全都不见了，估计
一捧的大小。"

"量可真够多的啊。"薰说道。

"是啊，估计至少得有满满一

"自杀估计用不了那么多吧？
多砒霜。"

洋子想了想，说道："您说得
是被润子扔了吧？"

薰觉得不大可能，因为要白
毒药这种问题。"您平日常来杂物间

"不，如今我几乎都不用它，

"那您平日会把这里锁起来吗？

"上锁吗？嗯，一般会锁起来

"那就请您从今天起把它锁起

洋子睁大了眼睛。"调查这个

"我们会尽可能不给您添麻烦

一番询问后，薰心中有股莫
然来路不明，但假如其成分与润
的全貌将会彻底改观。

"啊，是吗？"洋子一脸难以释然的表情。

"其实是有关毒药的事。"

听到薰的话，洋子的眉毛微微扯动了一下。"您说的毒药是……"

"我们听说润子女士是服毒自杀的，请问您还记得当时她服的是什么毒吗？"

这个问题让洋子沉默了，她表现出一脸的困惑。薰把它解释为是遗忘，于是说了句"是砒霜"。

"前两天我们那边一个姓草薙的人向您询问时，您告诉他润子女士是服安眠药自杀的，但记录上写的是服用砒霜致死，您难道不知道这件事吗？"

"啊……这个嘛……"不知为何，洋子露出狼狈的神色，结结巴巴地接着说，"这事，请问……有什么问题吗？呃，之前我胡乱应了句安眠药这事……"

薰感到很奇怪。"您明知女儿并非服用安眠药致死，为什么还那样回答？"

洋子的脸痛苦地抽动起来，小声说道："对不起，我以为这件事已经过去了，她是怎样自杀的也无关紧要了，才那么回答。"

"您是不想让人知道她是服毒自尽，才那样回答的吗？"

洋子再次陷入了沉默，薰察觉到其中似乎有些特别的原因。

"津久井女士。"

"对不起。"洋子突然往后退了退，双手拄在榻榻米上，低下头说道，"实在是万分抱歉，当时我怎么也说不出口……"

她这突如其来的举动令薰感到不知所措。"请您快把头抬起来吧。这究竟是怎么回事？您是否知道些什么？"

249

洋子缓缓地抬起了头
薫不由得"哎"了一
"我实在说不出口。
问到知不知道那些砒霜是
她是从家里拿去的，所以
以我就……实在是抱歉。"
"请等一下，您刚才说
"我想应该不会有错，
老鼠用的，之前一直都收
"那您能确定润子女
洋子点了点头。"当
物间，发现之前本该放在
觉那孩子原来是为了拿那
薫大惊失色，连做笔
本上。
"我实在说不出口，
算自杀的念头，反而让
果这事给你们造成了麻烦
哪里道歉都行。"洋子不
"能让我看看杂物间
"您要看杂物间吗？
薫站起身来，说了句
杂物间位于后院一角
叠的面积，堆放着一些旧

但此处已经没有实物，只能期待杂物间里有微量的砒霜残留了，她想着等回到东京之后找间宫商量。

"对了，听说您也收到了一封润子女士的遗书，是邮寄来的？"

"啊……是的，我确实收到了。"

"可以让我看看吗？"

洋子稍加考虑后点了点头。"好的。"

两人再次回到了屋里，洋子这回带着薫来到了润子生前住过的地方。这是一间八叠大的西式房间，屋里依旧摆放着润子当年的书桌和床。

"那孩子以前用过的东西我全都收集整理到这间屋子里了，虽然总有一天要处理掉一些。"洋子拉开抽屉，拿出放在最上边的一个信封说，"就是这封了。"

薫说了句"请借我看看"，接过了信封。

遗书的内容和之前听草薙所说的没多大差别，里面只字未提自杀动机，字里行间却透露出一种对尘世的厌倦和失望。

"我至今依旧觉得当时其实应该能够替她做点什么，要是我再稍微留点神，或许就能察觉到那孩子心中的烦恼了。"洋子的声音在颤抖。

薫也不知道该说些什么才好，正打算默默地把遗书放回抽屉时，发现里面还装有另外几封信。

"这些是……"

"是那孩子寄回来的信。我不会发电子邮件，所以她偶尔会写封信回来告知近况。"

"可以让我看看吗？"

"嗯，请看吧，我去把茶端过来。"洋子说完走出了房间。

薫把椅子拉到身旁坐了下来，开始读信。信的内容几乎全是报告目前在画什么绘本或者眼下在做什么工作,可以说完全看不到对男朋友和其他人际关系的描述。

就在薰认为信件无法提供参考、打算放弃的时候,目光停留在了一张印着红色双层大巴的明信片上。看过明信片背面用蓝笔写下的一段话后,薰不由得倒吸一口凉气。那段话的内容是——

您还好吗?我现在已经到伦敦了。在这里结识了一个日本女孩子,她说她是北海道人,现在在英国留学。明天她会带我上街去逛逛。

25

"据津久井洋子女士说,润子在大学毕业后工作了三年,后来辞职去巴黎留学两年学习绘画。那张明信片就是在那段时间寄出的。"

草薙盯着兴奋地述说着其发现的内海薰,心中一阵莫名的懊丧。他不得不承认,内心的一个角落确实不大想对她的这一发现表示赞赏。

间宫靠在椅背上,粗壮的双臂抱在胸前。"你的意思是说,津久井润子和真柴绫音是朋友?"

"我觉得这种可能性很大。明信片邮戳上的日期和真柴太太在伦敦留学的时间一致,而且又是北海道人,我想不会有这么多巧合。"

"你确定吗?"草薙说道,"我倒觉得这种程度的巧合也不无可能,你知道伦敦有多少日本留学生吗?可不是一百两百能数得过来的。"

"好了好了。"间宫摆摆手,出面调停,"假设她们俩确实是朋友,那你认为和本案又有什么关系呢?"组长向内海薰发问。

"虽然目前还只是处于推论阶段,但也不可否认润子自杀用剩的砒霜后来落到绫音手中的可能性。"

"这一点我明天一早就去找鉴定科,虽然不清楚他们是否能够确认。

不过，如果事情真如你推断的那样，死者的太太就是与自杀了的朋友的前男友结婚了啊。"

"是这样。"

"你难道不觉得说不通吗？"

"不觉得。"

"为什么？"

"和朋友的前男友交往的女人有很多，我认识的人里面也有这样的。有些女人甚至还强调说，从朋友那里得知的信息，反而更有利于事先对对方有更多的了解呢。"

"即便这朋友后来自杀了也无妨吗？"草薙插嘴问道，"自杀的原因说不定就在这男人身上啊。"

"那也只是说不定，而并非肯定。"

"你忘了一件很重要的事，就是绫音女士和真柴先生是在一个派对上认识的。你是要说，她就是那么巧在那种场合碰到了朋友的前男友？"

"假如两个人都还是单身，也没什么稀奇。"

"之后又碰巧成了恋人？这故事可编得够巧的。"

"这一点或许并非碰巧。"

"你这话什么意思？"

听到草薙的询问，内海薰盯着他说道："或许绫音女士一开始就是冲着真柴先生去的。她在真柴先生还与津久井润子女士交往时就看上了他，尔后又以润子女士自杀为契机去接近他，甚至就连他们两人在相亲派对上的相识，也有可能并非偶然。"

"你这根本就是在瞎扯，"草薙恨恨地说道，"她可不是你说的那种女人！"

"那她是怎样的女人呢？前辈，您又真的了解那位太太吗？"

间宫站起来吼道："都给我住嘴！内海，我承认你的直觉很敏锐，但你这次有些猜疑过头了，在说出你的推论之前，还是先收集一些有力的物证吧！还有你草薙，别总是和人针锋相对，先听人把话说完行不行？有时真相就是在相互交流中显露出来的。你不是挺擅长倾听的吗？现在这个样子一点都不像你。"

内海薰说了声"抱歉"，低下了头。草薙也默默地点了点头。

间宫重新坐回椅子上。"内海的话听起来有点意思，但依据不足，而且假设绫音女士真的是凶手，除了毒药的来路能解释清楚外，其他证据一概没有。还是说，"他把双肘撑到桌上，望着内海薰，"你的设想是，绫音女士为了替自杀的朋友报仇，才故意接近真柴义孝？"

"不，这倒不至于，不敢想象会有人以复仇为目的而结婚。"

"既然如此，你的想象游戏到此为止，接下来就等鉴定科调查完津久井家的杂物间后再说吧！"间宫总结道。

当草薙回到阔别许久的家时，日期已经悄悄地向前跳了一格。他很想冲个澡，但刚脱下上衣就倒在了床上，就连他自己也不清楚是身体累了还是精神投降了。

"前辈，您又真的了解那位太太吗？"内海薰的话依旧萦绕在耳畔。

他心想，我对绫音确实一无所知。只是见到绫音、和她说了几句话，他就以为了解了她的内在。他无法想象绫音是一个能够若无其事地与自杀身亡的朋友的前男友结婚的女人。即便朋友自杀与真柴义孝并无半点关系，她心中恐怕也会觉得有愧，她就是这样的一个人。

草薙坐起身子，松了松领带，目光停留在身旁桌上随意扔着的两本绘本上。那是他从栎出版带回来的津久井润子的作品。

他再次躺回床上,随手翻了几页。绘本《雪人摔倒了》讲的是一个原本待在雪国的雪人某天为了寻找温暖的国度而出门旅行的故事。虽然故事里的雪人还想再往南走,却遇上了再继续前进身体就会融化的两难局面。雪人中止了旅行,准备回到原先的寒冷国度。回去的路上,他路过一户人家,透过窗户朝屋里一看,只见一家人正围着暖炉,满脸幸福地谈天说地。"屋外一片冰天雪地,才更能感受到屋里温暖的可贵啊!"这正是他们谈论的话题。

看到这一页上的画后,草薙一下子从床上跳了起来。

雪人探头窥伺的那户人家的墙上,挂着一幅他曾经见过的东西!

深褐色的背景上,有规律地散落着各种颜色的花瓣,如同万花筒中看到的一般。

草薙至今还记得第一次看到这图案时的感动。应该在什么地方看到过……

是真柴家的卧室!这正是挂在他家卧室墙上的那幅挂毯的图案。

白天绫音还打算请草薙帮忙把那幅挂毯挂到墙上去,但后来突然改变了主意,说今天还是先不挂了。

或许是因为她听到了津久井润子这个名字,而绘本里有那幅挂毯,所以才故意不想让草薙看到吧。

草薙双手抱住了头。伴随着剧烈的心跳,他听到了耳鸣声。

第二天早上,一阵电话铃声吵醒了草薙。看看表,八点多了。他发现自己躺在沙发上,眼前的桌上放着一瓶威士忌和一个玻璃杯,杯里还剩有半杯酒。

他回想起昨夜辗转难眠,最后不得不喝酒助眠的一幕。而令他无法入眠的原因,根本不必去回想。

他撑起沉重的身体,伸手拿起桌上响个不停的手机。来电显示是内海。

"喂,是我。"

"我是内海,抱歉早上就打搅您,有件急事无论如何要尽早通知您。"

"究竟是什么事?"

"结果出来了。SPring-8 那边来报告了,说确实从净水器里检测出了砒霜。"

26

猪饲事务所位于距离惠比寿站徒步五分钟的地方，占据了六层建筑的整四层。前台坐着一名看样子二十出头的女子，身穿灰色西装。

事先已经预约过，但草薙还是被带到了会客室里等候。说是会客室，其实不过是一间放了一张小桌子和几把钢管椅的小房间。除此之外还有好几间这样的房间，从这一点来看，这里的律师似乎不止一个。草薙也终于明白猪饲能够帮真柴义孝打理公司的原因了。

十五分钟后，猪饲才在草薙面前现身，不过他没有半句道歉的话，只是点头说了句"您好"。或许是怪草薙不该来打扰他工作吧。"案件有什么新的进展吗？倒没听绫音女士说起什么啊。"猪饲在椅子上坐下来说道。

"不知道算不算得上进展，不过我们确实查明了一些新的情况。遗憾的是，目前还不能把详细情况告诉您。"

猪饲苦笑道："没关系。我可不敢打探任何情报，也没那个闲工夫。再说真柴的公司也终于从一时的混乱恢复到了正常状态。我就是期盼案件能顺利解决。您今天来找我到底有什么事？通过之前的往来，我想您应该也了解了,我对真柴的私生活并不怎么了解。"他看了看表,意思是让草薙有话快说。

"今天来向您请教的事,您再清楚不过了,不,也许应该说只有您才知道更贴切些。"

猪饲一脸意外地问道:"只有我才知道?有这样的事吗?"

"是有关真柴义孝先生与绫音女士相遇的事,您当时应该也在场。上次您是这样说的。"

"又是这事?"猪饲表现出意想不到的样子。

"请叙述一下当时派对上的情况。首先,请问他们是怎样认识的?"

听到这个问题,猪饲一脸惊诧地皱起了眉头。"这事和案件有什么联系吗?"

草薙不搭腔,浮起一脸苦笑。

见他这样,猪饲叹了口气。"调查机密吗?不过挺让人纳闷的,事情都过去那么久了,感觉和案件没什么关联啊!"

"我们也还不清楚是否有关联,请将当时的情况事无巨细地告诉我。"

"看您的样子,不像是没有关联……算了,要怎么讲才好呢?"

"上次听您说,好像是一场所谓的相亲派对吧?听说那种场合,会安排不少节目,以方便那些素昧平生的男女相互交谈,不知这一点是否属实?比如让参加者依次自我介绍之类的……"

猪饲连连摆手。"没这回事,不过是一场普通的立餐宴会。如果安排了什么奇怪的节目,我也不会陪他去参加。"

草薙点了点头,觉得他说得也有些道理。"那么,绫音女士也参加了那个派对,是吧?当时她有没有带什么朋友呢?"

"没有,她好像是一个人去的,也不和人说话,一个人坐在吧台前喝鸡尾酒。"

"那么当时他们俩是谁先搭话的呢?"

"是真柴。"猪饲立刻回答道。

"是真柴先生?"

"我们当时也坐在吧台前喝酒,和她只隔着两个座位。真柴突然夸了她的手机袋。"

草薙停下了手中的笔。"手机袋……是吗?"

"她当时把手机放在吧台上,手机袋是用拼布做成的,液晶屏的部分还开了个小窗以便查看。我忘了当时真柴是说漂亮还是少见来着,总而言之就是他先开的腔。听到他的话后,绫音也微笑着告诉他说是自己做的,之后他们俩就越聊越投机了。"

"这就是他们两人的初次相遇吗?"

"是的,当时我也没想到,他们俩后来竟然还结婚了。"

草薙稍稍往前探了探身子。"那种形式的派对,您就只陪真柴先生出席过那么一次吗?"

"当然,就那一次。"

"那真柴先生本人又如何呢?他是否经常主动与陌生女子搭讪呢?"

猪饲皱起眉头回想了一下。"怎么说呢,虽然他在面对陌生女子的时候,说话从来不怯场,但上学时也并不是那种整天就知道泡妞的类型。他以前常说,女人重要的不是外表而是内涵。我不认为他在故作姿态,估计是内心的真实想法。"

"那么,当时在派对上主动向绫音女士搭讪这事,对真柴先生而言也算是个特例？"

"是的。当时连我都有些吃惊，不过这或许就是俗话说的'来电'吧。我的解释是，估计彼此心里都有了感觉，所以最后两个人就结合了。"

"那当时他们俩是否有什么不对劲的地方呢？再怎么琐碎的事都无所谓。"

猪饲流露出沉思的表情后，轻轻摇了摇头。"我也记不太清了。当时他们俩相谈甚欢，我就像被隔离到蚊帐外面去似的。话说回来，草薙先生，这个问题有什么特殊的意义吗？能不能稍微给点提示？"

草薙微微笑了笑，把记事本放回胸前口袋里。"等到能告诉您的时候我会告诉您的。在您百忙之中前来打扰，实在万分抱歉。"他说着站起身来，走向房门，又扭头说道，"今天的事还请您务必保密，也不要对绫音女士说起。"

猪饲的目光变得严肃起来。"警方是在怀疑她吗？"

"不，我们绝无此意。总之拜托您了。"为了避免被他再次叫住，草薙赶忙离开了房间。

走出大楼，来到人行道上，草薙不由得重重地叹了口气。

听猪饲刚才所说，当时并非绫音主动接近真柴义孝，他们俩在那个派对上相遇应该完全是机缘巧合。

但事实果真如此吗？

草薙问绫音是否认识津久井润子时，得到的回答是否定的，这一点令他极为在意，因为她绝不可能不认识。

津久井润子那本名叫《雪人摔倒了》的绘本里出现的挂毯图案，与绫音制作的挂毯图案完全一样。挂毯设计者是绫音，她并未参考过其他作品，拼布艺术家三田绫音从来只制作原创作品。可见，津久井润子应该曾经在什么地方看到过绫音的作品。

然而仅就草薙掌握的情况来看,那幅挂毯并未被收录在绫音的作品集里,如果曾看到过它,就只可能是在个展的会场上了,但那种展览是不允许拍照的,如果没有照片,很难想象能够画得像绘本上的那样分毫不差。

由此可以推断,津久井润子曾在私底下见过那幅挂毯。当然,她与绫音之间也理应不只一面之缘。绫音为什么要撒谎呢?她为什么要回答说不认识津久井润子?她这么做仅仅是为了隐瞒已逝的丈夫是她朋友的前男友这一点吗?

草薙看了看表,已经下午四点多了。自己也差不多该出发了,他心想。和汤川约好了四点半在学校见面,此刻他却感觉心情有些沉重。如果可能,他不想见到汤川,因为汤川此番势必会得出他最不希望听到的结论。然而作为负责此案的刑警,却又必须去亲耳聆听汤川要说的话。此外,在内心深处,他也希望能了结此刻这种摇摆不定的心情。

27

汤川装好滤纸,用汤匙舀了几勺咖啡粉。他的动作已经相当熟练了。

"看来您已经彻底倒戈成咖啡机派了啊。"薰望着他的背影说道。

"熟练倒是熟练了,但同时也发现了这东西的难点所在。"

"什么难点?"

"就是必须事先算好要分几杯。如果不够,重新加粉进去就行了,可我又不想单单为了再做一杯重新加粉,加的话就会有加过头的可能。扔了可惜,放久了又会变味,实在是令人头痛。"

"今天没关系,多出来的我喝掉好了。"

"不用,估计今天不必担心这一点。我只做了四杯,你、我还有草薙,一共三杯,剩下的一杯就等你们回去之后,我再独自慢慢享受好了。"

看来汤川今天并不打算长谈,但薰怀疑事情没那么容易就能了结。

"搜查本部的人都很感激老师您,说是如果当时您没把话说得那么坚决,或许他们也就不会把净水器送去用 SPring-8 检测了。"

"没什么好谢的,我只是给出一个科学家的建议。"汤川在薰的对面坐下，拿起工作台上国际象棋里的白方骑士，放在手心里摆弄起来，"是吗？果然从里边检测出砒霜了啊。"

"我们请SPring-8的人详细分析过其中的成分了，他们认定与杀真柴义孝先生所用的砒霜相同，这一点不会有错。"

汤川垂下视线点一点头，把棋子放回棋盘。"是从净水器的哪个部位检测到的？这一点清楚了吗？"

"从报告上来看，应该是在出水口附近。净水器里虽然装有过滤器，但在那里并没有检测到。因此，鉴定科认为凶手或许是在连接净水器和软管的接头附近投的砒霜。"

"这样啊。"

"但问题在于，"薰接着说道，"其下毒方法至今依然不明。凶手究竟是怎样下的毒呢？如今SPring-8那边既然已经得出了这样的结论，那您今天应该能告诉我们了吧？"

汤川卷起白大褂的袖子，双臂抱在胸前。"也就是说，鉴定科也还没弄清楚？"

"鉴定科说方法只有一种，就是先把净水器取下来，放入砒霜之后再装回去。但这样一来，净水器上就必然会留下痕迹。"

"不清楚下毒方法，果然还是挺难办的啊！"

"现在是根本没辙，没有定罪的依据。"

"不是已经检测出有毒物质了吗？"

"但不清楚下毒方法是无法在法庭上告倒凶手的，辩方会提出警方之所以检测出有毒物质，不过是因工作失误所致。"

"失误？"

"对方会主张说，可能被害人喝的咖啡中所含的砒霜因为警方某个环节出了差错而沾到了净水器上。毕竟,这次检测细致到了分子级别。"

汤川靠到椅背上,缓缓地点了点头。"的确有这个可能,如果检方不能说明下毒手法,那么法官也就只能认同辩方的观点了。"

"所以我们必须查明下毒手法。就请您告诉我们吧!鉴定科也期待着您的答案,甚至还有人提出要和我一起来见老师您呢。"

"这可不行,一下子来一大帮警察,别人可要误会我了。"

"我也正是顾忌这一点,才独自来找您。除了我之外,就只有前辈会来了。"

"那就等他到了之后再说吧,翻来覆去地解释同一件事太麻烦了。另外,我还有最后一件事要先确认一下。"汤川竖起了食指,"你们……你个人的意见也无所谓,我问你,你认为本案的动机究竟是什么?"

"动机嘛……我觉得应该是由爱生恨吧。"

一听完薰的回答,汤川不耐烦地撇了撇嘴。"什么意思?你打算拿这些抽象的词语来搪塞我吗?如果你不把谁爱上了谁、之后又是怎样由爱生恨下手杀死被害人讲清楚,谁知道是怎么回事啊?"

"我现在还处于想象阶段。"

"没关系,你个人的意见也无妨。"

薰应了声"是",耷拉下了脑袋。

咖啡机传来蒸汽喷出的声音,汤川站起身来,从水槽里取出咖啡杯。薰望着他的身影,开口说道:"我还是觉得绫音女士嫌疑最大,其动机就在于真柴义孝先生背叛了她。怀不上孩子而不得不离婚,而且还知道了丈夫和其他女人的私情,因此她才下决心杀他。"

"你觉得她是在家庭派对那天晚上下的决心吗?"汤川一边往杯子

里倒咖啡,一边问道。

"最终的决定应该是在那天晚上下的,但也有可能在那以前就已经有了杀机。当时绫音女士不但察觉到了义孝先生和若山宏美之间的关系,而且还知道若山宏美已经怀有身孕,当义孝先生提出离婚时,更是火上浇油了。"

汤川双手各端着一杯咖啡走了过来,把其中一杯放到薰的面前。"那个名叫津久井润子的女人又如何呢?她与本案并无关联吗?草薙今天不是还跑出去打听有关她的情况了吗?"

今天薰刚到这里就把津久井润子和真柴绫音两人很可能认识的事告诉了汤川。

"当然也不可能毫无关系。我觉得凶手行凶时使用的砒霜应该就是津久井女士自杀时用的那些,而与津久井女士关系密切的绫音女士当时也有机会把那些砒霜弄到手。"

汤川端起咖啡杯,不解地望着薰。"然后呢?"

"然后?"

"津久井润子与本案之间的联系仅此而已吗?与行凶动机并无直接联系吗?"

"这一点目前还不好说……"

汤川淡淡地一笑,啜了一口咖啡。"既然如此,那目前还不能告诉你行凶手法。"

"为什么?"

"你还没有察觉到这件案子的本质,把行凶手法告诉你是极其危险的。"

"这么说,老师您察觉到了?"

"至少比你要好一些。"

就在薰紧紧握住双拳瞪着汤川时,门外传来了敲门声。

"来得正好,或许他已经掌握案件的本质了。"说着,汤川站起来朝房门走了过去。

28

草薙刚进门,汤川便迫不及待地问他询问结果。

草薙有些不知所措,但还是告诉了他从猪饲那里听来的情况。"当时主动搭讪的人是真柴义孝,所以内海所谓'绫音女士利用相亲派对接近真柴义孝'的推论可以彻底推翻了。"说着,他瞥了一眼身旁的后辈女刑警。

"还谈不上推论,我只是说有这种可能。"

"是吗?但我告诉你,这种可能性消失了。那么接下来你又作何打算呢?"草薙盯着内海薰说道。

汤川把之前倒好的咖啡递到了他面前。

草薙说了句"多谢",接过了杯子。

"那你又是怎么看的呢?"汤川问道,"如果那个姓猪饲的律师所言属实,即绫音女士在派对上才第一次见到真柴先生,她是真柴先生前女友的朋友这件事也纯属巧合,你觉得说得过去吗?"

草薙并没有立刻回答他的问题,而是喝了一口咖啡,再次整理了一下思路。

汤川微微一笑。"看来你也不相信那个律师所说的话啊。"

"我并不认为猪饲撒谎了,"草薙说道,"但是也没有证据证明他所说的话就是事实。"

"那你的意思是什么?"

草薙调整了一下呼吸,说道:"或许有人在做戏。"

"做戏?"

"演了一出初次相遇的戏。他们两人此前就已在交往,为了隐瞒这一点,故意演了一出在派对上相识的戏,而猪饲是被带去做目击证人的。这样一想,一切都合乎情理了。仅仅因为放在吧台上的一个手机袋,两人就情投意合了?这事也巧得太离谱了吧?"

"精彩!"汤川眼中闪烁着光芒,"我也有同感。来问问女性的意见吧。"说着他转头看向内海薰。

内海薰也点头道:"我认为的确有这种可能,但他们为什么要这样做呢?"

"没错,他们为什么必须要演这么一场戏呢?"汤川看着草薙说,"这一点你怎么看?"

"原因很简单,因为他们不能把事情的真相公之于众。"

"事情的真相?"

"就是两人真实的邂逅契机。我认为他们恐怕是通过津久井润子相识的,却不敢公开这么说,因为润子毕竟是真柴义孝先生的前女友。所以他们需要另外制造一个机会假装初次邂逅,于是就利用了那个相亲派对。"

汤川打了个响指。"推理得不错,毫无反驳的余地。那么他们实际上是在什么时候邂逅的呢?不,不对,重要的是他们俩是在何时关系变得密切的。具体来说,是在津久井润子女士自杀之前还是之后呢?"

内海薰深深地吸了一口气,挺直脊背盯着汤川说道:"意思是说,津久井女士是在真柴先生与绫音女士开始交往之后才自杀的?"

"不妨这样设想。当时津久井女士同时遭到了男友和好友的背叛,所受的打击可想而知。"

听过汤川的话,草薙感觉自己的心坠入了黑暗的无底深渊。面前这位老朋友的推理并没有令他觉得是异想天开,自从听了猪饲的那番话,他心中也浮现出了同样的猜测。

"这样一来,那个相亲派对的意义也就更加清楚了。"内海薰说道,"即便有人得知真柴先生与津久井润子女士之间的关系,同时又得知津久井女士生前与绫音女士是朋友,可只要有猪饲先生这个证人在,众人就只会把他们俩的交往当成一场纯粹的巧合,而不会想到与数月之前发生的津久井女士自杀一事有什么关联。"

"不错,推理的准确度提高了不少嘛。"汤川满意地点了点头。

"您去找绫音女士确认一下如何?"内海薰转头望着草薙。

"你让我怎么去确认啊?"

"比如,就让她看看您上次找到的那本绘本如何?上面画的那幅挂毯可是这世上独一无二的东西,绫音女士说不认识润子女士,这是不可能的。"

草薙摇了摇头。"估计绫音女士只会这样回答我:'我不知道,也没什么头绪'。"

"可是……"

"之前她一直瞒着所有人,从没有提起过真柴义孝的前女友,也没有提到过那女人是自己的朋友,事到如今就算让她看了那绘本,她也不会改变态度,这样做只会打草惊蛇。"

"我同意草薙的观点。"汤川走到棋盘边,拿起一枚黑色的棋子,"要想把凶手逼上绝路,必须一举把对方彻底击败。稍有延迟,恐怕就永远无法将死她了。"

草薙看着他的学者老朋友说:"你还是认为她就是凶手?"

汤川并没有回答他,而是移开视线,站了起来。"关键还得看接下来的情况。假设真柴夫妇确实有过这样一段过去,那么这事与本案又有着怎样的联系呢?或者说,除了砒霜这种毒药之外,是否还存在其他关联呢?"

"就绫音女士而言,当时她不惜把好朋友逼上自杀这条绝路,才能和真柴先生走到一起,没想到真柴先生却背叛了她,她怎么可能饶恕?"内海薰一脸沉思地说道。

"的确如此,这种心理也不是不能理解。"汤川点头道。

"不,我觉得她应该会另有想法。"草薙说道,"她曾经背叛朋友,抢走了她的男朋友,没想到这回却轮到自己遭到助手的背叛,被夺走了丈夫。"

"你想说这是因果报应?所以绫音女士也死心了,觉得命该如此,而不会对丈夫和他的情妇心存怨恨,这是你想说的吧!"

"倒也不是这意思……"

"之前你们谈到的一点让我感到纳闷。"汤川背靠黑板站着,目光在两人的脸上来回移动,"真柴义孝先生当时为何要甩掉津久井润子女士而去找了绫音女士呢?"

"那不过是变心——"话说到一半,内海薰伸手捂住了嘴,"不对,不是这样……"

"不对。"草薙说道,"恐怕是因为怀不上孩子。真柴义孝早就打定主意,对方一旦怀孕,就和她结婚,却似乎没有怀上的可能了,所以他就换了别的女人。肯定是这样。"

"仅就之前所了解到的情况来看,事情似乎的确如此。那么当时绫音女士心里是否清楚这一点呢?她是否明白真柴先生与津久井润子女士分手而选择自己的根本原因,不过是希望她能生个孩子呢?"

"这个嘛……"草薙含糊其词。

"我想她当时应该并不清楚这一点。"内海薰斩钉截铁地说道,"这世上没有哪个女人乐意出于这样的原因被对方看上。估计是在两人临结婚之前,真柴义孝先生对她提出那个一年内怀不上孩子就分手的约定时,绫音女士才醒悟过来。"

"我也是这么认为。好了,我们现在就再来思考一下动机吧。刚才内海说杀人动机是真柴先生的背叛之举,但他的行为真的可以称为背叛吗?过了一年时间,妻子却还是没有怀孕,所以就和妻子离婚,与其他女人结合——他难道不是仅仅在履行结婚当初的约定吗?"

"话是没错,可心情上还是难以接受。"

听了内海薰的话,汤川微微一笑。"话也可以这么说,假设绫音女士就是凶手,那么动机就是她不想遵守与丈夫之间的约定,是这样吧?"

"没错。"

"你到底想说什么?"草薙盯着老朋友的脸问道。

"先来设想一下绫音女士结婚前的心情吧。她到底是怀着怎样的心情答应这个约定的呢?究竟是乐观地认为自己一年之内肯定能怀孕,还是觉得即便没有怀上,丈夫也不一定非要让她兑现承诺呢?"

"我觉得两者都有。"内海薰回答道。

"这样啊。那我来问你,因为她认为即便怀不上孩子也没什么大不了的,所以才连医院都没去吗?"

"医院?"内海薰皱起眉头问道。

"就之前你们跟我讲述的情况来看,绫音女士在这一年内从未接受过不孕治疗。我觉得,她既然和丈夫达成了这样的约定,那么最迟在结婚几个月之后,就会开始往妇产科跑才对。"

"根据绫音女士对若山宏美说的话,他们夫妻俩是因为觉得接受不孕不育治疗太浪费时间,所以从一开始就没有考虑过……"

"就真柴先生而言,事情确实如此。与其搞得这么麻烦,倒不如换个老婆来得更快些。但这事对绫音女士来说又如何呢?她不应该拼命地去揪住一根救命稻草吗?"

"说来也是。"草薙喃喃道。

"绫音女士为什么没有想过去医院呢?本案的关键就在这里了。"汤川用指尖扶了扶眼镜,"试想一下吧。假如既有钱又有时间,一个原本应该去医院的人却偏偏不去,原因何在?"

草薙沉思起来,他希望能够站在绫音的角度去思考,但实在想不到一个足以回答汤川那个疑问的答案。

内海薰突然站起身来。"不会是因为……去了也没用吧?"

"去了也没用,什么意思?"草薙问道。

"因为她知道即便去了医院也治不好。这种时候,人是不愿意到医院去的。"

"就是这么回事。"汤川说道,"绫音女士早就知道医院去了没用,所以就没去。这样设想才是最合理的。"

"你是说,她……绫音女士患有不孕症?"

"绫音女士已经年过三十,之前不可能没到妇产科去看过,估计医生也告诉过她,她的身体是怀不上孩子的。既然如此,她去医院也没用,不但没用,反而会有让丈夫知晓她患有不孕症的危险。"

"等等,你是说,她明知自己不可能怀孕,却还是跟他立了那样的约定吗?"草薙问道。

"没错。那么,她唯一的希望就是丈夫收回成命,但这一愿望最终没能实现,他无论如何也要履行约定。于是她便杀了他。好了,现在我来问你们一句,她究竟是在什么时候下定决心要杀掉丈夫?"

"难道不是在她得知真柴义孝和若山宏美的关系——"

"不,不对。"内海薰打断了草薙的话,"如果她打算一旦丈夫履行约定就将其杀掉,那么这个决心就应该是在当初立约时下的。"

"等的就是你这句回答。"汤川恢复了严肃的表情,"简而言之,就是这么一回事:其实绫音女士早已预料到自己会在一年之内起意杀夫,她也有可能早在当时就开始准备动手杀他了。"

"准备杀他?"草薙睁大了眼睛。

汤川看着内海薰说道:"刚才你告诉了我鉴定科那边的观点。他们认为要在净水器里下毒,只有一个办法,那就是先把软管取下来,等投了砒霜之后再重新接回去,是吧?鉴定科说得完全正确,的确如此。凶手就是在一年之前用这种方法把毒给下好了。"

"怎么会……"草薙再也说不出一个字来了。

"但如果这么做了,净水器就没法用了。"内海薰说道。

"你说得没错,在这一年时间里,绫音女士一次都没用过净水器。"

"这可就怪了,净水器的过滤器上明明留有使用过的痕迹啊!"

"上边的污垢并不是这一年里积下来的,而是前一年里沾上去的。"

汤川打开书桌的抽屉，从里边拿了一页文件出来，"之前不是让你去调查过滤器的序列号了吗？我后来把你调查到的序列号告诉了厂家，问他们该产品是什么时候投放到市场上的，对方给我的答复是大约两年前，而且还说一年前替换过的过滤器上不可能标有那个序列号。凶手恐怕是在一年前请人来换过净水器的过滤器之后，立刻又自己动手把旧的过滤器换了回去。行凶后如果被警方发现过滤器还是全新的，那么她的下毒手法就会立刻被拆穿。也正是在那个时刻，她投下了砒霜。"

"这不可能。"草薙说道，他嗓音嘶哑，"这绝不可能！早在一年前就事先投好毒，而在后来的一年里一次也没用过净水器……根本就不可能。就算她自己没用过净水器，也难保别人不会用啊！她不可能冒这么大的风险。"

"这方法确实需要冒极大的风险，但她最后还是成功了。"汤川冷静地说道，"在这一年里，每当丈夫在家时她就坚决不外出，没让任何人接近过净水器。就连开家庭派对的时候，也全都亲自下厨。时常买些瓶装矿泉水备用，也是为了以防水不够喝。所有这一切，全都是为了完成这手法所做的努力。"

草薙不住地摇头。"这种事……不可能，绝不可能！这世上根本就没有人会这么做。"

"不，这很有可能。"内海薰说道，"我之前按汤川老师的指示，调查过绫音女士结婚之后的生活，同时还找若山宏美小姐问了许多情况。当时我并不明白老师让我调查这些事的目的，但现在终于理解了。老师，您这么做，就是想要确认一下除了绫音女士之外，其他人还有没有机会接触净水器，对吧？"

"没错。而最后成为决定性因素的，就是她在真柴先生休息的日子里采取的行动。记得有人说过,绫音女士每到这种时候就会一整天坐在起居室的沙发上制作拼布。我去真柴家看过后,就知道了其实她是在制作拼布的同时监视丈夫,不让他踏进厨房半步。"

"胡说,你这根本就是在异想天开。"草薙如同呻吟般地说道。

"从逻辑上来讲就只有这种手法了。我不得不说她有着惊人的执着之念和可怕的意志力。"

草薙依旧不停地说着"胡说",但声音渐渐变得无力了。

曾几何时,猪饲曾经这样形容过绫音的贤惠:"她辞去外边的所有工作,整日专心于家务,作为一名家庭主妇可谓完美。真柴在家的时候,她也总是整日坐在起居室的沙发上,一边缝制拼布,一边随时等着伺候丈夫。"

草薙还想起了在绫音的娘家打听到的情况。听她父母说,绫音原本并不擅长做菜,可临结婚前突然报了个厨艺培训班,烧菜的手艺大有进步。如果把这些插曲全都看作是她为了不让其他人踏进厨房而采取的策略,那么整件案子也就说得通了。

"那么,如果绫音女士有朝一日想要杀真柴先生,并不需要特意去做些什么,是吗?"内海薰说道。

"没错,她什么都不必做,只要丢下丈夫离开家就行了。不对,她还是做过一件事,就是把之前买好的瓶装水倒掉几瓶,只留下一两瓶。真柴先生还在喝那些瓶装水的时候,什么事都不会发生。他第一次做咖啡的时候用的应该是瓶装水,但第二次他自己做的时候却用了净水器的水,大概是因为看到只剩一瓶瓶装水了,打算节省着用。于是,终于到了那些一年前便已下好的毒发挥威力的时候。"汤川端起了桌上的咖啡杯,"在这一年里,绫音女士随时都可以毒杀真柴先生,但她反而始终在小心留意，不让他误饮毒药。一般的凶手都是千方百计设法杀人，这一次的凶手却正好相反，她为了不杀人而倾注了全部精力。从没出现过这样的凶手，古往今来，国内国外，都还没有。理论上可行，现实中却又不可能发生，所以我说这是个虚数解。"

内海薰走到草薙面前说："立刻拘捕绫音女士审讯吧？"

草薙看了一眼内海薰如同在炫耀胜利般的表情后，把视线转移到了汤川脸上。"你有证据吗？证明她确实使用过这手法的证据。"

物理学家取下眼镜放到了身旁的书桌上。"没证据，也不可能有。"

内海薰一脸惊讶地望着他。"是吗？"

"稍微想一想就能明白，如果她做了什么，或许会留下痕迹，可她什么都没做，什么都不做就是她的杀人手法，因此想要找到她的行凶痕迹简直是白费心思。眼下唯一的物证就是从那个净水器里检测出来的砒霜，但那些砒霜并不能成为证据，这一点刚才内海也解释过了，而那个过滤器的序列号也只能成为间接证据。可见，事实上不可能证明她下过毒。"

"怎么会这样……"内海无话可说。

"我之前已经说过，这是一场完美犯罪。"

29

薰在目黑警察局的会议室里整理资料的时候，间宫走了进来，朝她使了个眼色。薰站起来朝他走过去。

"那件事我已经和科长他们谈过了。"间宫坐下来后开口说道，表情不是很愉快。

"逮捕令呢？"

间宫轻轻地摇了摇头。"现在还不行，能够定罪的材料实在是太少了。虽然伽利略老师的推理精彩绝伦，但如果没有任何证据，还是无法起诉她。"

"果然如此啊！"薰耷拉下了脑袋。汤川说得一点没错。

"科长和管理官也正为这事发愁呢，明明一年以前就已经下了毒，其间却想方设法不让对方喝下毒药，这到底算哪门子的行凶啊？他们两人直到现在还将信将疑，老实说，我也和他们一样。虽说这是唯一的答案，但我心里总觉得不大可能，太难以置信了。"

"我听汤川老师说的时候也不敢相信。"

"真是的，这世上总是会有这种满脑子稀奇古怪想法的人。那个名叫绫音的女人不好惹，最终靠推理确认凶手的那位老师也实在是了不起，他们的脑子是怎么长的呢？"间宫愁眉苦脸地说道，"现在还不清楚老师的那番推理是否正确，如此一来我们就拿真柴绫音毫无办法。"

"津久井润子那边的情况如何？不是听说鉴定科已经派人到她老家去调查了吗？"

间宫点了点头。"听说他们已经把那个装过砒霜的空罐子送到SPring-8 那边去了，但即便检测出那些砒霜和本案中所使用的完全相同，也无法成为决定性的证据。不，或许连间接证据都算不上。因为假如津久井润子真是真柴义孝的前女友，那么真柴本人手上也可能会有砒霜。"

薰重重地叹了口气。"那到底什么东西才算得上是证据呢？请您告诉我到底该去找什么。只要您一声令下，无论如何我都会找来。还是说，真如汤川老师所说的那样，这案子是一场完美犯罪呢？"

间宫皱起了眉头。"别大呼小叫的，我也正在为不知道如何证明她行凶而犯愁。眼下能称得上是证据的就只有那个净水器了，因为我们已经从上边发现了砒霜。科长他们的意见是，让我们首先提升它作为证据的价值。"

听了上司的意见，薰不由得紧紧咬住了嘴唇，因为他的话听起来就如同战败宣言一般。

"别一脸这副表情，我还没放弃呢。一定会有新发现，完美犯罪不是那么容易就能做到。"

薰默默地点了点头，再次向间宫低头致意，随后转身走开了，然而这并不表示她赞同了组长的意见。

她心里也很清楚，完美犯罪确实没那么容易就能做到，但真柴绫音之前所做的事对常人而言也是极其困难、几乎不可能做到，所以她很害怕这起案子就是所谓的完美犯罪。

她回到座位上，掏出手机查阅短信，满心期待草薙那边能有什么成果，却只看到一条母亲从老家发来的短信。

30

草薙到了约好的咖啡馆,看见若山宏美已经到了,赶忙走到她身旁。"抱歉,让您久等了。"

"没关系,我也是刚刚才到。"

"总这么麻烦您,实在是不好意思,我会尽可能长话短说。"

"不必这么客气,反正我现在也没上班,有的是时间。"若山宏美说完,淡淡一笑。

和上一次见面相比,她的脸色似乎红润了一些。草薙心想,或许她已经在精神上重新振作起来了。

女服务员走到两人身旁,草薙要了一杯咖啡,接着问若山宏美:"您是不是来杯牛奶呢?"

"不,我还是要杯柠檬茶吧。"宏美回答道。

等女服务员离开之后,草薙冲着宏美笑了笑。"抱歉,记得您之前曾经点过牛奶。"

她"嗯"了一声,点点头。"我也并不是特别喜欢喝牛奶,而且现在,牛奶我是尽可能不喝了。"

"啊……有什么特别的原因吗？"

听了草薙的询问，若山宏美歪着头说道："这种问题我也必须回答吗？"

"啊，不用。"草薙摆了摆手，"我只是听您说您不赶时间，就显得有些随便了。那就言归正传吧，今天我来找您，是想问一些真柴家厨房的情况。您知道他们家的自来水水管上装有净水器吗？"

"知道。"

"那您以前有没有用过呢？"

"没用过。"若山宏美给出明确的回答。

"回答得真是够干脆的，还以为您会稍微考虑一下呢。"

她说道："因为我本来就很少进他们家厨房，菜也没帮忙做过，所以没用过什么净水器。记得之前我也曾经跟内海小姐说过，我只有在被老师拜托去做咖啡或者泡红茶的时候才会进他们家的厨房，而且也只在老师忙着做菜、抽不出手来的时候。"

"那您从来没有单独进过他们家厨房吗？"

若山宏美的脸上露出了惊诧的表情。"我不明白您想问什么。"

"您不需要知道。请回想一下，您是否单独进过他们家厨房？"

她皱起眉头想了一会儿，然后望着草薙说道："或许没有吧，而且感觉老师从不允许他人擅自进入他们家厨房。"

"她跟您说过不许擅自进去吗？"

"倒也没明确说过，但我就是有这样的感觉。而且人家不是常说，厨房就是家庭主妇的城堡吗？"

"这样啊……"

饮料端上来了，若山宏美在红茶里加入柠檬，一脸享受地喝了起来。

从她的表情来看，状态似乎不错。

相反地，草薙的心却沉重起来。若山宏美刚才说的话，完全验证了汤川的那番推理。

他喝了口咖啡，站起身来说道："感谢您的合作。"

若山宏美诧异地睁圆了双眼。"您问完了？"

"我的目的已经达成了，您请慢用。"说完他拿起桌上的账单，朝门口走去。

在他离开咖啡馆，准备拦出租车的时候，手机响了，是汤川打来的。

汤川说想和他谈谈下毒手法的事。"我有些事要立刻找你确认一下，能找个地方见一面吗？"

"那我现在去你那里吧。到底是什么事？还要确认什么？你不是对自己的推理挺有自信的吗？"

"我当然有自信，正因如此才想要确认一下。你赶快过来吧！"刚一说完，汤川就挂断了电话。

大约三十分钟后，草薙走进了帝都大学的大门。

"在假设凶手确实用了那种下毒手法的前提下，我回想了一下案件的前后经过，然后被一个地方吸引住了。因为觉得对你们的调查或许会有所帮助，就赶紧给你打了个电话。"刚一见面，汤川便对草薙说道。

"看来是很重要的事情。"

"非常重要。我想和你确认一下绫音女士在案发之后刚回到家时的情形。记得她当时应该是和你在一起吧？"

"没错，当时是我和内海一起把她送回家的。"

"当时她做的第一件事是什么？"汤川问道。

"第一件事？这个嘛，当时她看了一下现场——"

汤川有些焦急地摇了摇头。"她应该进厨房了。她在厨房里打开了自来水的水龙头，对不对？"

草薙愣了一下，脑海中浮现出当时的情景。"对，你说得没错，她确实用过自来水。"

"她用那些水做了什么？根据我的推理，她当时应该用过很多水。"汤川的眼中闪烁着光芒。

"拿去浇花了。她说不忍心看着那些花枯萎掉，于是用水桶接了一桶水，拿去浇二楼阳台上的那几盆花了。"

"就是它了。"汤川用食指指着草薙说，"这就是她下毒手法的最后一步。"

"下毒手法的最后一步？"

"我试着站在凶手的角度考虑了一下。当时她丢下净水器里的毒不管，离开了家，而想要毒杀的目标如她所愿，喝了毒水死去了。但此时她还不能完全放心，因为净水器里或许还有毒药残留。"

草薙不由得挺直了背。"的确如此啊。"

"如果放任不管净水器，对凶手而言是很危险的，因为如果有人误饮了那些水，恐怕就会出现第二名牺牲者，警方随即就能看穿她的手法了。所以，站在凶手的角度，她必须想办法尽快消灭证据。"

"所以她就要去浇花……"

"当时她往桶里接的是净水器里的水，只要流满整整一桶，净水器里残留的砒霜也就大致能被冲洗干净了，逼得我们只得去借助 SPring-8 的力量检测。她当时谎称要给花浇水，其实是在你们这帮警察的眼皮子底下从容不迫地销毁了证据。"

"原来是这么回事啊。当时的那些水……"

"那些水一旦留下来，恐怕就能成为证据。"汤川说道，"单凭从净水器里检测出了砒霜微粒这一点，恐怕还无法证明她使用过那种下毒手法。唯有查证在案发当天，确实有含有致命砒霜剂量的水经由净水器流出过，才能验证我的那番推理。"

"如我所说，那些水都被拿去浇花了。"

"既然如此，那就把花盆里的土拿去检测，用 SPring-8 应该能查出砒霜。要证明土里的毒就是绫音女士当时浇下去的水中所含之毒或许会很困难，但好歹能成为一样证据。"

听了汤川的话，草薙的脑子里有东西定格了。这东西，似乎能想起又无法想起，明明见过却又忘了曾经见过。这如鲠在喉的记忆碎片一片片地落入脑海。草薙倒吸一口凉气，直直盯着汤川。

"怎么？我脸上有什么东西吗？"汤川问道。

"没有，"草薙摇头道，"我有件事要拜托你……不对，是我这个警视厅搜查一科的警员，有件事要拜托帝都大学的汤川副教授。"

汤川的神情变得严肃起来，他用指尖扶了扶眼镜。"说吧。"

31

薰在房门前停住了脚步。门上依旧挂着那块写有"杏黄小屋"字样的牌子,但听草薙说,如今这间拼布教室已经基本上处于停业状态了。

见草薙点了点头,薰按响了门铃。稍等片刻后,见没人应门,薰再次朝着按钮伸出手指,准备再次按响门铃。就在这时,她听到了一声"来了",是绫音的声音。

"我是警视厅的内海。"薰把嘴贴近收音口说道,尽量避免让邻居们听到。

一瞬间的沉默过后,屋里再次传来了询问声:"啊,是内海小姐啊,请问您有什么事吗?"

"我有点事想向您请教一下,不知您是否方便?"

又是沉默。薰的脑海里浮现出绫音在对讲机那一头陷入沉思的情景。

"明白了,我这就开门。"

薰扭头看了草薙一眼,草薙冲她轻轻地点点头。

随着开锁的声音响起,门开了。看到草薙,绫音表现出些许惊讶,或许她以为门外只有薰一个人。

草薙看了看绫音,低头致歉。"十分抱歉,突然前来打扰您。"

"草薙先生也一起来了呀。"绫音的脸上露出了笑容,"两位都快请进吧。"

"不了。其实,"草薙说道,"我们是想请您跟我们到目黑警察局去一趟。"

笑容从绫音的脸上消失了。"去警察局?"

"是的。我们想请您跟我们回局里去慢慢地谈一谈。其实,也是因为谈话内容稍微有些敏感。"

绫音目不转睛地盯着草薙,薰也受了她的影响,扭头望着前辈的侧脸。草薙的目光中充满了悲伤、遗憾,甚至还有怜悯,想必绫音此刻也已经感受到了他下了多大决心才来到这里。

"这样啊。"绫音的目光恢复了温柔,"既然如此,那我就随你们走一趟好了,不过我还得稍微花些时间准备一下,请进来稍等片刻好吗?让别人在外边等,我心里会过意不去的。"

"好的,那打搅了。"草薙说道。

绫音说了句"请进",把门敞开了。

屋里收拾得很整洁,想来她已经处理掉了一些家具和杂物,但房间中央那张兼用作工作台的大桌子还在原先的位置。

"那幅挂毯您还是没有挂上去啊?"草薙说着看了看墙壁。

"总是抽不出时间来挂。"绫音回答道。

"是吗?那图案挺漂亮,我觉得挺适合挂的,那设计简直都能印到绘本上了。"

绫音脸上保持着微笑，望着他说道："谢谢您的夸奖。"

草薙把目光转移到了阳台上。"您把那些花也搬过来了啊。"

听到这话，薰也朝那边望去，只见玻璃门外放着一盆盆五彩缤纷的鲜花。

"嗯，搬了一部分过来。"绫音说道，"是请搬家公司的人帮忙搬过来的。"

"是吗？看样子刚刚才浇过水啊。"草薙降低视线，看到了玻璃门边放着的硕大的洒水壶。

"是的，这洒水壶用起来挺方便的，真是谢谢您了。"

"没什么，只要能帮上您的忙就好了。"草薙扭头看着绫音说，"您就不必管我们了，快去准备吧。"

绫音点点头，说了声"是"，转身朝隔壁房间走去。可就在她伸手开门的那一瞬间，她又转过头来问道："你们发现什么了吗？"

"您的意思是……"草薙问道。

"有关案件的……新情况或者证据什么的。二位难道不是因为有所发现才来叫我去警局的吗？"

草薙瞟了薰一眼，再次望着绫音说道："嗯，算是吧。"

"这倒是挺有意思的。能请您告诉我到底发现了什么吗？还是说，这一点也必须等到了警察局之后才能告诉我呢？"绫音的语调听起来很明快，简直就像是在催促他说什么开心事一样。

草薙垂下眼帘沉默了片刻之后，再次开口说道："我们已经查明凶手是在哪儿下毒的了。经过各种各样的科学分析证明，应该是在净水器内部，这点错不了。"

薰凝视着绫音，只见她的表情可谓波澜不惊，依旧在用清澈如水的双眸望着草薙。

"这样啊,毒下在了那个净水器里啊!"她的声音里听不出一丝狼狈。

"问题的关键是怎么在净水器里下毒的。从当时的状况来看,只有一种手段,而这样一来,嫌疑人的范围也就缩小到一个人身上了。"草薙望着绫音说道,"所以我们才来请您随我们走一趟。"

绫音的脸上微微泛起了红潮,但唇角的微笑并未消失。"你们查到能够证明凶手在净水器里下毒的证据了吗?"

"经过详细的分析,我们检测出了砒霜。只不过,光凭这一点还无法成为证据,毕竟凶手在一年前就下好了毒。我们现在需要证明的是,毒药在案发当天是否还有效力。也就是说,在这一年的时间里,那个净水器是否连一次也没被使用过,投下的砒霜也并未被水冲走。"

绫音长长的睫毛微微地颤动了一下,薰确信她是在听到"一年前"这三个字时有了反应。

"那你们能够证明吗?"

"您似乎一点都不吃惊啊。"草薙说道,"第一次听到凶手在一年前就下好毒的推论时,我甚至都怀疑自己是不是听错了呢!"

"因为您今天一直在说一些出人意料的话,以至于我都来不及把心中的感受表露出来了。"

"是吗?"草薙朝薰使了个眼色,薰从带来的包里拿出一个塑料袋。

直到这一刻,绫音嘴角的笑容才彻底消失,她似乎已经明白塑料袋里装的是什么了。

"您应该清楚里边装的是什么吧?"草薙说道,"这是您以前用来给花浇水的空罐子,底部有用锥子凿出来的洞。"

"那东西您不是已经扔掉了吗……"

"其实我把它带回去了,而且至今都没有洗过。"草薙微微笑了笑,之后表情立刻恢复了严肃,"您还记得汤川吧?就是我的那个物理学家朋友。我把这空罐子拿到他所在的大学分析过了,结果从上面检测出了砒霜。之后我们又进一步分析了其他成分,查明当时罐子里流过的水,是从您家净水器里流出来的水。我至今都还清楚地记得您最后一次使用空罐子的情形。当时您正用它给二楼阳台上的花浇水,接着若山宏美就来了,而您也就没再接着浇了。从那之后,这个空罐子就没再用过了,因为我买了洒水壶。我后来也没有再用过这个罐子,而是把它放进了我的书桌抽屉里。"

绫音睁大了眼睛。"为什么要放进抽屉呢?"

草薙并没有回答这个问题,而是用一种强压住心中感情的口吻说道:"从上述的情形来看,我们可以推定,净水器里确实藏过砒霜,案发当天从净水器里流出的水里含有致命剂量的砒霜。此外,种种迹象表明,砒霜是在一年前藏下的,能够做到这一点且在之后的一年里不让任何人使用净水器的人,就只有一个。"

薰点点头,看着绫音,只见这个美丽的嫌疑人垂下眼帘,抿紧嘴唇,脸上依旧残留着一丝笑意,但环绕在她周身的那种高贵而优雅的气质,却像落日渐沉般开始笼罩上了一层阴霾。

"详细情况就等到了局里之后再谈吧。"草薙打算就此结束谈话。

绫音抬起头重重地叹了口气,直视着草薙,点了点头。"我知道了,不过能请二位再稍稍等我一下吗?"

"可以,您可以慢慢收拾。"

"不只是收拾,我还想给花再浇浇水,因为刚刚正好浇到一半。"

"啊……请便。"

绫音说了声"抱歉",推开了阳台的玻璃门。她双手提起洒水壶,缓慢地给花浇起了水。

32

那一天，自己也是这样浇着水——绫音回想起大约一年前的那一幕，义孝就是在那一天宣布了那残酷的事实。她一边听他讲，一边望着种在花盆里的三色堇。这是她的好友津久井润子生前最喜欢的花，所以润子才给自己起了个"蝴蝶花"的笔名，也就是三色堇的别名。

她和润子是在伦敦的一家书店里认识的。当时她正在寻找有关拼布设计方面的书，正当她准备伸手从书架上拿下一本画册的时候，身旁的一个女人也正好朝着那本画册伸出了手。此人也是日本人，看起来似乎比她还要大几岁。

她和润子立刻便熟识起来，相约回国之后一定要再会，而后来两个人也确实再次相聚了。绫音到东京之后不久，润子也来到了东京。

两人各自都有工作，不能频繁地碰面，但对绫音而言，润子是她的一位知心好友，而且她相信自己对润子而言也同样是知音，因为润子甚至比她更加不懂得如何与人相处。

一天，润子突然说要给她引见一个人，据说对方是把润子设计的角色形象拿去制作成网络动漫的那家公司的社长。

"和他商谈到那个角色形象的周边产品时,我说有一位相熟的专业拼布设计师,结果他请我务必帮忙引见一下。我也知道挺麻烦的,但就见他一面可以吗?"润子在电话里充满歉意地请求道。

绫音立刻便答应了,她没有拒绝的理由。

就这样,绫音与真柴义孝相遇了。义孝是一个充满了男性魅力的人,他在表达自己的想法时表情特别丰富,眼神中洋溢着无比的自信。他很擅长引导别人聊天,只要和他聊上短短几分钟,就会产生一种自己也变得口若悬河的错觉。

与他道别后,绫音不由得称赞了一句"真是个不错的人"。听到她的这句话,润子开心地表示赞同。看到润子表情的那一瞬间,绫音便明白了润子对义孝的感情。

绫音至今仍在后悔,后悔自己当时没有开口向润子确认。如果当时开口问润子一句"你们在交往吗"就好了,就因为她没问,所以润子也就什么都没说。

在角色形象周边产品中融入拼布元素的这一设想,最终没有获得通过,于是义孝直接给绫音打来了电话,道歉说白白浪费了她的时间,还说改日一定请客以表歉意。

绫音原本以为这通电话只是社交辞令,可没过多久,义孝竟然真的打电话来约她了,而且听他的口气,似乎并没有跟润子打过招呼,所以绫音便误以为他们两人并没有在交往。她兴冲冲地与义孝共进晚餐,那段属于他们两人的时光,令她感觉到前所未有的快乐。

绫音对义孝的思念急剧膨胀起来,与此同时,与润子的关系也日益疏远了,因为她知道润子也在为义孝神魂颠倒,这令她难以主动去联系润子。

数月之后再见到润子时,绫音吓了一跳。润子瘦得厉害,皮肤也变粗糙了。绫音问她是不是身体哪里不舒服,但她只回了句"没事"。

在两人相互诉说近况时,润子似乎稍稍打起了些精神。正当绫音准备趁机说出自己和义孝之间的关系,不料润子的脸色一下子变了。绫音问怎么了,润子回了句"没什么"后立刻站了起来,说是突然想起有些急事,要先回家。绫音不明就里地目送着润子坐进了出租车,没想到那竟然成了永别。

五天后,绫音收到了一件快递,小小的盒子里装着一袋白色粉末,塑料袋上还用记号笔写着"砷(有毒)"的字样,寄件人一栏里写的是润子。她觉得奇怪,就试着打了个电话过去,但没人接。她有些放心不下,就去了一趟润子所住的公寓。在那里,她看到警方正在搜查润子的住处,一个围观者告诉她住在那里的人服毒自杀了。

绫音大受打击,连后来自己去过哪里、怎么去的都不记得了。回过神来,她才发现自己已经回到家中,目光再次停留在了润子寄来的那袋东西上。

就在她思索其中隐藏的信息时,忽然想起一件事来。在和润子最后一次见面时,润子似乎一直盯着她的手机。绫音立刻掏出手机,上面挂着一条和义孝那条可以凑成一对的手机绳。

润子是因为察觉到绫音和义孝之间的关系才自杀的吗?不祥的想象画面在绫音脑海里铺展开来。如果润子对义孝只是单相思,那她不至于要寻死。可见,润子和义孝的关系同样也是非同寻常。

绫音既没有去警察局,也没有参加润子的葬礼。一想到恐怕是自己把润子逼上了自杀绝路,她就很害怕,害怕真相大白。

出于同样的原因,她也没有勇气向义孝问起他和润子之间的事。

当然，她还害怕自己的这一举动会破坏和义孝目前的关系。

没过多久，义孝提出一个奇怪的提议：两个人都去参加同一个相亲派对，演一场在派对上初次相识的戏。至于目的，他说是"为了避免麻烦"。他还说："世上那些无聊至极之人，一看到情侣就必定要问是在哪里一见钟情的，我可不想让他们缠着问个不休。要是在相亲派对上认识的，事情就简单多了。"

绫音当时觉得，如果有人问起，就照义孝说的那样告诉他们就行了，没必要真的去参加什么派对，但她没想到义孝竟然还准备了一个见证人——猪饲。尽管这种极致的做法确实很像义孝的行事风格，但绫音怀疑他是想把润子的身影从过去中抹掉。但绫音也只是默默地怀疑，并没有把话问出口，她依言参加了那个派对，然后按照既定套路演了一场"戏剧性的相遇"。

在后来的日子里，两人的交往进展顺利。在那个相亲派对过去半年之后，义孝向绫音求婚了。

尽管整个人都笼罩在幸福之中，绫音心里却有一个疑惑日益变大，那就是润子。润子为什么要自杀？她和义孝究竟是什么关系？

想知道真相与害怕知道真相的想法交替袭上绫音心头，与此同时，与义孝结婚的日子也在一步步地向她走来。

突然有一天，义孝宣布了一件令她震惊不已的事。不，或许义孝并不觉得自己说的话有多么轻率。当时，他漫不经心地说道："结婚之后，要是一年内你还不能怀上孩子，那我们就分手吧。"

绫音怀疑起自己的耳朵来。还没结婚呢，谁能想到准新郎要谈离婚？当时她以为义孝不过是在开玩笑，但看来事情并非如此。

"一直以来我就是这么想的。时限一年，只要不采取避孕措施，正常的夫妻应该能怀上孩子。如果怀不上，很有可能其中一方有问题。不过我以前去看过大夫，大夫说我没有问题。"

听到这番话，绫音感到全身汗毛倒竖。她看着他问道："你是不是也对润子说过同样的话？"

"什么？"义孝目光游移，显露出少有的狼狈。

"求你了，请如实告诉我，你以前和润子交往过吧？"

义孝一脸不快地皱起了眉头，却没有敷衍搪塞，虽然脸上的表情有些不悦，但还是回答了句："算是吧，我还以为会更早一些被发现呢。因为我猜你和润子中的一个或许会提起和我之间的关系。"

"你曾经脚踏两只船？"

"并没有，在开始和你交往的时候，我自认为已经和润子彻底分手了。我没骗你。"

"你和她分手的时候是怎么说的？"绫音瞪着未来的丈夫问道，"你不想和不会生孩子的女人结婚——你是这样说的吗？"

义孝耸了耸肩。"话说得不一样，但意思一样。我说，时限已到。"

"时限……"

"她当时已经三十四岁了，明明就没采取过什么避孕措施，却丝毫没有怀孕的迹象，该和她说拜拜了。"

"于是你就选择了我？"

"不行吗？跟一个没可能的人交往有什么意义？我从不做这种徒劳无功的蠢事。"

"那你为什么要隐瞒到现在？"

"因为之前我觉得没必要亲口告诉你。刚才我不是说了吗，我早就做好了这事迟早有一天会被发现的心理准备，想着那时候再跟你解释。

我既没背叛你,也没有骗你,这一点我可以保证。"

绫音转身背对义孝,低头看着阳台上的花。映入眼帘的是三色堇,润子生前最喜欢的三色堇。看着这些花,她想到了润子,想到了润子当时心中的憾恨,眼泪夺眶欲出。

在义孝提出分手之后,润子的心中一定很难割舍掉这份感情,就是在那个时候,她见到了绫音,从手机绳上察觉到了绫音和义孝之间的关系。她没能经受住打击,选择了自杀,但在临死之前,还是想到了给绫音送去信息——那些砒霜。但那不是被横刀夺爱的恨意,而是一种警告。

迟早有一天,你也会遭遇和我同样的命运——她想告诉绫音的,其实是这一点。

对绫音而言,润子是唯一能把心中所有烦恼悉数倾诉的对象。她只对润子说过,自己有先天性缺陷,没有怀孕的可能,所以润子当时才能预见到,绫音也会在不久的将来被义孝抛弃。

"你听到我说的话了吗?"义孝说道。

她转过头来。"听到了,怎么可能没听到。"

"既然听到了,怎么一点反应都没有?"

"刚才发呆了。"

"发呆?这可不像你。"

"因为有些吃惊嘛。"

"是吗?你应该很清楚我的人生规划吧?"义孝曾经提到过自己的婚姻观,说是假如生不出孩子,婚姻也就没有任何意义。"绫音,你到底还有什么不满足的?你想要的不是都得到了吗?当然,如果你还有其他要求也不妨直说,能办到的我一定尽力。你就别庸人自扰了,还是考虑一下新生活吧。难道我们还有其他选择吗?"

他完全不清楚这番话会令爱他的人多伤心。的确,多亏了他的援助,绫音实现了种种梦想。但在一年之后的分离已成定局的情况下,又让她怎样去想象今后的婚姻生活呢?

"我能问你一个问题吗?尽管对你而言或许根本就微不足道。"绫音对义孝说,"你对我的爱呢?你爱我吗?"其实她要问的是,当时义孝抛弃润子选择了她,是否只是因为她或许能够给他生个孩子,而不是出于爱。

义孝听了露出一脸疑惑,却回答道:"我当然爱你。"接着他又说:"这一点我可以保证,我对你的爱从来没有丝毫改变。"

就是因为听到这句话,绫音才下定决心和义孝结婚,然而这决心并非只是想和他一起生活这么简单,而是为了让自己心中的爱与恨这两种矛盾的感情相互妥协。

作为妻子留在他身边,但掌握着他命运的人却是我——她想把这样的婚姻生活攫获手中。这是一种在观察的同时考虑是否要对他加以惩罚的生活。

往净水器里藏砒霜的时候,绫音感到非常紧张,因为这样一来就再也不能让任何人接近厨房半步了。但同时,她心底也有一种掌控了义孝命运的欢喜。义孝在家的时候,她总是会坐在沙发上,就连上厕所和洗澡,都会谨慎地选择义孝绝不会到厨房的时候才去。

结婚之后,义孝依旧对绫音很好,作为丈夫,他没有丝毫可以挑剔的地方。只要义孝对她的爱不变,她就会一直不让任何人接近净水器。虽然义孝对润子的所作所为难以饶恕,但只要他不以同样的方式对待绫音,那么绫音甘愿就这样生活一辈子。对她而言,所谓婚姻生活,就是守护站在绞刑架下的丈夫的日日夜夜。

当然，她也从未奢望过义孝会放弃孩子，在察觉到他与若山宏美之间的关系时，她心想，这一天来了。

在招待猪饲夫妇来参加家庭派对的那天晚上，义孝正式提出了分手，当时他纯粹就是一副公事公办的态度。

"你应该也很清楚，时限就快到了。麻烦你收拾一下，准备离开这里吧。"

绫音当时微微一笑。"在那之前，我还有一个请求。"

义孝问有什么请求，绫音望着丈夫的双眼说道："从明天起，我想离开家两三天，只是把你一个人丢在家里，我有些放心不下。"

义孝笑了笑，说道："我还以为是什么重要的事呢。没关系，我一个人在家不会有事的。"

绫音点点头，说了句"是吗"。从这一瞬间起，她对丈夫的救赎就永远地结束了。

33

这是一家开在地下的酒吧。打开大门,首先看到的是一个长长的吧台,再往里走,并排放着三张桌子。草薙和汤川坐在靠墙的座位上。

"抱歉,我来晚了。"薰低头道歉后,在草薙身旁坐了下来。

"结果如何?"草薙问道。

薰重重地点了点头。"好消息,已经查明确实是相同的毒药了。"

"这样啊……"草薙睁大了眼睛。

他们把从津久井润子老家杂物间里找到的罐子送到SPring-8去检测,结果发现上面的砒霜和毒杀真柴义孝所用的毒药完全相同,验证了真柴绫音所说的"把润子奇米的砒霜藏进了净水器"这一供述。

"看来案件已经圆满地解决了啊!"汤川说道。

"的确如此。好了,现在内海也来了,我们就来再干一杯吧!"草薙把服务生叫到身旁,点了一瓶香槟。

"对了,这次可多亏你帮了大忙啊,多谢。今晚我请客,你们就尽情地喝吧。"

听了草薙的话,汤川皱起了眉头。"不是'这次可',是'这次也'

才对吧?而且我这一次帮的人可不是你,应该是内海吧?"

"这种细节问题随便怎么都行。香槟来了,来干杯吧!"

在草薙的喊声中,三个人的玻璃杯碰到了一起。

"不过话说回来,幸亏你把那东西保留下来了。"

"什么那东西?"

"就是真柴太太浇花用的空罐子啊。你之前不是把它收起来了吗?"

"哦,你说那件事啊。"草薙稍显低落,低下了头。

"我知道你答应了绫音女士替她浇花,但没想到你会买一个洒水壶。这倒也还没什么,更绝的是你竟然还把空罐子保管起来了。听内海说,你把它放抽屉里了?"

草薙瞟了薰一眼,她却故意把目光移开了。

"这个嘛……直觉呗。"

"直觉?身为刑警的直觉吗?"

"没错。因为任何东西都有可能成为证据,所以在案件解决之前不能随意丢弃,这可是调查的铁律。"

"哦?铁律啊。"汤川耸了耸肩,喝了一口香槟,"我还以为你准备留作纪念呢!"

"你这话什么意思?"

"没什么意思。"

"我有件事想问一下老师,可以吗?"薰说。

"问吧。"

"老师您是怎么察觉到下毒手法的呢?如果您就说句'不知怎么想到的'来敷衍我,我可不答应。"

汤川叹了口气。"设想这东西不会无缘无故找上门,而是在经过多次观察和思考之后产生的。当时我首先注意到了净水器的状态，我清楚地记得当时上边落满了灰尘，已经很长时间没被人碰过了。"

"这我知道。正因如此，我们当时才无法弄清下毒方法。"

"但我当时就想，为什么它会是那个样子呢？根据你之前的叙述，我的脑海中对绫音女士形成了一个性格较真、一丝不苟的印象，而实际上你也正是因为她把香槟酒杯放在橱柜外没有收起来，才开始怀疑她。既然是这样的一个人，那么平常应该会连水槽下方也收拾得干干净净才对。"

"啊……"

"所以我当时就想，有没有可能她是故意为之——故意不打扫，故意让上边积满灰尘。可她这么做的目的又是什么呢？就在我想着这些问题的时候，脑海中便产生了逆转案情的设想。"

薰望着这位学者的脸轻轻点了点头。"不愧是您啊！"

"这倒也没什么值得夸奖的。不过女人这种生物真是可怕，竟然会想出极不合理又充满矛盾的杀人手法。"

"说起矛盾，听说若山宏美决心要把孩子生下来。"

汤川诧异地回望了她一眼。"我怎么不觉得这其中有矛盾呢？想生孩了不是女人的本能吗？"

"据说劝她把孩子生下来的人，就是真柴绫音。"

薰的一句话，令物理学家的表情在一瞬间冻结了。然后，他开始缓缓地摇头道："这个嘛……的确有些矛盾，简直就是匪夷所思。"

"这就是女人。"

"的确如此。看来这次最后能够从逻辑上解决了案件，简直就是个奇迹，你难道不觉——"汤川看了看草薙，说了一半的话突然停住了。

薰也扭头看了看身旁,发现草薙已经耷拉着脑袋睡着了。

"在粉碎了一场完美犯罪的同时,他的爱也被彻底碾成了碎片。他感到如此疲惫也是理所当然,就让他稍微休息一下吧。"

说完,汤川喝了一口杯里的酒。

图书在版编目（CIP）数据

圣女的救济／〔日〕东野圭吾著；袁斌译．
—海口：南海出版公司，2017.1
（东野圭吾作品）
ISBN 978-7-5442-8564-3

Ⅰ．①圣⋯　Ⅱ．①东⋯②袁⋯　Ⅲ．①长篇小说－日本－现代　Ⅳ．①I313.45

中国版本图书馆CIP数据核字（2016）第264317号

著作权合同登记号　图字：30-2016-170

SEIJO NO KYUSAI by HIGASHINO Keigo
Copyright © 2008 by HIGASHINO Keigo
All rights reserved.
Original Japanese edition published by Bungeishunju Ltd.,Japan,2008
Chinese (in simplified character only) translation rights in PRC reserved by
Thinkingdom Media Group Ltd., under the license granted by HIGASHINO
Keigo,Japan arranged with Bungeishunju Ltd., Japan through BARDON
CHINESE CREATIVE AGENCY LIMITED, Hong Kong.

圣女的救济
〔日〕东野圭吾　著
袁斌　译

出　　版	南海出版公司　（0898）66568511
	海口市海秀中路51号星华大厦五楼　邮编 570206
发　　行	新经典发行有限公司
	电话(010)68423599　邮箱 editor@readinglife.com
经　　销	新华书店
责任编辑	张　锐
特邀编辑	崔　健
装帧设计	朱　琳
内文制作	王春雪
印　　刷	北京中科印刷有限公司
开　　本	850毫米×1168毫米　1/32
印　　张	9.75
字　　数	220千
版　　次	2017年1月第1版
印　　次	2023年6月第44次印刷
书　　号	ISBN 978-7-5442-8564-3
定　　价	45.00元

版权所有，侵权必究
如有印装质量问题，请发邮件至zhiliang@readinglife.com